「お姉さまっ！」

言い終えると同時に、クラーラの横腹目掛けて、
ダークエルフの少女が飛びついた。

うむ、なんという既視感。そして様式美。

「げぼぁっ……！」

異世界で、
手作り和風の夏祭り!?
タスク
万能スキルを持つ
開拓領主にして
元サラリーマン。
アイラ
タスクのお嫁さんの一人。
ツンデレで気ままだが、
姉御肌の苦労人で頼れる性格。

クラウス
ハイエルフの前国王で、
器が大きいイケメン。
若々しく見えるが、
実年齢はなんと
1000歳近く……!?
ジゼル
活発なダークエルフの少女。
好奇心の塊で、
国を飛び出してタスク領に。
マンドラゴラに興味津々。

「ウヒャヒャヒャヒャ！
なんだよこれっ！　ひい…ひい……！」
艶めかしく、そしてセクシーに、
根っこが二本に分かれているマンドラゴラを見るやいなや、
ハイエルフの前国王は大爆笑。

異世界のんびり開拓記

－平凡サラリーマン、万能自在のビルド＆クラフトスキルで、気ままなスローライフ開拓始めます！－

5

author
タライ和治

illustration
イシバシヨウスケ

口絵・本文イラスト　イシバシヨウスケ

もくじ

第1章 春、二年目

桜の花びらがそよ風に乗り、ひらひらと宙を舞《ま》っている。

執務室《しつむしつ》の窓から見える光景に風情《ふぜい》を感じながら、オレは椅子《いす》の背もたれに寄りかかり、手にしたティーカップを口に運んだ。

こちらの世界にきてから二年目の春。

一見すると、ごくごく穏《おだ》やかに、順調に二年目を迎《むか》えているのではと思われそうだが、とんでもない。オレはと言えば、目まぐるしく過ぎていく時の流れを実感できずにいた。

ついこの間まで新居作りに、味噌《みそ》と醤油《しょうゆ》にから揚《あ》げ騒動《そうどう》、桜にお花見だと騒《さわ》いでいたのだ。

体感的には三ヶ月と経《た》っていないような慌《あわ》ただしさに、三十歳《さい》を過ぎると月日の流れが早くなるというのは本当だったんだなと、しみじみ思う今日《きょう》この頃《ごろ》なのである。

「単に子爵《ししゃく》がお忙《いそが》しかっただけでは？」

執務机《しつむづくえ》にカップを戻《もど》すと、ハンスは紅茶を注いでいく。立ち上る湯気と共に微《かす》かな香気《こうき》が伝わって、オレの鼻腔《びこう》をくすぐった。

「領民も増える一方です。他の者に仕事を任せてもよいのでは？」

「これでも任せられるものは任せてるんだって。優秀《ゆうしゅう》な人材がたくさんいるからね」

一応、各種族の代表を通じて、農業や畜産《ちくさん》、製造など、担当する仕事をそれぞれに割《わ》り振《ふ》ってはいるのだが、報告を受けるだけならともかく、設備の拡充《かくじゅう》と整備なども加わってしまう現状では、休む暇《ひま》がないのだ。合間合間にイベントが発生したりするし。

最近の話題だと、ファビアンとフローラの結婚式《けっこんしき》が大変だった。一生に一度の晴れ舞台《ぶたい》で、立会人を任されてしまったのだ。いやはや、めでたい席とはいえ、慣れないことはするもんじゃないね。新郎《しんろう》新婦以上に緊張《きんちょう》しちゃったもんな。

あ、そうそう。軽く流してしまったけれど、結婚《けっこん》したんだよね、あのふたり。ファビアンの粘《ねば》り勝ちというべきなのだろうか、念願叶《かな》ってゴールインしたわけだ。

披露宴《ひろうえん》の席上、ベル特製、例のカーニバル風衣装《いしょう》でお色直しを決《き》め込《こ》んだ龍人《りゅうじん》族の新郎は、参列者の白い目もなんのその、白い歯を覗《のぞ》かせては華麗《かれい》なステップを決め込む始末。

次の瞬間《しゅんかん》、戦闘《せんとう》メイドのカミラに連れ去られ、殺意交じりの説教をされていたのだが……。それを見て思ったね、フローラも早まったんじゃないかって。

とはいえ、新婦自身はニコニコと微笑《ほほえ》みながら、その光景を見守っていたので、そうい

ったことも含《ふく》めて、ファビアンと一緒《いっしょ》になったのかなあとか思ってみたり。乙女心《おとめごころ》は難しいね。

ちなみにカーニバル風衣装は、極秘裏《ごくひり》でベルに依頼《いらい》し、ギリギリまで隠《かく》していたらしい。バレたら止められるってわかっていたんだろうな、たぶん。

終始、そんな感じなので、挙式も披露宴も大変だったのだが、その後に催《もよお》された二次会も大変だった。肉体的というより、精神的な疲労《ひろう》が大きく、その疲《つか》れがまだ残っているような気すら覚える。

そんな状況《じょうきょう》を察してか、シワひとつない執事服《しつじ》に身を包んだ戦闘執事《せんとうしつじ》は、わずかに微笑み、いたわるように呟《つぶや》いた。

「お疲れのようですし、午前中は執務《しつむ》を休まれてはいかがですかな?」

「いいのか?」

「ええ。特に重要な案件がございませんので。急用があれば別途《べっと》お声がけいたします」

うやうやしく一礼して、ハンスは執務室から出ていった。ひとり残されたオレはそのまま腕《うで》を上に伸《の》ばし、先日の二次会での出来事を思い返すのだった。

波乱ずくめの披露宴が終わると、来賓邸《らいひんてい》に場所を移したジークフリート、ゲオルク、クラウスの三人は、新郎新婦不在のまま、二次会を始めるのだった。

結婚式の話題はそっちのけで、エリーゼの描《か》いた将棋《しょうぎ》マンガのプロットを肴《さかな》に、ワインを楽しんでいる。

(よくもまあ、平然と飲めるもんだな……)

クラウスはどうだかわからないが、ジークフリートとゲオルクは、披露宴で二十本以上のワイン瓶《びん》を空けていたはずなのだ。

にもかかわらず、酔《よ》っ払《ぱら》っている様子など微塵《みじん》も感じられない。化物なのかね?

とてもじゃないけれど付き合いきれないので、オレはひとり紅茶をちびちび飲みながら、五十年物の白ワインを嗜《たしな》む三人と向かい合った。

「将棋の普及《ふきゅう》にこのような代物《しろもの》を用いるのか。実に興味深いな」

「これがマンガか。ハヤトからも聞いたことがなかったので知らなかったな」

プロットに目を通しながらジークフリートとゲオルクが感心したように揃《そろ》って口を開き、それにハイエルフの前国王が応じる。

「いやいや、おっさん。これはマンガのプロット、設計図みたいなもんさ。これを元にしてマンガが作られるんだ。なあ、タスク?」

得意げに知識をひけらかすクラウス。数日前まで、マンガのマの字も知らなかったのにな。

ちなみにエリーゼが作ってくれたプロットがどのようなものかというと、『龍人族の少年が将棋を通じて、友人と出会い、ライバルと切磋琢磨《せっさたくま》しながら成長していく』という、往年の週刊少年ジャンプを彷彿《ほうふつ》とさせるような『努力・友情・勝利』をテーマにしたもので、王道系少年マンガを考え出す発想力はさすがだなと思わざるを得ない。

クラウスもこのプロットには満足しているらしく、この方向でマンガ制作のスタートが切られる。そう確認《かくにん》していたのだが、ストップをかけるように、とある人物が声を荒《あら》らげた。

「気に入らんな」

ジークフリートである。しかめっ面《つら》で白ワインをあおる龍人族の王に、オレは尋《たず》ねた。

「気に入らないって、なにがです？」

「決まっておろう。このプロットとかいうやつだ」

変なことはなにひとつ書いてないはずなんだけどなと首を傾《かし》げた直後、テーブルにプロットを投げ置き、ジークフリートは続ける。

「登場人物の中にワシがおらんではないか！」

「突然《とつぜん》、何を言い出すかと思ったら……。当たり前だろ？　いいか、おっさん。マンガってのはフィクションなんだ。実在の人物が登場するわけがねえんだよ」

「何を言うか！　そなたそっくりの人物が描《えが》かれておるではないかっ！」

そう言って指し示した先には、『主人公の将棋の師匠《ししょう》』として描かれているキャラクターがいたのだが、これがクラウスに似ているハイエルフだということが気に入らないらしい。

「偶然《ぐうぜん》だよ、偶然。気にすんなって」

「そうですよ、お義父《とう》さん。そんなムキにならなくても……」

「うるさいぞ、タスク！　この主人公の少年とやらも、そなたにそっくりではないか⁉」

……ああ。それについてはですね。オレも気になってはいたんですよ……？

どことなくオレに似ている主人公だなあとは考えていたんだけど、龍人族の少年だっていうし、気のせいだろって思《おも》い込んでいたんだよなあ。

「いやいや、お前さんに激似だぞ、コイツ。人間族は顔が幼いし、エリーゼも描きやすかったんじゃねえの？」

即答《そくとう》するクラウス。やっぱりそう思うか……。エリーゼもなあ、わざわざ身近な人物をモデルにしなくてもよかっただろうに。

「そなたらばかりズルいぞ！　ワシも登場させろっ！」

「大人げないぞ、ジーク。ワガママをいうな」

「そうは言うがな、ゲオルクよ。お前もマンガに描かれたら嬉《うれ》しかろう?」

「……それについてはやぶさかではないが」

まんざらでもなさそうに同意しないでくれよ、ゲオルク。こうなると、賢龍《けんりゅう》王も駄々《だだ》をこねるだけの酔っぱらいになっちゃうからさ。

「ええい、やかましい。モデルにされたかったら、それ相応の人望を集めてから言えっての」

「なんだと、若造! 賢龍王と讃《たた》えられたこのワシに何たる口の聞き方かっ!?」

「ああ、もう。二人共落ち着いて」

何が悲しくて、二千歳を超《こ》える龍人族と、九六〇歳のハイエルフのケンカの仲裁《ちゅうさい》をしなきゃならんのだ。

とりあえずジークフリートとゲオルクについては、マンガの中に登場させられないか、それとなくエリーゼに相談しておくことで場を収める。疲れるわ、ホント。

「……ああ、そうだ。タスクに聞きたいことがあるんだけどよ」

何事もなかったように、コロッと表情を変えたクラウスがオレに向き直る。

「オレンジ色の髪《かみ》をした魔《ま》道士《どうし》の嬢《じょう》ちゃんがいるだろ?」

「ソフィアのことか」

「そうそう、ソフィアだ、ソフィア。一体、どんな娘《むすめ》なんだ？」

……質問の意味がよくわからず聞き返そうとした矢先、ニヤニヤとした表情を浮《う》かべ、ジークフリートが口を開いた。

「なんだ、ついに独り身から脱却《だっきゃく》するつもりか？」

「アホ、そんなんじゃねえよ」

「……えっ？　クラウス、お前、結婚してなかったのか……？」

もしかしてとぼんやり思ってはいたものの、やはり驚《おどろ》くことには変わりない。だってハイエルフの王様だった男だよ？　モテないわけないじゃんか。

ボリボリと後頭部をかきむしりながら、クラウスは呟く。

「王様って言ったって、好き勝手やってるだけだったからな。家にもほとんどいねえしさ。嫁《よめ》さんがいたら振り回しちまうだろ」

「いやいやいや。それでも受け入れる相手だっていたんじゃないのか？」

「まあなあ。それでもいいっていう相手はいたけど、それならそれで、今度はオレが気を遣《つか》うしな……って、そんな話はどうでもいいんだよ」

グラスに注がれた透明《とうめい》な液体を一気に流《なが》し込み、熱い吐《と》息《いき》を漏《も》らしてから、ハイエルフの前国王は話題を変える。

「そのソフィアって娘《こ》に、マンガのことを話した途端《とたん》、目の色を輝《かがや》かせて、ぜひ手伝わせて欲《ほ》しいと言われてさ」

「ああ、なるほどね」

「よく知らねえ嬢ちゃんを相手に、手伝いを頼《たの》むのもどうかと思ってよ」

BL《ボーイズラブ》の同人誌創作におけるソフィアの情熱は知っている。普段《ふだん》の付き合いから、人となりだって問題ないはずだ……多分だけど。

BLはさておくとして、マンガについての力量は確かである旨《むね》を伝え、ツインテールの魔道士を推薦《すいせん》すると、クラウスは何度も頷《うなず》いてみせた。

「そうか。タスクがそこまでいうなら間違《まちが》いねえな。エリーゼの描くマンガの手伝い、ソフィアにも頼むことにするか」

「バカなことを言うな。芸術家同士、意見が対立することもあろう。そのようなことになったら、マンガの完成が遅《おく》れる恐《おそ》れもあるぞ？」

至極《しごく》、もっともな意見で待ったをかけたのはジークフリートである。……確かに、作家同士、どうしても譲《ゆず》れない部分が出てくる事態は予想できるな。

「そうであろうそうであろう？　古来より芸術とはそのようなものなのだ。個人の我を通してこそ、良い作品が生み出されるのだよ」

「変に手を貸さないほうがいい、そう言いたいのか？」

「いやいや。そうではない。エリーゼにはエリーゼの、ソフィアにはソフィアの、それぞれ別のマンガを描いてもらえばよいではないか」

……少年向けのマンガをエリーゼが描き、少女向けのマンガをソフィアが描く。であれば、幅広《はばひろ》い層に将棋が受け入れられるであろう。

おじさんたち三人がワイン片手に、身勝手な話で盛り上がっていた間、オレはオレで頭を抱《かか》えそうになるのをぐっと堪《こら》えるのだった。

盛り上がるのはいいけどさ、作り手側の苦労も少しは考えてもらえませんかね？

「おお、そうだ。マンガをふたつ作るなら、その分、金も必要になるであろう？　ワシも一口乗ろうじゃないか」

近い将来、少年少女たちが将棋に夢中になっていることを想像しているのか、ジークフリートはご機嫌《きげん》に口を開く。

「いや、おっさん。ありがたい話だけど、金なら大丈夫だ。それよりも……」

クラウスは申し出を断ってから、テーブルへ身を乗り出し、異なる要望を提示した。

「龍人族の国のあちこちに、将棋を指せる娯楽所《ごらくしょ》を建ててくれねえかな？」

マンガで将棋が知られても、指す場所がなければ普及しない。クラウスの意見に、それはもっともだと頷き、ジークフリートは胸をドンと叩《たた》いた。

「任せろ！　いずれ将棋が国技として広まるぐらいに娯楽所を建ててやろうではないか！」

「……本気か、ジークよ」

「ゲオルクよ。これは好機なのだ。戦《いくさ》と同じよ、畳《たた》み掛《か》ける時は一気にいかねばならん！」

くれぐれも国の財政に負担を掛けない程度でお願いしたいところなのだが、将棋については私財を投じるつもりだったようで、そこは一安心である。

……しっかし、おじさんたち三人とも、マンガのプロットだけで、よくもこんなに盛り上がれるもんだな。皮算用って言葉を知っているか問い詰《つ》めたい気分だ。

マンガができるのはまだまだ先の話だし、流行《はや》るかどうかすらわかんないけど、成功を信じて疑わないんだもんなあ。

ま、場合によっては盲目的《もうもくてき》なほうが、物事も上手《うま》く進むのかも知れない。

そんなことをぼんやり考えながら、オレはすっかり冷めきった紅茶に再び口を付けた。


翌日。

執務室にエリーゼを招き入れたオレは、プロットを広げながら、とある要望を口にした。

例の、自分をモデルにしたキャラクターを登場させろという、ジークフリートとゲオルクのワガママである。

どうにかならないかということをそれとなく伝えたところ、エリーゼはおかしそうにクスクスと笑いだした。

「ご、ゴメンナサイ、タ、タスクさんがものすごく困った顔をしていたものですから……。お、おふたりが相当ワガママを言っていたんじゃないかなって思いまして」

さすがはオレの奥《おく》さんである。読みが鋭《するど》い。

「正確にはジークフリート義父《お　さん》だけがうるさくてね」

「し、将棋、お好きですからね。し、仕方ないですよ」

ま、任せてくださいと続ける、ハイエルフの妻の頼もしさに安堵《あんど》しつつ、後日になって渡《わた》された資料には見事にふたりをモデルにしたキャラクターが描かれていたのだった。

大陸将棋協会という架空《かくう》の団体の長としてジークフリートが、その団体に所属する将棋の名人としてゲオルクがそれぞれ登場することになり、これならふたりも満足するだろうと、胸をなで下ろす。立ち位置的にもオイシイ役回りだしな。

順調なエリーゼとは対照的に、早くも難航しているのがソフィアである。

自分もオリジナルのマンガが描ける！　そんな風に意気込《いきご》んでいた魔道士だったが、プロットができたという段階で、早々にオレがボツとした。

「なぁんでよぉ？」

執務室のソファから体を起こし、頬《ほお》を膨《ふく》れさせて不満をアピールするソフィア。いや、お前……、なんでって言われてもな？

「露骨《ろこつ》すぎ！　なんだよ、このキャラクター」

プロットに描かれていたのは、クラウスに激似というハイエルフの王子様で、ヒロインのキャラクターはといえば、フルメイクを決め込んだソフィアそっくりなのだ。

ストーリーも『身分違《ちが》いの恋《こい》に悩《なや》む少女が、歴史ある将棋という競技を通じ、社交界の地位を高め、やがて王子様と結ばれる』……って。

「まんま、お前とクラウスのことじゃねえか！」

「ぶっぶぅ～！　違いますぅ！　アタシ、将棋なんかやらないも～ん！」

……頭痛くなってきたな。こんなのクラウスに見せられるわけ無いだろ……？

とにかくストーリーはいいとして、キャラクターデザインの再考をするようにダメ出しし、不満顔の魔道士を作業部屋へと引き返させる。

ソフィアらしいといえばらしいけど、あくまで幅広い人たちに楽しんでもらうのが目的のひとつなのだ。もうちょっと考えてもらいたい。

そんなことを考えながらため息をついていると、執務室をノックすると同時に、ドアの開く音が聞こえた。

「おう、タスク、邪魔《じゃま》するぞ」

「もう、邪魔してるじゃん。ノックの意味ないよな？」

「アッハッハ、固いこと言うなよ。オレとお前の仲じゃねえか」

ソフィアと入れ違いで現れたクラウスは、慣れた様子でソファに掛ける。

「先生たちの執筆状況《しっぴつじょうきょう》はどうだ？」

「エリーゼは順調。ソフィアはもう少し時間がかかりそうだな」

キャラクターデザインの段階で躓《つまず》いているとは言えず、この場はお茶を濁《にご》しておく。

「マンガが出来上がってからの計画をまとめたんだ。お前さんに見てもらおうと思ってよ」

そう言ってクラウスは一枚の紙を取り出した。印刷する紙の仕入れから、模写術師による原稿《げんこう》の印刷。そして出版の流れがまとめてある。

「最初は龍人族の国とハイエルフの国へマンガを出荷《しゅっか》する。ジークのおっさんもいるし、オレも知人が多いからな。販売経路《はんばいけいろ》を作るにはさほど苦労はしないだろ」

大陸公用語は龍人語だそうで、文字の問題はないらしい。

「この二ヶ国は識字率も高い。マンガの評判を見ながら販路《はんろ》を広げよう。その次はダークエルフの国がいいと思う。隣国《りんごく》ではあるが、獣人族《じゅうじん》の国はしばらく見送っていいだろう」

「問題があるのか？」

「ん～……。なんつーかさ、新しいモノとかに対して排他的《はいたてき》なんだよな、あそこの連中」

苦々しく口を開くハイエルフの前国王。嫌《いや》な経験でもしたのだろうか？

「いやいや、そういうんじゃねえんだ。ただ、割と独自の文化があるっていうか、独特の価値観を持ってるっていうか……」

「外交面で苦労しそうだな、それは」

「そうなんだよ。最初のうちなんか、連中、高圧的にくるしな。慣れてないと足元見られるぞ。お前も気をつけとけよ？」

……って、言われてもな。獣人族の国とは交易してないし、アイラのことがあるから、こっちから交易をお願いしようとも思わないし。

「注意はしとけってことさ。お前さんも領主なんだし、最善は尽《つ》くさないとよ」

そう言ってクラウスは立ち上がり、部屋から出ていこうとする。

「もう帰るのか？　お茶でも飲んでいけばいいじゃんか」

「ありがたいが、いまから出かけるんでな。紙を仕入れる段取りを付けて、印刷のための模写術師を探してくる。行き先はハイエルフの国だから、戻ってくるのに時間はかかんねえよ」

片手を上げて立ち去っていくクラウスを見送ってから、オレはマンガにかけるハイエルフの前国王の情熱に改めて感心を覚えた。

いや、どちらかといえば、将棋にかける執念《しゅうねん》なのか？

あいつの手にかかれば、そのうち、本当に大陸中で将棋が流行ってしまうかもしれない。ついでにから揚げも。そのぐらいの実行力だからなあ。

ま、出版社の運営はクラウスに任せて、オレは領主としての務めを果たすとしますかね。

第2章　新たな移住者と戦闘メイド

二回目となるハイエルフの移住者がやってきたのは、それから数日後のことである。

総勢二十名で、四十頭にも及《およ》ぶ羊を連れての来訪となった。

当初、羊だけは空間転移魔法《まほう》で送ろうと思っていたらしいのだが、羊たちが嫌がり、仕方なしの大移動となってしまったそうだ。

顔の黒い品種の羊は、羊毛だけでなく食用としての用途《ようと》もあるとのことで、元いた世界でいうところのサフォーク種がそれに近いんだろうなと、ひとり納得《なっとく》。

羊の世話はハイエルフたちの担当となり、収穫《しゅうかく》した羊毛についてはベルが管理することになった。ウール製の新作ファッションをお目にかかれる日も近いだろう。

と、ここまでは予定通り。予定外の出来事はここからである。

その翌日、義弟《おとうと》のイヴァンがやってきたのだ。……ダークエルフの移住者たちを伴《ともな》って。

男女合わせて二十名がテキパキと荷ほどきしていく光景を前に、義弟が平謝《ひらあやま》りを繰《く》り返している。

「本当に！　ほんっとうに申し訳ありませんっ！　本来であれば事前に取り決めをかわしておくべき事案だと重々承知しているのですが！」

「いや、移住者用の住居は多めに用意してあったし。こちらとしては働き手が増えて助かるから問題ないんだけど……」

　それにしても急展開すぎる。一体なにがどうして移住者を伴ってきたのか。疑問を呈《てい》するオレに、イヴァンは額に浮かんだ汗《あせ》を拭《ぬぐ》いながら事情を打ち明けた。

　タスク領がハイエルフの移住を受け入れる――その事実をイヴァンが長老会に報告したのが、そもそもの発端《ほったん》らしい。

　これにダークエルフの長老《おじいちゃん》たちが次々と不満をあらわにしたそうで、

「どうしてハイエルフちゃんの国ばかり贔屓《ひいき》するの⁉　ウチも移住者を送りたいわよ！」

「そうよ！　ハイエルフちゃんばっかりズルいわ！　私たちだって移住したいもん！」

「だったらこうしましょ！　アタシたちだって移住者を送っちゃえばいいじゃない！」

「ナイスアイデアね！　いっそのこと、集落ごと引っ越してしまうのはどうかしら⁉」

　……聞くに耐《た》えない老人の癇癪《かんしゃく》を、脳内で美少女変換《へんかん》してから皆《みな》さんへお伝えしているので、若干《じゃっかん》の齟齬《そご》が生じているかもしれない点はご了承《りょうしょう》いただきたい。

とにもかくにも勢い任せに小さな村をそのまま引っ越しさせようとしていた長老会をなだめすかし、説得に説得を重ね、それでも移住の考えは撤回《てっかい》してもらえず。

これでもなんとか最小限に人数を抑《おさ》えてやってきたのです。そう口にする義弟の肩《かた》を軽くたたき、オレはかぶりを左右に振った。苦労がわかってしまうだけに、同情を禁じ得ない。

「久しぶりに、どっと疲れましたね……」

力なく笑うイヴァンの労をねぎらいつつ、移住者としてやってきたダークエルフたちの案内はロルフに任せ、とりあえず住居に移動させる。とにもかくにも今日のところはゆっくり休んでもらおうじゃないか。

しかし、なんというか……。

これまで来る者拒《こば》まずの精神でやってきたのだが、こうなってくると、今度は領地の人口が増えすぎなんじゃないかという問題が生じるわけだ。

アイラたちと始まった共同生活はどこへやら、樹海の領地には二百名弱が暮らしているのである。

なるほど、ハンスの指摘《してき》はごもっともで、そりゃあ忙しくなるはずだよ。仕事を指示するだけで手一杯《ていっぱい》だもんな。

多忙《たぼう》の代償《だいしょう》として家事や雑務をこなす時間だけでなく、自由な時間もガシガシ削《けず》られている始末。

ファビアンから依頼された、二台目の水流式回転テーブルも作ることができないままだし、こりゃあなんとかしないとマズイよなあ……。

「ファビアン様のご依頼なら放置でもよろしいのでは？　世間の厳しさを教えて差し上げたほうが、ファビアン様のためにもなるというものです」

そう切り出したのは戦闘メイドのカミラである。……つい先日まで仕えていた人物に、厳しすぎやしませんかね？

オレは苦笑いを浮かべつつ、物作りによるストレス発散の効果を伝えるのだった。

もともと没頭《ぼっとう》できる作業は好きだし、せっかく構築《ビルド》や再構築《リビルド》といった便利なスキルも使えるのだ。活用しないというのはもったいない。

「ま、仕事が忙しくても、いい息抜《いきぬ》きになるのさ。ファビアンに頼まれなかったところで、別の物を作っていただろうしな」

「しかしながら、ご多忙なことはお変わりないでしょう。差し出がましいこととお許しいただければ、せめてその分、お身体を休めていただきたいのが本音ですわ」

主《あるじ》の健康管理もメイドの仕事ですと続けた上で、何かを閃《ひらめ》いたのか、カミラは胸元《むなもと》で両手を合わせた。

「そうだ。あと数名、メイドを呼び寄せるというのはいかがでしょう？」

「呼び寄せるって……、戦闘メイド協会ってところから？」

こくりと頷いたカミラは、雑務全般《ぜんぱん》はメイドに任せ、その分ゆっくりしてはどうかと勧《すす》めるのだった。

「いまもすべてをお任せいただいてはおりません。これを機に、家のことはメイドに一任されてはいかがでしょう？」

「う〜ん。でもなあ、家事も意外といい息抜きになってるからさ」

「承知しております。以前もそのように仰《おつしや》ってましたので、その時は引き下がりましたが……。やはりすべてをこなすというのは、ご無理が生じるかと」

乗り気でないこちらの声に、カミラはなおも続ける。

「それに、もしもタスク様が倒《たお》れられるようなことになれば、奥様方《おくさまがた》に合わせる顔がありません。アイラ様、ベル様、エリーゼ様、リア様のためにも、ご一考いただければ幸いですわ」

むぅ。奥さんの名前を出されてしまうと、考えを改めざるを得ない。心配を掛けるのは、オレとしても本意ではないし、ここはカミラに任せるとするか。

……で、あっという間に一週間が経った。

戦闘メイド協会へ向かったカミラが、メイドたちを連れて戻ってくるのが今日の夕方の予定で、予定通り戻ってきたまでは良かったのだが。

執務室の中、カミラの後ろへ並ぶメイド服に身を包んだ四人が、揃いも揃って全身に傷を負っているのは何故《なぜ》なのだろうか……？

中には包帯を巻いている人とか、目に眼帯をしている人もいるし。ここにくるまで一体なにがあったんだ？

「申し訳ございません。選抜《せんばつ》試験を終えて、すぐに直行してきたものですから」

「選抜試験？」

カミラの説明によると、戦闘メイド協会へ連絡《れんらく》を入れたところ、天界族として異邦人《いほうじん》に仕えることは最上の名誉《めいよ》ということで、次から次に立候補が殺到《さっとう》。

人数を絞《しぼ》るため、極《きわ》めて高い技能基準を設けてふるいにかけたものの、それでも四十人以上の候補者が残ることになった。

「このままでは埒《らち》が明かないと、最終的に、拳《こぶし》と拳を交えて決めることになったのです」

「なんでだよ」

思わず突《つ》っ込んでしまったものの、これが冗談《じょうだん》でも何でもなく、大真面目《まじめ》な話らしい。

戦闘メイドは主の身を守るという役割が第一。であれば、家事や雑務をこなすスキルが同等である以上、最後に物を言うのは腕力《わんりょく》という流れになったそうだ。

「戦闘執事協会も、候補者が殺到した場合、同じ方法で決めますな」

執務机の横に佇《たたず》むハンスが口を挟《はさ》む。

「四角い競技場を用意しましてな。その中へ候補者を集め、一斉《いっせい》に戦わせるのです」

競技場から落下するか、ギブアップすることで脱落《だつらく》。最後まで競技場に残っていた人が、晴れてメイドや執事として選ばれる。……恐ろしいバトルロイヤルだな、おい。

「話はわかったけどさ。それなら傷を治してからでもよかったんじゃないか？　急ぐ理由もないわけだし」

「ご心配には及びません。私も手加減はしました。仕事に差し支《つか》えのない程度の傷です」

……手加減って、実際に戦ったような口ぶりですけど。

「はい。今回は人数が多かったということもあり、私を相手に、最後まで残った四名を選ぶということになりましたので」

「えー……っと。理解が追いついてないんだけど、それは一対一で、最後まで残っていた人を選ぶとか？」

「まさか。時間がもったいないですから、一度に四十人を相手にしました」

クスクスと愉快《ゆかい》そうに笑うカミラ。その割には、かすり傷ひとつも付いていないようなんですが……。

「ご安心ください。やわな鍛《きた》え方《かた》はしておりませんので」

いや、カミラさん、まったく理由になってないんですけど。っていうか、ハンスもハンスで「それもそうだ」みたいなノリで笑うなって。オレがおかしいみたいな感じじゃん。

とにかく一旦寝室《いったんしんしつ》へ案内してから、後ほど改めてご挨拶《あいさつ》へ伺《うかが》わせますと言い残し、カミラたちは執務室を後にした。

扉《とびら》が閉まるのを確認してから、オレは老執事に向かってささやかな疑問を口にする。

「前に聞いたんだけど、戦闘メイドって素手《すで》でワイバーンと戦えるとか……」

「よくご存知《ぞんじ》ですな」

「その戦闘メイドが束になってかかっても、カミラに傷ひとつ付けられないんだよな？」

「左様でございますな」

「……え？　何者なの、カミラって？」

その言葉にハンスはニッコリと目尻《めじり》を下げて、そしてただ一言だけ答えるのだった。

「ごくごく普《ふ》通《つう》の戦闘メイドですよ」

……絶対にウソだろ、それ。

第3章 桜の変化と米の選別

痛々しい姿でやってきたメイドたちは、翌日の早朝からピンピンした様子で家事に従事している。包帯や眼帯も外し、アザのひとつも見当たらない。尋常《じんじょう》じゃない回復力だな。

とはいえ、昨日の今日なのだ。怪我《けが》の具合は気になってしまう。くれぐれもムリはしないようにと声を掛けたものの、

「ご心配をおかけしてすみません！　すっかり良くなりましたので大丈夫です！」

と、何事もなかったかのように言い返されてしまった。……マジですか。

そんな事情もあって、領主邸《てい》の家事全般は戦闘メイドたちの手により、その支配権を握《にぎ》られることとなったのだった。

朝食の準備でもしようかなとキッチンへ足を運んだが、こちらもカミラの指揮の下、オレが立ち入る隙《すき》など一ミリもないわけだ。

やれやれ、思わぬ暇ができてしまったな。若干の困惑《こんわく》を覚えつつ、その場に立ち尽くしていると、カミラの眼差《まなざ》しがオレの顔を捉《とら》えた。

「タスク様」

「やあ、カミラ、なにか手伝うことは……」

「ございません。邪魔ですので、朝食のお時間までどこかへ行ってくださいませ」

……丁寧《ていねい》なのか、粗雑《そざつ》なのか、判断に困る扱《あつか》いだな。ファビアンに接する時のように、ドSっぷりを発揮されても、オレとしては嬉しくないんだけど。

せいぜい、これ以上冷たくあしらわれないためにも、ここはおとなしく退散したほうがいいだろう。オレはきびすを返し、早朝の散歩へ出かけることにした。


何気なく足を向けた先は満開の花畑で、咲《さ》き誇《ほこ》る花々をぼんやり眺《なが》めていると、ふわりふわりと空中を漂《ただよ》いながらひとりの妖精《ようせい》が姿を現した。

「あら、タスクじゃない。こんなに朝早くどうしたの？」

背中の羽をパタパタと動かしたココは、目覚めたばかりなのか、眠気《ねむけ》を覚ますように軽くのびをしてみせる。

「朝食前の散歩ってところだよ。そっちはいま起きたところか」

「ええ、そうよ。……あ、そうだ」

思い出したように両手を合わせ、ココはオレの右肩《みぎかた》へ腰《こし》を下ろした。

「タイミングがよかったわ。このまま桜の木まで行きましょう？」

「桜はもう散っただろ？　行ったところで花は見られないと思うけど」

「ところがね。面白《おもしろ》いものが実っているのよ」

「なんだそりゃ」

「とにかく、見ればわかるわ」

そうして促《うなが》されるまま、渋々《しぶしぶ》、桜の木へ足を運んだわけなのだが。

豊かな緑葉の隙間《すきま》から見える薄《うす》黄色の球体に、オレは目を丸くするのだった。


「……何だ、これ？」

桜の枝のあちこちに実る薄黄色の球体は、果実としてはなかなかのサイズで、野球の球ぐらいの大きさをしている。

一見するとグレープフルーツに見えるけど。桜にグレープフルーツが実るわりがない。

「貴方《あなた》のいた世界では、桜の木に果実は実らないの？」

「いや、実るけどさ。こういうものじゃなくて、もっと赤くて小さいヤツなんだよなあ」

脳裏《のうり》にさくらんぼをイメージしながら、眼前の果実をもぎ取ってみる。

この見た目で、香りや味がさくらんぼそのまんまだったら凄《すご》いんだけどなとか、一瞬《いっしゅん》そんな事を思っていたものの、実際にそんなことがあろうはずもなく。

手に取った果実からは、ごくごく馴染《なじ》みのある、爽《さわ》やかな柑橘系《かんきつけい》の香りが鼻腔《びこう》をくすぐるのだった。

日本人であればすぐに思い出せる、やや特徴《とくちょう》のある香り。紛《まぎ》れもなく柚子《ゆず》そのものである。

……は？　柚子？　なんで？

桜から柚子が実るなんて聞いたことないし、それにしたって、形が大きすぎるだろ？

「日本って場所じゃ、これが普通なんじゃないの？」

その問いかけを全力で否定したものの、ココは落ち着いた様子で続けてみせる。

「ふぅん。でも、普通じゃなくても仕方ないわよ」

「なんで？」

「だって、ここは貴方のいた世界とは違うのだし、この桜だって、異邦人である貴方の能力で作り出されたのよ。変だったとしてもおかしくないわ」

……一括《いっかつ》に変人扱いされているような気がするんだけど、オレの被害妄想《ひがいもうそう》だろうか？

とはいえ、実ってしまったからにはしょうがないしなあ。あとはこの果実を有効活用する以外にないわけで。

「ね。どうやって食べるの？」

ワクワクした様子でココが尋《たず》ねてきたものの、そのままで食べるのは、ちょっと厳しい。

柚子は苦味だけじゃなくて酸味もあるし。

皮が剥《む》きやすかったので、日本のそれとは違うかなと一瞬期待したものの、中の可食部分はやはり苦い。生食は難しいかなあ。

襲《おそ》いかかる苦味と酸味に、顔をしかめて耐えるオレだったが、ココにとっては美味《おい》しい分類に入る果実だったようで。

キラキラとした瞳《ひとみ》で、頬を紅潮させながら「美味しい！」を連呼するのだった。……マジですか？

「今までに味わったことのない酸味ね！　とっても美味しいわ！」

「苦くないのか？」

「少しだけね。でもそんなに気にする必要もないと思うけれど」

主食が木の実とか果物だから反応が違うのか？　日本じゃジャムとかスイーツ、あとはお茶とかにして楽しむものなんだけどね。

「それも素敵《すてき》ね！　ぜひ食べてみたいわ！」

「オッケー。作ったら持ってくるよ」

「さっすがタスク！　それでこそ私が見込《みこ》んだ紳士《しんし》ね！　楽しみにしてるわ、ダーリン！」

頬に軽く口づけをしてから飛び去っていくココ。誰《だれ》がダーリンだ、まったく。

ま、喜んでくれているようだし、桜の木から柚子が実ったのもひとまずヨシとしよう。

この世界に来て一年。変な物を作り出すことにすっかりと慣れてしまった感があるというか、キテレツなことが起きたとして受け入れられる自分がいるというか……。

いやはや、慣れというものは恐ろしい。

となるとだ。

もしかしてこれも育てていくうちに、愉快なことになるんじゃないだろうか？

そんなことを考えながら、ズボンのポケットにしまっておいた小袋《こぶくろ》を取り出して中を覗《のぞ》き込《こ》む。

そこには、クラウスから貰《もら》った種籾《たねもみ》が詰まっていた。


ようやく米が食べられる！

種籾を手にした際には感動を覚えていたのだが、やはりというか、現実は厳しい。

試《ため》しに何粒《なんつぶ》かの籾《もみ》を取り除き、中身を確認《かくにん》してみたものの、ほとんどがひび割れていたり、あるいは極端《きょくたん》に小さかったりと、不出来なものばかりだったからだ。

そういえば、クラウスも「辺境の寒村、その上、栄養不足の畑で育てていた」って言ってたし、そんな場所ではいい米ができないのかもしれないな。

とにもかくにもまずは育ててみないことには始まらない。

そう考えたオレは、朝食後、入手した種籾を植えてみようと試みた。

といっても、他の作物の生育する過程と変わらない。芽が出たところで再構築《リビルー》の能力を使い、一度、種籾に戻《もど》すという手法を取るのだ。

再構築した種籾なら、他の作物と変わらず短期間で収穫できるはずである。いや、ホント、改めて思うけど、ありがたい能力だよ。

チート級の能力に感謝を覚えつつ、畑に種籾を植えることしばらく。実際に芽が出たのは、四日目のことだった。

再構築で種籾へ戻しつつ、再び植える前に一手間加えることにする。『塩水選《えんすいせん》』という選別作業を行うのだ。

卵《たまご》が浮くぐらいの濃度《のうど》の塩水を作り、そこに種籾を入れる。浮かんできた種籾だけを排《はい》除《じょ》し、底に残った種籾を残すことで、より良い品質の米ができるという選別方法らしい。

らしい、というのは、オレ自身がテレビ番組で知り得た情報なので試したことがないからなんだけど。

いやはや、知識というのは覚えておいて損がないもんだね。どんな時に役立つかわかんないもんな。本当にありがとう、鉄腕《てつわん》ＤＡＳＨ！

某《ぼう》アイドルのリーダーである関西弁の男性を脳裏に描《えが》きつつ、木桶《きおけ》に塩水を用意して選別の準備を整える。

「なにをしとるんじゃ？」

せっせと塩水選の用意をしているところに通りかかったのは、散歩中のアイラ、それにしらたまとあんこで、物珍《ものめずら》しそうにこちらを覗き込んでいる。

「ほう。塩水で？　面白いことを思いつくもんじゃのう」

一通り説明を聞いたアイラは、種籾を手にしながら興味深そうに木桶を覗き込んでいる。

「この作業を何度か繰り返せば、美味しい米が収穫できると思うんだよ」

「おぬし、前々からコメコメうるさいが、そんなに美味しいものなのかえ？」

「美味《うま》い！　いや、人の味覚はそれぞれだと思うけどさ、醤油《しょうゆ》と味噌《みそ》と同じく、米はオレにとってのソウルフードなんだよ」

ふぅんと頷く猫《ねこ》人族の背後から、二匹《ひき》のミュコランが顔を覗かせる。

「なんじゃ？　食べたいのか？」

「みゅ！」

こくりと頷《うなず》くしらたまとあんこ。種籾だぞ、これ？　食べたいの？

「みゅー……」

甘《あま》えるように声を出し、すり寄ってくるミュコランたち。体格は立派になったけど、人《ひと》懐《なつ》っこいところは変わらないなあ。わかったわかった、少しだけだぞ？

塩水選前の種籾をひとつかみして二匹に差し出した。しらたまとあんこは器用にそれをついばみ、それから瞳を大きく見開いたかと思いきや、聞いたこともない鳴き声を上げて、バッサバッサと羽を動かし始める。

「みゅ！　みゅ！　みゅー！」

「ど、どうした⁉　美味しくなかったか⁉」

「いや、逆じゃ。しらたまもあんこも『美味しい！』と感激しておる」

「みゅっ！」

激しく頷く二匹のミュコラン。ええ？　そんなに出来のいい種籾じゃないと思うんだけど……。あるいはオレの勘違《かんちが》いだったのだろうか？

予想外の反応に期待に胸を膨らませて、残った種籾を木桶へと投入していく。浮《う》いた量が少なければ少ないほど、いい種籾という証拠《しょうこ》になるのだが……。

結果としては九割ほどが水に浮き、沈《しず》んだ種籾はほんの少しで、しらたまとあんこのリアクションとは不釣《ふつ》り合いな、残念なものとなってしまった。

「みゅ〜……」

「『それでもじゅうぶん美味しかった』と言っておる」

しらたまとあんこの言葉をアイラが訳してくれる。う〜ん、不出来な米でも、この子らにとっては美味しいのか。

「これよりもっと美味しい米を作るからさ、期待していてくれよ？」

「みゅ！」

ミュコランの頭を撫《な》でながら、美味しい米を作るために頑張《がんば》らなければと改めて決意。

農家の皆さんだって、長い年月を掛けて少しずつ米の改良をしていったのだ。長い目で取り組まなければ。

沈んだ種籾を畑に植え、芽が出たところを再構築。再び塩水選にかけると、今度は二割ほどが水の底に残った。多少はマシになっているようだ。

回数を重ねていくことで、順調に品質が向上していってくれるといいんだけどね。

そんなことを考えながら、黙々《もくもく》と執務《しつむ》をこなしつつ、塩水選に取り組むこと数日。

ハンスから「獣人族の国から使者の一団が訪《おとず》れました」と聞かされたのは、ファビアンと打ち合わせをしている最中のことだった。

ハイエルフの国との交易について、また二台目の水流式回転テーブルはいつ頃《ごろ》までに作ったらいいかなどを相談するため、ファビアンを執務室《しつむしつ》に招き入れていたのだが。

それらについて話す間もなく現れた突然《とつぜん》の客に困惑しながら、いったい獣人族はどのような用件でやってきたのか、オレはハンスに尋ねた。

「使者いわく、交易をするため話し合いに来たと。紹介状《しょうかいじょう》を持参しておりましたな」

手渡《てわた》された紹介状は、龍人《りゅうじん》族の国の大臣という肩書《かたがき》と、聞いたことのない人物の署名がなされたもので、「獣人族の国との交易をくれぐれも丁重《ていちょう》に行うべし」といったようなことが長々と書かれている。

「ちょっと失礼」

紹介状を受け取ったファビアンは、無感動に書類へ目を通し、それから感想を呟《つぶや》いた。

「確かに大臣の中のひとりだ。署名も見たことがあるから、間違《まちが》いなく本物だろう。しかしなんというか、慇懃無礼《いんぎんぶれい》のお手本みたいな文面だね」

第4章　獣人族の使者

「悪いけど、オレ、その人のこと知らないんだよなあ」

「アッハッハ！　無理もないさ！　宮中でもなければ知り合う機会もないだろうからねえ」

愉快に笑うファビアンはさておき、とりあえずの対応はしないとな。

「獣人族の使者は何人で来ているんだ？」

「二十五名です。私が見た限り、交渉《こうしょう》を行う使者は三名ほど。残りは武装しておりましたので、その護衛といったところでしょうな」

それだけ大人数だと新居の応接室にも入りきらないか。

「わかった。集会所へ案内しておいてくれ。それと、アルフレッドを呼んでくれないか？」

「かしこまりました」

うやうやしく一礼して去っていくハンス。テーブルのティーカップを手に取ったファビアンは、執務室のドアが閉まると同時に口を開いた。

「ハンスはああ言ってたけど、護衛というのは方便だろうねえ」

「どういうことだ？」

「獣人族のやり口さ。最初に圧力をかけて、優位に立とうとするのは彼《かれ》らの常套手段《じょうとうしゅだん》だよ」

ファビアンが言うには、獣人族がよく行う交渉方法として、武力をちらつかせ、優位に立とうとする傾向《けいこう》があるそうだ。

「恫喝《どうかつ》まがいでもおかまいなし。利のある内容を引き出したいってね」

「嫌なやり口だなあ」

「古典的だろう？　辺境の領地が相手だし、それが通じると思っているんだろうね」

今回やってきたのは、あくまで意志確認のための使者で、こちらの態度を見定めながら、本格的な交渉に乗り出すのは次回以降になるだろう。

「そういった意味では、こちらも強気でいかないとね。今回の訪問も少しばかり厄介《やっかい》だし」

「問題があるのか？」

「紹介状持参っていうのがねえ？　一応、大臣の署名があるからさ。無下に扱うと、彼の顔に泥《どろ》を塗《ぬ》ってしまうだろ」

手に持ったティーカップを口元まで運び、一息入れてからファビアンは続ける。

「そこでだ。大臣にはボクらを相手にしないほうが得策だと思わせてしまおう。『紹介《しょうかい》はした、あとはそちらでご自由に』っていう体裁《ていさい》なら、恥《はじ》をかかされたとは思わないだろ？」

「そんなに上手《うま》くいくかな？」

「問題ないよ。ボクに任せて」

前髪《まえがみ》をかきあげ、ファビアンは微笑《ほほえ》んだ。

集会所の長テーブルの前に三人の獣人族《じゅうじん》が佇んでいた。

中央に犬、右が兎《うさぎ》、左は猫と、それぞれ異なる形の耳が頭上にあることから、獣人族の中にもいろいろな種族がいるんだなと実感する。

後ろにいる武装した兵たちも、犬なのか狼《おおかみ》なのかわからない耳をしているし、外に控《ひか》える連中も姿形に統一感がなかったからな。多民族国家なのだろう。

使者と対面するように腰を下ろしたオレに続き、両隣《りょうどなり》のファビアンとアルフレッド、それに獣人族の使者たちが椅子《いす》に腰掛《こしか》けた。

「使者の方々、お待たせしました。こちらがタスク子爵《ししゃく》であらせられます」

アルフレッドの紹介に使者たちが一礼する。

「お目にかかれて光栄です。獣人族の国より使者としてやってまいりました」

「楽にしたまえ」

オレの一言に頭を上げる使者たち。……使い慣れてない口調はやっぱり緊張《きんちょう》するな。

おっと、いかんいかん。気を緩《ゆる》めないようにしなければ。ファビアンから〝演技〟をするよう言われていることだし。

あとはアルフレッドと上手く進めてくれるって言ってたけど、どうなることやら。

「さて、本日やってきましたのは他でもありません。我《わ》が国《くに》と子爵の領地とで誼《よしみ》を結び、交易を取り行えればと参上した次第《しだい》」

オレを真《ま》っ直《す》ぐに見据《みす》えたまま、犬耳の使者は早速《さっそく》とばかりに切り出した。

「なお、今回の訪問に先立ち、龍人族の国の大臣よりよろしく取り計らうよう紹介状を頂《ちょう》戴《だい》しております。つきましては、そのことをご一考いただければ幸いかと」

ずいぶんと露骨《ろこつ》だな。こっちには後《うし》ろ盾《だて》ついてんだぞ、わかってんだろうなってことね。

不敵に笑っている様子も正直気に入らない。なるほど、圧力をかけてくるっていうのはこういうことか。

「ああ、その件なのですが……」

わざとらしく残念そうな表情を浮かべ、アルフレッドは額に手を当てた。……オレが台詞《せりふ》を言うためのサインである。

「悪いが、貴殿《きでん》らの国と交易をするつもりはない」

芝居《しばい》のつもりだったけど、結構ムカついていたらしい。演技ではなく本気で伝えてしまった。

しかしながら、相手にはむしろ効果的だったようで、使者たちは動揺《どうよう》を隠《かく》せない様子だ。

「なっ！　どういうことです⁉」

「子爵がこう述べられた以上、理由をお伝えする必要はございません。我々はこれにて

「……」

アルフレッドの言葉に続き、席を立とうとするオレを犬耳の使者が引き止める。

「こちらは大臣の紹介状を持ってきたのです！　にもかかわらず、その対応はあまりにも心外！　子爵殿《ししやくどの》は大臣のお立場をどうお考えですか⁉」

「黙《だま》りなさい！　大臣の紹介状を持参してきたからこそ、子爵は貴殿らの前に姿を見せられたのです！　本来なら我々だけで十分だというのに、ご配慮《はいりよ》もわからないのですか⁉」

「なんだと！」

「逆に伺いましょう、貴殿らは子爵をなんと心得られるのです。賢龍王《けんりゆう》ジークフリート陛下のご息女リア様と結ばれ、王位継承権《けいしようけん》所有者でもあらせられるお方ですぞ」

アルフレッドの気迫《きはく》に使者たちが気圧《けお》されているのがわかる。

「それにこの領地は、陛下からタスク様へ直々に治めるよう申し伝えられた由緒《ゆいしよ》正しき土地。陛下の直轄《ちよつかつ》である領地へ武装して乗り込むとは。貴殿らこそ無礼と考えないのですか！」

「それは……。道中、樹海の魔獣《まじゆう》対策に護衛をつける必要があり……」

「ほう。貴殿らは樹海を治めし子爵の統治能力を疑われるのですね？　そのような大人数でなければ来ることのできない危険な土地であると」

「いえ、決してそのような……」

……うわぁ、龍人族の商人怖ぇ……。

本気を出したアルフレッドの凄みおっかないなあ。普段《ふだん》と言葉遣《ことばづか》いなんか全然違《ちが》うしさ。

使者の人たちなんか、めちゃくちゃ血の気が引いてるもん。

「大臣の紹介状を持参して来られたのはよろしい。しかしながら陛下の直轄地《ちょっかつち》に対し、いち大臣がよろしく取り計らえというのは、いささか不釣り合いな気がしてなりません」

「……………」

「まあ大臣の顔に免《めん》じて、それはよしとしましょう。ところで使者殿《どの》はいかなる権限があってここへお越《こ》しですか？　交易品の内容や予算面など、当然、決定権をお持ちで？」

犬耳の使者は忙《いそが》しく左右に首を振《ふ》りつつ、ヒソヒソ声で両隣の使者と話し合っている。

額に浮かび上がる汗《あせ》を拭《ぬぐ》い取り、そして、入ってきた頃《ころ》とは異なる余裕《よゆう》のない顔で、申し訳なさそうに口を開いた。

「それが……、我々は、その、子爵に交渉する意志があるかどうかの確認を……」

「は？　いまなんと？」

「その、子爵に交渉する意志があるか確認するためにやってきただけですので……。交渉の権限というのは」

「お持ちではない？」

力なく頷く犬耳の使者に、呆《あき》れ顔を向けるアルフレッド。

「困りましたね。交易の権限もなく、意志の確認をするためだけに、このような仰々《ぎょうぎょう》しい集団で来られたと」

「い、いえ、そのような」

「武装を固められておいでなのです。外交問題と受け取られかねないと、そうは思われませんか？　こちらとしては紹介状を書いた大臣の責任問題も追求しなければなりません」

「…………」

「そうなれば、我が国の大臣へ口利《くちき》きを頼《たの》んだであろう、貴殿らの上役にも、少なからず影響《えいきょう》はあるかと思いますが」

「それは……」

「まあまあ。そのぐらいで止めておきましょう」

穏《おだ》やかな口調で間に入ったのは、この茶番劇を立案したファビアンだ。

「獣人族のご使者も悪気があってやってきたわけではないでしょう。いわば上からの命令に従っているだけ。そうではありませんか？」

「そ、そうなのですっ！」

思わぬ助け舟《ぶね》に即答《そくとう》する犬耳の使者。

「で、あれば、こういうのはいかがでしょうか？　一度、我らが領地の特産品を持ち帰っていただき、交易の内容を決める目安としてもらっては」

「ファビアン殿。それはいくらなんでも甘いのでは」

「いえいえ、獣人族の方々も、そのほうが取引する品を決めやすいでしょう。それに、交易をするかしないかのご判断をされるのは子爵です。権限をお持ちの方にあらためてご来訪いただき、それから会談の場を持たれては？」

慣れた手付きで前髪をかき上げるファビアン。オレへのサインのはずなんだけど、いつものクセと変わらないから混乱するな。

「うむ。私はそれで構わない」

ゆっくりと頷いて、使者たちの反応を待つ。

「我々もそれで構いません。ですので、穏便《おんびん》に事を運んでいただけると……」

「わかっております。次回以降は有意義な交渉ができることを願っていますよ」

微笑むファビアンにすっかり恐縮《きょうしゅく》する獣人族の使者たち。若干《じゃっかん》、気の毒に思えてしまうね。

（タスクさん……）

おっといけない。目配せするアルフレッドに、表情を引き締《し》める。獣人族が帰るまでは演技を続けなければ。

ほうほうの体《てい》で退散していく獣人族たちを眺めやりながら、ファビアン作の脚本《きゃくほん》と演出が上手くハマったことに、オレは心から安堵《あんど》を覚えるのだった。


執務室に戻ってきたオレは、倒《たお》れ込むように三人がけのソファへ寝転《ねころ》んだ。

「つ、疲《つか》れた……」

つくづく慣れないことはするもんじゃないなと、仰向《あおむ》けになって大きなため息をひとつ。

「お疲れ様《さま》でした。なかなかにお見事でしたよ。舞台《ぶたい》俳優になれるのでは？」

対面に座《すわ》るアルフレッドがにっこりと微笑んでいる。先程《さきほど》までの臨戦態勢モードとはえらい違いだ。

「冗談だろ。大根役者もいいところさ」

「そうですか？　僕《ぼく》から見ても自然体でしたので。タスクさんにも領主としての風格が備わってきたのかと」

「バカにされてるとしか思えないけどな」

それは失礼と続け、龍人族の商人は声を殺しながら笑っている。まったくコイツは……。

体を起こすと、そばに控えるカミラが冷たいタオルを差し出してくれた。

ありがとうと礼を述べてから、遠慮《えんりょ》なしに顔全体を拭う。緊張からか、じっとりとまとわりつく脂汗《あぶらあせ》が気持ち悪かったのだ。

ひんやりとした心地《ここち》よい感触《かんしょく》に、ようやく一息つくことができた。

「オレから言わせてもらえばな。アルフレッドの方が俳優に向いていると思うけどね」

「僕がですか？」

「ムチャクチャ怖《こわ》かったからな。どこからが演技で、どこまでが本気だったんだ？」

強気の姿勢を崩《くず》さず、格上の存在であることを相手に知らしめる。そのために交渉の席では演技をして欲《ほ》しい。……獣人族の一行と会う直前、ファビアンからそう提案を受けた時にはどうなることかと心配したんだけど。

成功の立役者は、紺色《こんいろ》の頭をかきながら、照れくさそうな表情を見せた。

「こう見えても商人の端《はし》くれですからね。魑魅魍魎《ちみもうりょう》が蠢《うごめ》く世界で生き残るためには、あのぐらいできないとダメなのですよ」

「おっかない世界だなあ」

「もっとも、今回はあまりやり合わないうちに済んでしまったので、いささか消化不良ですね。もう少し粘《ねば》ってくると思っていたのですが……」

肩《かた》をすくめるアルフレッド。あっさりと引き下がってくれたんだぞ。いいことじゃないか。

「それはそうなのですが。多少、痛めつけ足りないといいますか。もっと食《く》らいついてもらえれば、格の違いというものを、とことん教えられたのですけれど……」

何気ない顔で呟いてから、龍人族の商人はテーブルの上からティーカップを手に取った。カミラの名人芸によって淹《い》れられた、紅茶の香気《こうき》を楽しむように立ち上る湯気を顎《あご》先へと当てている。

普段はのほほんとしているだけに、こういう一面を垣間見《かいまみ》ると余計怖く感じるな。味方で良かったよ、ホントに。

「やあやあ、諸君！　ご苦労だったね！」

執務室のドアを勢いよく開けながら、陽気に飛び込んできたのはファビアンで、自慢《じまん》の長い長髪《ちょうはつ》をかき上げては、ポーズを取っている。

「いましがた獣人族を帰らせたところさ！　もちろん特産品の見本も預けてあるよ！」

「助かったよ、ファビアン。いろいろありがとう」

「礼には及《およ》ばないよタスク君！　使いっぱしりの連中相手だったからね、手応えがなくてガッカリしてるぐらいさ！」

キラリと白い歯を覗かせて、ファビアンはアルフレッドの隣《となり》に腰を下ろした。

「そんな風に油断をされていては、いつか足元をすくわれますよ」

「おや、カミラ。ボクのことを心配してくれるのかい？　君のような美しい女性に気にかけてもらえるなんて、光栄の至りだね！」

「ファビアン様が足元をすくわれることで、タスク様にご迷惑《めいわく》をかけるようなことがあっては甚《はなは》だ迷惑だと申し上げているのです。野垂れ死ぬなら、おひとりでどうぞ」

「いやはや、これは辛辣《しんらつ》だ！　しかし、美しいバラにはトゲが付きもの！　その氷のような眼差しも実にチャーミングッ！」

ファビアンの前へ叩《たた》きつけるようにティーカップを置いて、カミラはしずしずとオレの後方へ下がっていく。相変わらずのドSっぷりですな。

一方のファビアンも、テーブルの上に紅茶が飛び散っているにもかかわらず、一切《いっさい》、気にする素振《そぶ》りを見せず、小指を立てながら優雅《ゆうが》にティーカップを口へと運んでいるし。

ふたりの関係性に戸惑《とまど》っているのか、アルフレッドは忙しく視線を動かしながら、恐《おそ》る恐る口を開いた。

「……えーと。ファビアンさんも戻ってきましたし、今後の方針を決めたいと思うのですが」

「うん！　そうしよう！」

満面の笑顔《えがお》で応じるファビアン。お前も相変わらずだな、おい。

「獣人族との面会ですが、こちらの思惑《おもわく》通りに進んだといっていいでしょう」

軽く咳払《せきばら》いをしてアルフレッドは続けた。

「立場を明確にすることで、向こうも出方を変えざるを得ません。次の来訪はある程度の決定権を委ねられた使者が来るでしょうね」

「強気に出たことで印象を悪くしたとかはないかな？」

「その手の心配は無用だよ、タスク君。今日来たのは権力を笠《かさ》に着るような連中だからね。他人の力を自分の力だと勘違いするような低能さ」

「ああいった輩《やから》は、自分より立場が上の人間に媚《こ》びへつらうものです。対象が格上とわかれば尚更《なおさら》でしょう」

自分たちの上役と、招待状を渡《わた》した大臣、そして我々を取り持つためにどう報告すればいいだろうか。今頃《いまごろ》、必死に考えを巡《めぐ》らせているはずです、と、アルフレッドは断言する。

「龍人族の国王の名前を出されてしまっては、獣人族も大臣を頼《たよ》れないでしょう。これ以上の力添《ちからぞ》えは、かえって大臣の立場を危《あや》うくさせます」

「『紹介状については感謝する。おかげで縁《えん》を取り持てた。あとは我々が交渉に臨《のぞ》む』っていうのが落としどころかな。いずれにせよ、大臣はこのまま放置されるだろうねえ」

ティーカップをテーブルへ戻したファビアンは、戦闘《せんとう》メイドに微笑みかけた。

「一仕事終えた後に飲む、カミラの紅茶は格別だね！　香りが違う！」

「恐れ入ります。ファビアン様の分だけに遅効性《ちこうせい》の毒を混ぜておりますので」

「アッハッハ！　美女の手にかかって死ねるなら本望《ほんもう》さっ！」

背後から露骨な舌打ちが聞こえるんだけど……。えーっと、話を戻していいかな？

「とにかく、問題がないことはわかった。しかし、いまさらなんだけど、獣人族の国っていうのはどういったところなんだ？」

アイラの件や、難民であるハーフフットたちを追い出した件もあり、あまりいい印象を抱《いだ》いていない分、知ろうとも思っていなかったんだけど。そうは言ってられないからな。

「猫人族や犬人族など、様々な民族が集まった国です。国王は持ち回り制になっていますね」

「持ち回り制？」

「それぞれの民族の長が一定期間、国王になるのです。確か、ひとつ前の王は兎人族《とじんぞく》の長で、その前の王は虎人族《こじんぞく》の長でしたね。今は猫人族の長が国王だったはず」

それはまた変わった制度だな。関心を覚えていると、アルフレッドはさらに獣人族の国について教えてくれた。

国王の執政《しっせい》方針について、他の民族は異議を唱えてはならない代わりに、国王自身も他の民族へ直接介入《かいにゅう》する行為《こうい》はしないこと。

国内の自治はあくまで民族単位で行い、国勢に大きく関わる外交などは、ぞれぞれの長を含《ふく》めた協議会で決定する。

「要するに国王は大まかな内政方針に関して決定権を持ち、その後の行動自体は民族ごとに任せてしまうのです」

「従わない民族とか、不安を持つ民族とか出てこないのか？」

「そんなことをすれば、自分たちの長が王になった時に反感を抱かれますから。逆もまたしかりです。これはこれで上手く回っているようですよ」

ただ、問題がないとは言い切れないようで。

「他の民族への介入が禁止されているため、民族によっては根深い悪習が残っているところも多く……。もっとも、彼らからすれば伝統なのでしょうが」

「悪習？　アイラでいうところの忌《い》み子《ご》とかのことか？」

こくりと頷くアルフレッド。

「僕も長い間、あの国とは取引がありませんが、商人仲間からいろいろと話は聞いています。閉鎖的《へいさてき》な文化がそうさせてしまうのかも知れません」

アイラと知り合った直後のことを思い返しているのだろうか。アルフレッドは苦渋《くじゅう》の面《おも》持《も》ちを浮かべている。

忌み子についてはアイラから聞いたことがある。思い出すだけで胸糞悪《むなくそ》くなる話だった。

とはいえ、領主という立場からすれば、腹が立つという個人的な理由だけで交易を断るわけにはいかないし。

背もたれに寄りかかり、腕組《うでぐ》みをして思案を巡らせる。獣人族の国とも面している領地なだけに、事は上手く運びたい。

「予想でいいんだけど、次の使者がやってくるのって、どのぐらいの時間がかかるかな？」

「彼らも方針を転換《てんかん》しなければならないだろう。最低でも二週間はかかるだろうね」

「二週間、ね……」

時間的猶予《ゆうよ》はある。これならぼんやりと思いついたことを実現できるかも知れない。

「アルフレッド。ひとつ頼みたいことがあるんだけど」

オレの顔を眺《なが》めやり、龍人族の商人は会心の笑《え》みを見せた。

「いい考えがおありですか？」

「そういうわけじゃないんだけどさ」

アルフレッドのクセを真似《まね》るように、オレは後頭部をボリボリとかきむしった。

「お義父《とう》さん――ジークフリート国王陛下に手紙を持っていってもらいたいんだ」


それから数日後。

領地に帰ってきた龍人族の商人は、ドラゴンから人間の姿に変わった途端《とたん》、身だしなみを気にするようにスーツの肩口《かたぐち》を手で払《はら》い、それからトレードマークであるメガネを掛《か》け直すと、手櫛《てぐし》で髪《かみ》を整えはじめた。

ついこの間まで、ボサボサのヘアスタイルと、ヨレヨレのスーツでも一向に気にしなかった男とは思えない変わりようだなあ。

前に「領主に仕える身として恥《は》ずかしくない格好を」とか言ってたけど、どちらかといえば、グレイスにいい格好を見せたいって気持ちが強いんじゃないかと勘《かん》ぐってしまうね。

ま、好きになった相手へいい所を見せたいというのはオレも変わらないし、人のことは言えないけれどさ。

「僕の顔に何か？」

まじまじと顔を眺めやっていたオレに向き直り、アルフレッドは首をかしげている。

「ご機嫌《きげん》なようだし、グレイスにお土産《みやげ》でも買ってきたのかと思ってさ」

「えっ⁉　えっと、ですね……。それはその……」

「答えなくてもわかるよ。正直者め」

アハハハと苦笑《くしょう》しながら、整えたばかりの髪をボリボリとかきむしる龍人族の商人に、オレは改めて労をねぎらった。

「とにかくお疲れ様。悪いな、急にお使いを頼んじゃってさ」

「とんでもない。上客への御用聞《ごようき》きもできましたから。僕としてもちょうど良かったですよ」

そう呟いてから畑に視線を向けたアルフレッドは、興味深そうな口調で続ける。

「これが話していた米の栽培《さいばい》ですね。上手くいきそうなんですか？」

「う～ん。一定の品質になるにはまだまだ時間がかかりそうだな。個人的にはいますぐ食べたいっていう心境なんだけど」

「期待してますよ。大陸の食料事情を一変させるかもしれない作物なのですから」

大陸で流通している主食の穀物は細麦《ほそむぎ》がほとんどで、この作物については、不作の影響による振れ幅《はば》が大きいという懸念《けねん》をいまだ解消できていない。

一部の地域では、じゃがいもやとうもろこしを増産しているらしいけど、細麦に取って代わるまでには至らず。

そういった事情から、米を伝播《でんぱ》させることで栽培の選択肢《せんたくし》を広げ、不作の影響が出ないバランスのいい農業を行うと同時に、住民たちの飢《う》えに対する不安を無くそうというのが、アルフレッドの考えなのだ。

「そもそもだ。米の味を気に入ってくれるかどうかはわかんないぞ？　みんなの口に合わないようなら、苦労も水の泡《あわ》って話だし」

「みんながみんなグルメというわけではありません。貧しい人たちは、ほんの少しの穀物へ樹木の根っこや木くずを混ぜてかさ増しし、空腹を満たしているのですから。まともな穀物なら喜んで食べますよ」

気持ちが重くなる現実だな。そういった人たちのためにも、できるだけ早く米の改良を進めたい。

「ごしゅじ〜んっ」

呼ぶ声に振り返ると、宙へ漂《ただよ》うふたりの妖精《ようせい》が視界に入った。ロロとララだ。

「それじゃあ、そろそろ行ってくるッス！」

「……おみやげ……きたい……してて……？」

ビシッと敬礼のポーズを取るロロと、明らかに眠《ねむ》そうなララ。

「お土産はいいから、くれぐれも気をつけて」

「了解《りょうかい》ッス！」

「……（コクリ）」

軽いやり取りの後、ロロとララは北東の樹海に向かって飛んでいく。その後ろ姿を眺めながら、アルフレッドは口を開いた。

「行き先は獣人族の国ですか？」

「ああ。せいぜい無駄足《むだあし》にならないことを願うばかりだよ」

ロロとララを獣人族の国へ向かわせたのは情報収集のためだ。

地域によって忌み子などの伝承が、いまも引き継《つ》がれている。

その事実が本当かどうか確認《かくにん》するため、大陸中へ情報網《じょうほうもう》を張り巡らせている妖精たちに、獣人族の国への潜入《せんにゅう》を依頼《いらい》したのだ。

その手の悪習が残っていないのならいい。でも、もしそうでなければ……。

オレはアルフレッドに、ジークフリートに送った手紙の返答がどうなったのかを尋《たず》ねた。

「そうでした。陛下から書状と伝言を預かっておりますよ」

「伝言？」

「陛下いわく『領主の権限の範囲内《はんいない》だろう。好きにやれ』と」

「って、言われてもなあ。一応、確認は取らないと」

「お気持ちはわかります。龍人族の中にも少なからず、忌み子を毛嫌《けぎら》いしている人はいますからね。王の命令とあらば、従わざるを得ないでしょうし」

手渡された書状に目を通す。そこにはジークフリートの直筆で、次の内容が記されていた。


『人道的観点から、獣人族において忌み子等と俗称《ぞくしょう》される人々の移住を認め、龍人族国王の名の下にこれを保護する』


つまりはアイラみたいな境遇《きょうぐう》の人たちをここで受け入れるため、その許可をジークフリートにお願いしたのだ。

差別がなければ必要ない書状だし、むしろ、そう願いたいところなんだけど……。

「迫害《はくがい》された人々を受け入れることは全面的に賛成です」

思案顔を浮《う》かべて、アルフレッドは続けた。

「しかし、場合によっては内政干渉《ないせいかんしょう》だと断られる可能性もあるのでは？　心苦しいですが、そういう人々を労働力として酷使《こくし》する側面が存在するのも確かです」

連合王国におけるハーフフットたちがそうだったように、奴隷《どれい》同然の扱《あつか》いで労働に従事させている地域があることは知っている。

「もしそう言われたら、交易自体を断るつもりだよ」

「それで応じるでしょうか？」

「確率は半々といったところかな。ただ、交易の話自体、向こうから申《もう》し込《こ》んできたことが気になるんだよ。こんな辺境の土地へ、ご丁寧《ていねい》に大臣の紹介状まで持参の上でね」

そうまでして取引を行いたいということは、他国との交易が上手くいっていない、あるいは行き詰《づ》まっていると推測するのが妥当《だとう》だろう。

「将来を見越《みこ》したら、交易を締結《ていけつ》させることが向こうにとっても望ましいはずさ。目先の労働力を惜《お》しむようなら、それまでの相手と思えばいい」

まとめていた考えを口にしていると、アルフレッドから意外そうな眼差《まなざ》しを向けられていることに気がついた。

「どうした？」

「いえ……。温和なタスクさんらしからぬ、ドライな言動だと驚《おどろ》きまして」

「そうかな？」

自分では気付いていなかったけど、この件については、思いのほか苛立《いらだ》っているようだ。アイラから身の上話を聞いているので、余計に思い入れがあるのかもしれない。見た目だけで偏見《へんけん》と差別を助長する伝承なんてクソ喰《く》らえである。

むしろ、今まで迫害されていた人たちが、この土地で暮らしていくことで、相手を見返すだけでなく、相手から羨《うらや》まれるような立場になればいいと思ってるぐらいだしな。

『ざまぁ系ラノベ』も一世を風靡《ふうび》していることだし、そのぐらいはしてもいいだろう。

「ざまあけい……？　なんですそれ？」

「独り言だ、気にしないでくれ。それより、考えなきゃいけないことがあるんだ」

もし、忌み子がいると仮定して、その人たちを受け入れることになった場合、どんな仕事に就《つ》かせるのがいいだろうか？

どうせなら人が羨む、誰《だれ》にも真似できないスペシャルな職を見つけて欲しいところだけど、なかなか難しいよな。

チョコレート職人、スイーツ職人は珍《めずら》しい職種だけど。う～ん、どうしたもんか？

「楽しそうな話をしてるじゃねえか」

朗《ほが》らかな声で会話に割《わ》り込んできたのは、いつの間にか姿を見せていたクラウスで、お馴染《なじ》みのフードを被《かぶ》ったまま言葉を続けた。

「そういうことなら、いい考えがあるぜ」

フードの下から覗《のぞ》かせる若々しく爽《さわ》やかな顔には自信がみなぎっており、アルフレッドは驚愕《きようがく》の眼差しで発言の主を見やっている。

「は、ハイエルフの国のクラウス王……⁉　どうしてここに⁉」

……あ。そういえば。クラウスがここで暮らしていることを、アルフレッドには教えていなかったな。すっかり忘れてた。

「〝前〟国王な？　前国王」

おかまいなしにケラケラと声を立てて笑うクラウスとは違い、龍人族の商人は驚きのあまり声が出ないといった様子だ。

しばらく口をパクパク動かした後、ようやく落ち着いたのか、失礼と咳払いをひとつした後、ずれ落ちそうになるメガネを直している。

「お？　なんだ？　意外に驚かねえんだな？」

「タスクさん絡《がら》みで、いままで散々驚かされてきましたから。耐性《たいせい》が付いたといいますか、慣れてしまったといいますか……」

「そいつぁはいい！」

再び声を立てて笑う様子を、遠くから領民たちが不思議そうに眺めている。

「とにかく、場所を変えよう。騒《さわ》ぎになると話が進まないだろうし」

「違いねえ。カミラが淹れた茶も飲みてえしな」

こうして新居の執務室《しつむしつ》へ場所を移すことになったのだが。

とある人物にも話し合いへ加わってもらいたいと考えたオレは、途中《とちゅう》、寄り道をしながら執務室に足を運んだのだった。


「それで？　どうして私が呼ばれたんじゃ？」

執務《しつむ》用の立派な椅子にもたれかかり、アイラは怪訝《けげん》そうな目でこちらを見やっている。

「そのうちわかるよ。とりあえず、今はお茶でも飲みつつ、お菓子《かし》でも食べていてくれ」

「む……。食べていろと言われるのはやぶさかではないが……」

頭上の猫耳《ねこみみ》をぴょこぴょこ動かしつつ、アイラは執務机《しつむづくえ》の上に並ぶ焼き菓子とカミラの淹れた紅茶へ視線を移した。

喜びに溢《あふ》れた瞳《ひとみ》で丸型のビスケットをひとつ取り、口に運んでいく。頬《ほお》を赤くさせながら頬張《ほおば》る姿を、ハイエルフの前国王がほのぼのとした面持ちで眺めている。

「気に入ってくれたなら、持ってきたかいがあったってもんだ」

「悪いな。ハイエルフの国には仕事で行ってもらったのに、お土産まで……」

「気にすんな。ここの土地は美味《うま》いもんばっかりだからな。奥さん《嬢ちゃん》たちの口に合うかどうか心配だったんだが」

「むっ、これは実に美味いぞクラウス！　ジークが持ってくる菓子と遜色《そんしょく》ない味じゃ！」

「そうかそうか。そりゃあなによりだ」

忙しく口を動かしながら、熱弁を振るうアイラ。エリーゼたちの分も残してやれよ？

ソファの前のローテーブルへ三人分の紅茶を用意し、カミラは一礼した。

「ありがとうカミラ。それと頼んでおいた件を」

「かしこまりました。お呼びしてまいります」

執務室を出ていく戦闘メイドを見送ってから、アルフレッドは口を開いた。

「呼ぶって、どなたを？」

「そのうちわかるさ。それはさておきだな」

視線を正面へ戻《もど》すと、対面に座るクラウスの姿が視界に入る。ティーカップを顎先まで運び、立ちのぼる香気を楽しんでいるようだ。

「いい考えっていうのはなんだ？　ハイエルフの国で収穫《しゅうかく》があったとか？」

「……ん？　ああ。いや、模写術師の手配はできたんだけどな。紙の仕入れが難航してよ」

「模写？　紙の仕入れ？　本でも作られるのですか？」

素朴《そぼく》な疑問を口にするアルフレッドに、マンガ出版に関しての経緯《けいい》を説明すると、驚きとも呆れとも取れる口調で、龍人族《りゅうじん》の商人は口を開いた。

「お話はわかりました。理解するのに、若干の時間がかかりそうですが……」

「だろうなあ」

「しかし、大量に紙を仕入れる無謀《むぼう》さだけはわかります。費用がかかるだけでなく、そもそも紙の製造が追いつかないのでは」

「それなんだよ。国の連中にも言われてよ、とてもじゃないけど、そんな量は作れないとよ」

やれやれと肩をすくめ、クラウスは紅茶で喉《のど》を潤《うるお》した。

「だからよ。考えたわけだ」

「何をだ？」

「仕入れることができねえなら、自分たちで作っちまえばいいってな」

「……ここに製紙工房《こうぼう》を作るのか？」

「その通りっ！　大正解っ！」

裏表のない晴れやかな表情で、ハイエルフの前国王は拍手《はくしゅ》した。

「出かける前、お前には言っておいただろうが。いざとなったらここへ工房を建てるってな」

「冗談《じょうだん》じゃなかったのか……」

「アホ言え。もとから本気も本気だっての。製紙工房ができれば、そこで働く連中も必要になるからな。迫害されていた獣人族《じゅうじん》の受け入れにも都合がいいだろ？」

紙の需要《じゅよう》があまりないことも手伝い、製紙専門の職人は圧倒的《あっとうてき》に少ない。技術を身につければ、スペシャリストとして讃《たた》えられるのは間違《まちが》いないだろう。

クラウスはそう続けて、銀色の長い前髪《まえがみ》をかき上げた。

「それだけじゃないぜ。せっかく出版社を立ち上げたんだし、そこでも働いてもらうことにする。マンガが普及《ふきゅう》したら、その道の先駆者《せんくしゃ》として、引く手あまたの存在になるって寸法よ」

「ちょ、ちょっと待て。話が急展開すぎる」

製紙工房もマンガの普及も、成功前提のものとして話を進めているけど。そんなに上手《うま》く進むと思っているのか？

訝《いぶか》しむオレに、ハイエルフの前国王は真剣《しんけん》な顔をみせる。

「失敗した時のことなんざ考えるな。何が何でも成功させるんだ」

「そんなこと言われてもな……」

「いいかタスク、よく聞けよ。これは単なる職業斡旋《あっせん》じゃねえんだ。迫害されていた奴《やつ》らの名誉《めいよ》を取り戻す戦いだと思え」

「…………」

「歴史上、日の目を見なかった連中が失っていた自尊心を取り戻すためには、革新的な成功体験が必要なんだ。それこそ、暗黒龍討伐《とうばつ》に匹敵《ひってき》するぐらいのな」

「マンガの普及がそれと同じぐらいだっていうのか?」

「大陸に新しい芸術文化を根付かせることができるんだ。大変な偉業《いぎょう》だと俺《おれ》は思うがな」

それにな、と前置きし、クラウスは屈託《くったく》のない笑顔を浮かべた。

「俺は勝てる賭《か》け事《ごと》しかしない主義でね。当然、マンガも成功すると考えているからこそ、投資を惜しまないってワケだ」

「……将棋《しょうぎ》を普及させるためだとばかり思ってた」

「ハッハッハ! 確かにそれもある! それもあるけどよ、芸術文化に寄与《きよ》したいってのも正直なところさ。絵画も書籍《しょせき》も、心を豊かにしてくれるだろ?」

一連の発言に、アルフレッドはどう反応していいか迷っているらしい。どれもこれも、間違いなく本音だろうからなあ。

間を置くように紅茶を飲み干したクラウスは、オレに視線を戻し、そして考えていたであろう懸念を口にした。

「仮に忌み子たちがいたものとして話を進めているのはいい。受け入れるのも問題ないとしよう。その場合、獣人族たちが素直《すなお》にそいつらを手放すかね？」

「どういう意味だ？」

「この土地に移り住むことで、人道的配慮《はいりょ》がなされる確かな保証がなければ、引き渡しを断る口実ができるだろ？　そこのところどうするんだって話さ」

当然の疑問だな。アルフレッドも言っていたけど、地域によっては労働力として酷使されている可能性だってあるんだ。自分たちの代わりとなる貴重な働き手は手元においておきたいだろう。

ただ、受け入れに関しては応じてもらえるよう、前もって考えていたのだ。

「へえ？　どんな方法だ？」

「なんてことはないよ。次の交渉《こうしょう》の席へ、もうひとり加わってもらおうと思ってね」

視線を真横へ向ける。そこには猫耳をぴょこぴょこ動かしながら、休む間もなく、もぐもぐと口を動かしている猫人族《ねこじん》の姿があった。

第5章　交易路と未来予想図

一斉《いっせい》に注がれた視線に気付いたのか、アイラは戸惑いの表情を浮かべている。

そして、指先についたビスケットのかすを舐《な》め取りながら、我に返ったようにして続けた。

「……あっ⁉　菓子ならやらんぞ！　食べていいと言うたからには、これは私のじゃ！」

「いらんわ。っていうか、お前だけのものじゃないからな？　奥《み》さ《ん》ん《な》の分も残しておいてやれよ」

猫耳を伏《ふ》せたアイラは、机に並ぶ焼き菓子の数々に名残惜《なごりお》しそうな眼差しを向けている。

相変わらずの食いしん坊《ぼう》め。

「菓子なら他のを作ってやるから話を聞け。頼《たの》みがあるんだ」

「ほぇ？」

「獣人族との次回の交渉の際には、アイラにも同席して欲しいんだ」

首を傾《かし》げるアイラとは対照的に、その意図を理解したのか、アルフレッドとクラウスは声を上げた。

「なるほど。アイラさんがこの土地で厚遇《こうぐう》されていることがわかれば、これ以上ない説得力になりますからね」

「その上、領主の嫁《よめ》さんだからな。差別や偏見とは無縁《むえん》っていうことをアピールできる」

感心の眼差しを向けられたものの、個人的には若干の抵抗《ていこう》があることも事実だ。

「忌み子の出自を利用するのは変わらないからな。嫌《いや》なら断ってくれても構わないぞ」

アイラ自身、嫌な記憶《きおく》を掘《ほ》り起こす真似はしたくないだろう。三毛猫《みけねこ》というだけで蔑《さげす》まれ、長い間、疎《うと》まれて暮らしてきたのだ。

「別にかまわん」

深刻に考《かんが》え込んでいたオレがバカみたいじゃないかと思えるほどに、アイラはあっさりと応じてみせた。

「交渉の席に同席すればいいんじゃろ？　問題ないぞ」

「いいのか？」

「私を舐めるなよ、タスク？　そんなことで忌み子がどうとか考え込むわけがなかろう」

「そうか」

「私はおぬしの妻じゃからなっ！　夫に頼られて応えない妻などおるものかっ！」

連中の前で存分に幸せエピソードを披露《ひろう》してくれるわ、と続けて、アイラはぬふふふふと心から愉快《ゆかい》そうに笑った。

「いやはや、お熱いことで」

わざとらしく手で顔を仰《あお》ぐクラウスに、アルフレッドが頷《うなず》いている。返す言葉がない。

とはいえ、だ。心の何処《どこ》かでアイラなら引き受けてくれるはずだと信じていたのもまた事実なわけで。

素直に応じてくれたことへ感謝しながら、オレはもうひとつの頼み事をアイラへ伝えることにした。……ただし。こっちは断られる可能性が高いので、逃《に》げ道《みち》を塞《ふさ》いでおく。

「領主の妻の代表として交渉の席についてもらうけど。その点についても大丈夫か？」

「なんじゃ、タスク？　私が妻の代表では心もとないと、そう言いたいのかえ？」

「そういうわけじゃないよ。ただ、立ち振《ふ》る舞《ま》いとかさ、堂々としてなきゃいけないから」

「ふふん、誰に物を申しておるのじゃ？　伊達《だて》に二百年生きておらんわ。完璧《かんぺき》な淑女《レディ》っぷりを見せつけてくれようぞ！」

「そりゃ安心だ。そうだよな、アイラなら完璧な妻として振る舞ってくれるよな？」

「ぬふふふふ！　当然であろう！　私は完璧じゃからな！」

「淑女たるもの、振る舞いだけじゃなくて、服装も完璧にしないといけないいな？」

「そうじゃな！　なにせ完璧じゃからな！　それはもう当然であろう！」

「それを聞いて安心したよ」

「そうじゃろう、そうじゃろう！　何の心配もいらん！」

「それじゃあ早速《さっそく》、ドレスの採寸をしてくれるかな」

「……はぇ？」

最後の一言が理解できなかったのか、気の抜《ぬ》けた返事をするアイラ。

途中から勢いよく立ち上がり、自信満々の表情を見せていただけに、間抜《まぬ》けな感じになっているのは否《いな》めない。

「やほやほ、タックン☆　愛《いと》しのベルちゃん、ただいま参上だよ！」

勢いよく執務室のドアが開くと同時に、部屋の中へ飛び込んできたのは、ギャルギャルしい格好をした褐色《かっしょく》のダークエルフで、アイラは困惑《こんわく》気味にベルを見つめた。

「な、なんじゃ、ベル？　何をしに来た？」

「アイラっちのドレスを作ってくれって、タックンからお願いされたの！」

「は？　ドレスじゃと？」

「そういうことだ。まさか普段《ふだん》の服装で交渉の席についてもらうわけにもいかないからな」

栗色《くりいろ》の長い髪、透《す》き通るような白い肌《はだ》、翡翠《ひすい》色の大きい瞳が印象的な美しい顔立ち……

と、元がいいのにも関わらず、服装には無頓着《むとんちゃく》だからな、アイラのやつ。

いつも着用している動きやすそうなシーフっぽい服も、公の場では遠慮《えんりょ》してもらいたい。

とはいえ、可愛《かわい》らしい服装を極端《きょくたん》に嫌がることは重々承知していたので、あらかじめベルを呼んでくるようカミラへ頼んでおき、アイラの退路を塞ごうと手を打っておいたのだ。

「ホイッ★　つーかまーえたっ♪」

期待通り、ガッチリとアイラの身体を掴《つか》んで離《はな》さないベル。腕《うで》の中でジタバタと抵抗するアイラだが、身長差もあって抵抗は難しいようだ。

「は、謀《はか》ったなタスク！」

「さっきドレスの採寸するっていったじゃんか。おとなしくベルに身を委ねろ」

「い、嫌じゃ！　私はドレスなど着とうない！」

「もうっ☆　暴れちゃダメだよ、アイラっちぃ♪　心配しなくても、ウチがちゃーんと、可愛らしいドレス作ってあげるからっ★」

「そんなこと頼んでおらん！　いいから離せ！　離さんかっ！」

「は〜い、採寸終わったら離してあげるねえ☆　ところでアイラっち、おっぱい大きくなってない？　もみ心地《ごこち》が違《ちが》うっていうか……」

「ど、どこを触《さわ》っておる！　へ、変なところを触るなぁ！」

「じゃ、タックン☆　アイラっちは預かっておくねえ♪」

ウインクを残し、猫人族を引きずりながら、ベルは執務室を後にする。覚えておれという残響音《ざんきようおん》が廊下《ろうか》に響《ひび》き渡っていたような気がするけど、多分、幻聴《げんちよう》だな。

「賑《にぎ》やかで何よりです。相変わらず仲がよろしいようで」

騒動《そうどう》を微笑《ほほえ》ましく見守っていたアルフレッドが口を開く。

「まあね。おかげさまで楽しい夫婦《ふうふ》生活を送らせてもらってるよ」

「羨ましい限りです」

「お前だって相手はいるだろ。遠くない未来には賑やかな家庭を営んでいるんじゃないか」

「いやあ、僕《ぼく》なんかはまだまだですよ。どうなるかなんてわかりませんし」

アルフレッドが気恥《きは》ずかしそうに頭をかきむしる中、クラウスはポツリと呟《つぶや》いた。

「結婚《けっこん》ねえ？　俺にはとんと縁がないもんだと思ってたけど、こういう光景を見ると、案外悪くねえかもな」

「お。クラウスにもいい相手がいるのか？」

「いねえよ、そんな相手。だいたい、俺、九六〇歳《さい》のジジイだぞ？　よほどのモノ好きじゃなきゃ相手にもしてくれねえだろうな」

少年のような若々しいルックスと端正《たんせい》な顔に苦笑いを浮かべて、ハイエルフの前国王は反論する。

十代といっても通用する見た目なだけに、時折、発言の内容に混乱するんだよなあ。ていうか、ソフィアはクラウスの実年齢《じつねんれい》を知ってるのかな？　あいつのことだから、知っていたとしても関係ないとか言いそうだけど。

「わかんないぞ？　意外と近くにいるかもしれないじゃんか」

具体的な名前を出したところで、クラウスに引かれてしまっては元も子もない。この場ではソフィアの名前を伏せておき、様子を探《さぐ》ることにしたんだけど。

「へいへい。慰《なぐさ》めの言葉なら間に合ってるっつーの。それより、仕事の話をしようぜ」

……なんて具合に一蹴《いっしゅう》されてしまった。手助けできず、申し訳ない、ソフィア。

結局その後は真面目《まじめ》な打ち合わせに終始し、マンガの件とあわせて、収穫物《しゅうかくぶつ》を増産していく方向で決着した。移住者を受け入れていけば食料の消費も増えるし、当然の話だろう。

そして最後に、最近ずっと考えていた将来の展望について、ふたりへ切り出すことにした。

この領地をどうしていきたいか、目指すべきところはなにか、漠然《ばくぜん》と抱《いだ》いていたイメージがようやく固まったのだ。

――途方《とほう》もないけど面白《おもしろ》い。アルフレッドとクラウスが賛意を示してくれたことで、その計画を実行に移す覚悟《かくご》もできた。

すなわち。

大陸を横断する交易路を敷《し》き、この領地を中心地として、経済貿易都市に発展させるのだ。

それから数日が経過し、獣人族の国から戻ってきたロロとララからもたらされた情報は、予想通り気分が悪くなるものだった。

いわく、地域ごとに、出生や外見で迫害を受けている人たちが一定数存在しており、その人たちは共通して『耳欠け』と呼ばれているそうだ。

「なんだそりゃ?」

「生まれた時に、片方の耳の上半分を切られちゃうみたいッス。だから『耳欠け』って呼ばれるッスよ」

ジェスチャーを交えながらロロが説明してくれるが、想像するだけで心が痛いし、それがまかり通る現実というのは実に厳しい。

耳欠けと呼ばれる人たちは、住居や行動範囲《はんい》が制限されているだけでなく、低賃金で重労働を課されたりなど、差別が平然とまかり通っているらしい。

元いた世界で言うところの、悪名高きアパルトヘイトに近い。まったく、いつの時代もどこの世界も、人種問題というのは切り離すことのできない病巣《びょうそう》だな。

名医ではないので、すべてを除去できるわけではないが、問題を知ってしまった以上、自分にできることはやっておきたい。

近く訪《おとず》れるであろう獣人族との交渉へ思考を巡《めぐ》らせている最中、不安そうなロロの声が耳に届いた。

「……タスク……。……こわいかお……だい…じょうぶ……？」

目の前まで回り込み、ロロは見上げるようにしてオレの顔を覗き込んでいる。

「そ、そうか？　怖《こわ》そうな顔してたか？」

「ダメッスよ、ご主人。優《やさ》しそうな顔が台無しッス」

「そう、か？　気付かなかったな……」

いかんな。予想していたとはいえ、事実を聞かされたことで態度に表れていたみたいだ。

「とにかく、お疲《つか》れ様《さま》。嫌なこと調べさせて申し訳なかったな」

表情を取り繕《つくろ》ってから、誤魔化《ごまか》すように妖精たちの労をねぎらうものの、ロロとララは頭を振ってみせる。

「いやいや、言うほど大したことなかったッスよ！」

「……うん…そんな……とおく…………なかった……」

「それに自分、人間族の国でもっとドロドロしてるやつも見てるッスから」

「そうなのか？」

「そうッス。だからご主人も、あんまり気にしてちゃダメッスよ？」

「……りょうしゅ……は…でーんと……かまえる…の…だいじ……」

やれやれ、取り繕っていたのはバレバレだったか。逆に励《はげ》まされるとか情けない話である。

報告が終わり、ロロとララは舞うようにして飛び去っていった。しらたまとあんこと一《いっ》緒《しょ》に遊んでくるそうだ。

楽しそうな後ろ姿を見送りながら、大きなため息をひとつ。気を取り直して、自分にできることをしっかりと取り組むことにしよう。


「なるほど。やけに領内が賑わっているなと思っていたのですが、そういう事情でしたか」

ダークエルフの国から第二弾《だん》となる移住者たち二十名を伴《ともな》ってやってきたイヴァンは、関心の面持《おもも》ちで建築現場を眺《なが》めやっている。

「我々を受け入れるにしては、住居の数がやけに多いなと思っていたのです。獣人族を受け入れる準備だったのですね」

「あくまで予定さ。上手くいくことを祈《いの》ってくれ」

「義兄《にい》さんなら大丈夫ですよ。それより、ハイエルフの前国王の指揮の下、製紙工房まで作られるとは。正直驚きなのですが……」

建築現場の一角へ視線を動かし、イヴァンは率直《そっちょく》な感想を口にした。

「……工事が順調に進んでいるか、甚《はなは》だ疑問ではありますね」

視線の先には、汗《あせ》を流して作業に取り組んでいるワーウルフたちと、彼《かれ》らに声援《せいえん》を送っている戦闘執事《せんとうしつじ》のハンスの姿があった。

差し入れを持ってきたという老執事《しつじ》は、踵《きびす》を返すこともなく、その場に留《とど》まっては「ナイスバルク！」とか、「見惚《みと》れるほどのいい筋肉ですぞぉ！」など、ワーウルフの肉体美をひたすらに褒《ほ》め称《たた》えていたのだ。

ワーウルフたちもワーウルフたちで、そんなハンスの掛《か》け声が聞こえる度にポージングを取る始末。身体を鍛《きた》え続けている者同士、わかりあえるモノがあるんだろうか？

「信じられないだろうけど、掛け声があると遥《はる》かに作業効率が上がるんだよなぁ」

「ポージングの度に手が止まってますけれど？」

「気にしないでくれ。その分、倍速で動くから」

「は、はあ……」

ロルフの案内で領内を見て回っている移住者たちも、不思議なものを見るように、ワーウルフたちを眺めやっている。

しかしながら、ここでは珍しい光景でも何でもないので、できるだけ早急《さっきゅう》に慣れていってもらいたい。真面目に付き合っていると、精神的に疲れるだけだしな。

ま、それはさておき。イヴァンには聞きたいことが色々とあるのだ。

「人間族の国とは最近どうなんだ？　連合王国も帝国《ていこく》も国境に接しているんだろう？」

ぽかんと開けていた口を閉じ、知的な顔つきに戻ったダークエルフは、思慮《しりょ》めいた眼差しをオレに向ける。

「戦後処理がようやく片付いたようで、両国から交易の申し出がきてますよ。長老会も条件付きで了承《りょうしょう》するようです」

「条件？」

「いくつかありますが、一番は不可侵《ふかしん》条約ですね。国境沿いの村では両国との諍《いさか》いが絶《た》えませんから」

そういえば、村単位での争いがしょっちゅう起きてるって話を聞いたな。水や木材など、様々な資源を盗《ぬす》まれるって。

「締結すれば交易が始まるでしょう。もっとも、最初のうちは小規模でしょうが」

「連合王国と帝国との交易だけどさ、商人の足をここまで伸《の》ばすことはできないかな?」

「人間族に我《わ》が国《くに》の通行を認め、義兄さんの領地と交易させるということですか?」

「うん。連合王国と帝国で収穫される香辛料《こうしんりょう》が欲《ほ》しくてね」

カレーのレシピが開発されて以降、リアとハーフフットたちを中心にちょっとしたカレーブームが湧《わ》き起こったことで、クラウスが持ってきてくれた香辛料の数々は、早くも底を尽《つ》きそうなのだ。

「お言葉ですが……。そこまでなさる必要もないのでは?」

不審《ふしん》の微粒子《びりゅうし》を表情に漂わせ、イヴァンは続ける。

「義兄さんの能力《スキル》を使えば、この土地でも香辛料は育つでしょう。わざわざ人間族と交易をする理由がないと思うのですが……」

確かにイヴァンの言う通り、再構築《リビルド》の能力で種子に戻せば、ここでも問題なく香辛料が育つだろう。

やろうと思えば、特産品として出荷《しゅっか》できるほどの収穫量《しゅうかくりょう》だって見込《みこ》める。

「でも、それじゃあダメなんだ」

「なぜです?」

「交易路を作る大きな目的は経済と物資の循環《じゅんかん》だからさ」

経済貿易都市を目指すという目標はあるものの、ぶっちゃけた話、この領地で利益をあげるつもりなど毛頭ないのだ。

交易路を作る上で最大のメリットは、各国で不足している物資を、取引を通じて補完し合うことができる点にあると考えている。

人間族の国の香辛料が、龍人族の国の食料やハイエルフの国の綿織物となり得るように、有り余る特産品を使って足りない物を補うことができれば、おのずと互《たが》いの国が豊かになっていくはずだ。

「民間レベルの商人なら庶民《しょみん》が望むものを優先して取引を行うし、そうなれば市中にも食料や日用品が行き渡《わた》る。物価が高騰《こうとう》してパンが買えない、なんてことはなくなると思うよ」

「横断する交易路ができれば、それが叶《かな》うと?」

「理想はね。正直な所、しばらくは難しいだろうけど」

ジークフリートが人間族の国を嫌《きら》っているように、外交情勢を考えると相性《あいしょう》の悪い国は存在するものだ。国同士で大規模な交易をするためには、事前の調整が必要になるだろう。

それまでの間、あくまで民間レベルの取引として、ウチの領地を交易地として使ってもらいたいと考えたのである。

「ここでは取引に税をかけるつもりはないし、悪いことをしなければ自由にしてもらって かまわないとすら思ってるからね。他に自由な交易ができる都市があるなら、そこで商取引をしてもらってもいいし……」

思考を再確認《かくにん》するように描《えが》いていた未来予想図を口にしていると、イヴァンは声を押《お》し殺して笑い始めた。

「……失礼しました。あまりにも途方もない話をされるものですから」

「悪かったな。どうせ無謀な計画だよ」

「とんでもない。志は大きいほどよいかと」

「大きすぎて、オレの生きているうちにできるかどうかが疑問だけどね」

自分のことながら、思わずため息が漏《も》れる。

「しかしまあ、大人としての義務は果たしたいのさ。未来を生きる子どもたちには、豊かな生活を送ってもらいたいしね。せいぜい、生きている間は努力するしかないだろ」

「のんびりまったり過ごしたいという夢は潰《つい》えてしまいましたか」

「諦《あきら》めたわけじゃないんだ。できるだけラクをしたいのは、いまも昔も変わらないよ」

顔を見合わせると、オレたちはどちらともなく笑い声を上げた。

「仕方ないですね。義兄さんの夢のために、僕も努力しましょう」

「助かるよ」

「ただ、現時点で問題がありまして」

「……？」

「長老会ですよ」

人間族に通行許可を出させるには、長老会の承認《しょうにん》が必要となる。

連合王国とも帝国とも条約が締結《ていけつ》できていない現状で、それを認めさせるよう説得したとしても、長老たちは首を縦に振らないだろう。

「この土地に対して、長老たちが好感を抱いていることは確かです。しかし、それとこれとは話が違うと突《つ》っぱねられる可能性が」

「それじゃあ、こういうのはどうだろう？　認めてくれるのなら、水道技術を提供するよ」

その言葉にイヴァンは目を丸くしている。

「確かに我が国の水資源は井戸水に頼《たよ》るところがほとんどです。しかし、良いのですか？」

「なにが？」

「水道技術は龍人族の国家機密と聞いたことがあります。簡単に他国へ教えてしまうなど」

「問題ない。提供するのはそれとは違うものだから」

「……？」

「ウチの優秀《ゆうしゅう》な研究者たちが開発した、新しい水道技術があるんだよ」

「……呼び出された理由はわかったわ」

不満とも納得《なっとく》とも受け取れる表情でクラーラは呟いた。

白藍《しらあい》色をしたショートヘアのサキュバスは、いつも通りに白衣をまとい、両ポケットに手を突っ込《こ》んでいる。

「確かに国のそれとは違う水道技術を研究中ではあるわよ。でもまだ改善の余地がある段階だもの。そんな状態のものを売りつけていいの？」

先日の話になるが、新しい下水処理方法を考案したとクラーラから報告を受けており、最近では、それを用いた水道技術の開発に着手していると、リアからも聞かされていたのだ。

「売りつけるんじゃなくて、技術供与《きょうよ》。今回は『こういう技術があるけどいかがですか？』って聞いてくるだけでいいから」

イヴァンへ交換《こうかん》条件を持ちかけたところ、長老たちに水道設備について説明する人物にも同行して欲しいと頼まれ、それならばとクラーラを呼び出したのだが。

未完成の技術をお披露目《ひろめ》することに抵抗があるようで、クラーラは返事を渋《しぶ》るのだった。

「なんでリアちゃんが一緒じゃないのよ!? 水道の共同研究者なのよ？ 一緒に行くのが筋じゃない！」

露骨《ろこつ》なまでに憤慨《ふんがい》し、早口でまくしたてるクラーラ。渋る理由はそっちかい。

「諦めろ。リアの同行は向こうから丁重《ていちょう》に断られた」

「なんでなんで!? なんでっ？？？？」

「領主の妻っていう立場ならともかく、龍人族の王女だからな。外交的な問題があるんだよ」

いくら研究者とはいえ、そこに王族が加わってしまうと、長老たちは外圧的なものを感じ取るでしょう。今後のことを考えると、それは避《さ》けるべきかと……。

イヴァンの指摘《してき》はごもっともで、オレとしても過度に圧力をかけるような真似《まね》は回避《かいひ》したい。交渉はあくまで対等な立場で行うべきだろう。

「や～ぁだ～！ リアちゃんと一緒に行くったらいくのぉ！」

手足をジタバタさせて抗議《こうぎ》を続けるサキュバスに、オレは思わず頭を抱《かか》えた。

「子供みたいに地団駄《じだんだ》踏《ふ》んでも無理なもんは無理だし、ダメなもんはダメなの。護衛としてハンスについていってもらうから、それで我慢《がまん》してくれよ。な？」

後方に控《ひか》える戦闘執事が一礼するのを涙目《なみだめ》で眺めやりながら、クラーラは口を尖《とが》らせる。

「ハンスじゃリアちゃんの代わりにならないもん……。お風呂《ふろ》で背中を流しあったり、ひとつのベッドでお互いの匂《にお》いに包まれながら眠《ねむ》ったりもできないじゃない……」

「ご要望とあらば、この爺《じじい》めがお相手しますが……」

「ハンスは黙《だま》ってて！」

くわっと目を見開きながら、キレッキレのツッコミを炸裂《さくれつ》させるクラーラ。

一方、ものすごい剣幕《けんまく》で迫《せま》られたハンスは、微動《びどう》だにすることもなく、これは失礼と静かに微笑んでいる。さすが伝説の執事、お嬢様《じょうさま》の扱《あつか》いには慣れているな。

「……もういいわよ。私が行けばいいんでしょぉ、行けばぁ……」

怒気《どき》が収まったのか拗《す》ねるように呟きながら、クラーラはオレに向き直った。

「水道の説明をしてくるのはいいけど。相手からいらないって言われたらどうするの？」

「どうするって？」

「単なる技術供与ってわけじゃないんでしょ？　水道技術が受け入れられなかったら、アンタも困るんじゃないの？」

……確かにね。水道技術の提供は、人間族との交易を前向きに考えてもらうために申し出たことだけど。

「そうなったら仕方ない。なにか別の方法を考えるよ」

そう応じると、なにかを言おうとしたのか、クラーラは口をパクパクと動かし、それから大きくため息をついた。

「……はあ。アンタと話していると、深刻に考える自分が馬鹿らしくなるわね」

「そいつはなにより」

「開き直ってるんじゃないわよ、まったく……。わかったわ、やるだけやってくるから。ダメだったとしても恨《うら》まないでよね」

クラーラは身体を翻《ひるがえ》し、新居へ足を向ける。恐《おそ》らくは出立の準備を整えるためだろう。その後ろをハンスが付き従っている。

「あ、そうだ。言い忘れてたけど」

くるりと振り返ったサキュバス族の研究者は、念を押すような口調で続けた。

「私が留守の間、〝例の植物〟を枯《か》らしたら承知しないわよ？」

「リアがいるんだ。枯らすわけないだろ」

「どうだか。変な真似をしたら、アンタの鼓膜《こまく》が破れる呪《のろ》いをかけるからね」

ぷいっとそっぽを向いて、クラーラは歩き出す。やれやれ、いちいち世話が焼けるなあ。

とはいえ、〝例の植物〟についてはオレも興味があるわけで、その生育状況《じょうきょう》を確認するため、実験用の畑へと足を運ぶことにした。

畑の前には白衣姿のリアがいて、植物の成長具合を確認している。

忙《いそが》しく視線を動かしながら、熱心にメモを取る対象は例の植物で、オレはどんな様子かと声を掛けた。

「あっ、タスクさん！　ちょうどよかった。いま収穫《しゅうかく》したばかりのものがあるんです。見てもらえますか？」

太陽のような笑顔《えがお》のリアから差し出されたのは、一見すると大根のようにも思える。

しかしながら、それはあくまでパッと見た印象にしか過ぎず、その造形は非常に特殊《とくしゅ》だ。

ほのぼのニュースとしてたまに取り上げられる、『セクシー大根』よろしく、二本の足が絡《から》み合っているように見える根っこの部分と、能面を思わせる表情を備えているのである。

「どうです？　可愛いでしょう？」

エヘヘと笑うリア。愛しい奥《おく》さんの言葉には極力同意したいところだけど、どうしても慣れることができない。

これこそが例の植物で、いわゆるマンドラゴラと呼ばれているものである。

なぜ、領地でマンドラゴラを栽培《さいばい》しているのか？

これから交易を拡大していくにあたり、特産品を増やせないかとリアたちに相談を持ちかけた所、マンドラゴラの栽培を薦《すす》められたことが、そもそものきっかけだった。

「マンドラゴラって、アレだよな？　引き抜いた瞬間《しゅんかん》に絶叫《ぜっきょう》して、それを聞いたら死ぬっていう植物」

「そうです！」

一点の曇《くも》りもなく即答《そくとう》するリア。いや、ダメだろ、それ。

「でも、お薬としての需要《じゅよう》はかなりあるんですよ。魔術《まじゅつ》の媒体《ばいたい》としてだけでなく、マナの回復薬としても使われますし」

「へえ～」

「マンドラゴラをお酒に漬《つ》け込んだものは、滋養強壮《じようきょうそう》にもいいお薬になるんです。お父様もよく飲まれてました！」

まるっきり『養命酒』だよな、それ。

とにもかくにも身体にいいというのはわかった。でもさ、育てるのは危険じゃない？

「そこでタスクさんの能力《スキル》を使えないかと！」

「オレの？」

「アンタの構築《ビルド》を使えば、他の種子と合成ができるでしょ？　もしかしたら叫《さけ》び声の出ないマンドラゴラが作れるかもしれないじゃない」

クラーラの言葉に、力強く頷くリア。う〜ん、そんなに上手《うま》いこといくかなあ？

「ものは試《ため》しにやってみましょうよ！」

……と、そんなふたりにのせられて、以前クラウスがくれた種子と、リアとクラーラが採取してきた野生のマンドラゴラを構築していくこと数回。

試験畑で育てては、防音の結界をかけて収穫し、その都度、どのぐらいの叫び声が出るか、検証を重ねてきたのである。

面白いことに、マンドラゴラの絶叫《ぜっきょう》度合いは見た目と比例しているらしい。

生姜《しょうが》のようにゴツゴツした形状と、絵画でいうところのムンクの『叫び』を彷彿《ほうふつ》とさせる表情の頃《ころ》は、特殊な耳栓《みみせん》をつけて収穫しなければならないほどに、地獄《じごく》のような雑音だったが。

丸みを帯び、穏《おだ》やかな顔つきへ変化していくにつれ、次第《しだい》に声量は小さくなっていき、目の前にある能面のようなマンドラゴラに至っては、「ソプラノでハーモニーを奏《かな》でているみたいでした！」と、リアが力説していたほどだ。

「まだまだ改良できるでしょうけれど、この状態なら出荷できますよ！」

白衣をまとった龍人族《りゅうじんぞく》の王女は胸を張るものの、果たしてこれがマンドラゴラと受け入れられるのか、若干《じゃっかん》の不安がある。

「野生のものと違って、見た目が全然違うじゃん。信じてもらえるかな？」

「マナの量は変わりませんし、問題ありませんよ。味も良くなってますし、大丈夫です！」

リアとクラーラが言うには、改良を重ねていくごとに独特の匂いや苦味がなくなり、薬としての使い勝手もよくなったそうだ。

「生のままでもエグみがありませんし、サラダに使ってもいいかもしれませんね」

ニコニコしながら続けるリア。……食べるの？　これを？　生で？　マジで？

「マジもマジです。大マジです」

「……お腹壊《なかこわ》したりしない？」

「大丈夫ですよぉ！」

ホントかなあ？　もちろん、リアのことは信用してるし、優秀な薬学者だということも理解している。でもなあ、見た目がこれだよ？　食べていいのか、心配になるじゃん。

「そんなに不安なら、ボクがいまから調理してあげます！」

そう言うと、リアは片手にマンドラゴラ、片手にオレを捕《つか》まえ、引きずるようにして領主邸《てい》に向かっていく。

……程《ほど》なくして、可愛らしいエプロンに身を包んだ奥さんが、自分のために料理を作ってくれるという僥倖《ぎょうこう》を得られたものの、まな板の上で、能面のような顔を縦半分、真っ二つに切られるマンドラゴラを見てしまうと、完成したサラダを見たところで食欲はわかず。

「はい、タスクさん！　あーんしてくださぃ♪　あーん……」

なんて具合に、リアから食べさせてもらうことでようやくマンドラゴラを味わうことができたのだった。

味は……。うん、瑞々《みずみず》しくて、あっさりしていて美味《おい》しかったよ。クセもなかったし。なにより、最高の調味料として愛情が加わっていたからね（ヤケクソ）！

……なにはともあれ。

こうして優秀な研究者たちの手により、新たな特産品がまたひとつ誕生したのだった。

第6章　進《しん》捗《ちょく》どうですか？

マンガ制作は順調に進んでいる……と思う。

断言できない理由はソフィアが担当することになっている、少女向け将棋《しょうぎ》マンガの進捗《しんちょく》が微妙《びみょう》だから、なんだけど……。

「何度も言ってるけど、露骨なまでにクラウスを登場させようとするなよっ！」

何度目のリテイクかわからないネームに目を通しつつ、オレは叫んだ。

正確にいえば、クラウスによく似た、恋《こい》の相手役となるキャラクターなのだが、大ゴマだけに飽《あ》き足らず、見開きまで使って何回登場させる気なんだ、お前はっ⁉

「ぶぅ～……。いいじゃなぁい。女の子向けのマンガなんでしょう？　カッコいい王子様がいっぱい出たほうが喜ばれるわよぅ」

「まだ一話目だぞ！　絶対におかしいだろ！　主人公の女の子より目立ってどうする！」

原稿《げんこう》をテーブルに置くと、口を尖らせているソフィアの顔が視界に入る。

「クラウス……じゃなかった。カッコいい相手役を出したい気持ちはよくわかるけど、もっとさり気なく出したほうがいいって」

「それじゃあこの人の魅力《みりょく》をわかってもらえないじゃない！　かっこよくてぇ、素敵《すてき》でぇ、イケメンでぇ……。とにかく、みんなに知ってほしいのぉ！」

……すべて同じ意味合いなんですけれど、それを疑問と思わないんだろうか？　多分、思わないんだろうなあと、大きなため息をひとつ。

こうなったら仕方ない。ひとつソフィアに極意《ごくい》を授《さず》けるとするか。

「……仮面？」

「そう、仮面だ。ヒーローの魅力を最大限に引き出す、それが仮面なんだよ！」

『セーラームーン』における『タキシード仮面』、『ガラスの仮面』における『紫《むらさき》のバラの人』。古来より仮面を被《かぶ》ったヒーローというのは、主人公がピンチの時、颯爽《さっそう》と現れ、華《か》麗《れい》に助けてくれると相場が決まっているのだ。

……え？　ガラスの仮面は違うだろって？　ニュアンスがあってりゃいいんだよ！

そんなこんなで、「恋の相手役が、実は陰《かげ》ながら主人公を助けてくれるヒーローだった」という演出を加えてみてはどうか、アドバイスしたのである。

「なるほどぉ。それぇ、面白そうねえ！」

そうして熱心に頷《うなず》くソフィアから、後日、修正されたネームが手渡《てわた》されたんだけど。

それまで描かれていた恋愛《れんあい》中心のストーリーから様変わりし、バトル要素を含《ふく》めた将棋マンガになっていたので、むしろ逆効果になっていた可能性は否《いな》めない。

まあ、これはこれで面白そうだからゴーサインを出したけどね。どんな将棋マンガになるか見てみたいじゃん？

一方でエリーゼの進捗は完璧《かんぺき》と言ってもよく、切磋《せっさ》琢磨《たくま》し、互いを高めあっていく王道将棋マンガとなっている。

……ただ、なんというか、主人公がオレに似ているのは慣れないねえ。こんな『努力・友情・勝利』な性格でもないし。

「いいえ、タスクさんは素敵です！　この主人公じゃ、タスクさんの魅力を伝えきれないんじゃないかって、ワタシ心配で……！」

キラキラした瞳《ひとみ》で、真《ま》っ直《す》ぐにオレを見つめるエリーゼ。うーむ、赤面するしかない。

こんな事になるんだったらキャラクターデザインの段階で描き直してもらうべきだったなあ。

ともあれ、原稿はなんとかなりそうだ。もうひとつの問題は製紙工房《こうぼう》だけど。

そちらは完全にクラウスへ任せてしまっているため、オレは状況を確認するべく、出版社の仮社屋となった、かつての『豆腐《とうふ》ハウス』へ向かうのだった。

「……ん？　工房か？　順調だぞ」

『豆腐ハウス』を寝室兼事務所《しんしつけんじむしょ》代わりにしているハイエルフの前国王は、書類に目を通しながら呟いた。

「紙作りに使う装置も『転送屋』に頼《たの》んで運《はこ》び込んでもらったからな」

「ああ、転送屋か。だいぶ前に牛を運んでもらったな。利用料が高いって聞いたけど？」

「仕方ねえな。装置がでかい上に壊《こわ》れやすいって言うからよ。使わざるをえないってわけだ」

そんでもって、これが装置の使い方らしいと、手に持った書類をヒラヒラと動かし、クラウスは少年のような屈託《くったく》のない笑顔を浮《う》かべた。

「さっきから読んでるんだけどよ。これがさっぱりわかんねえでやんの。笑えるな？」

「笑えないって。どうするつもりだ？」

「問題ねえよ。俺《おれ》ひとりで始めるつもりじゃねえし、手ほどきしてくれる職人は手配してる」

「それならいいけど」

「模写術士も数日中には来る予定だ。すべて予定通りだな」

机に書類を放り投げ、クラウスは頭の後ろで手を組んだ。

書籍《しょせき》を複写《コピー》する魔法《まほう》を使う模写術士。出版には欠かせない人物だとは思うけど、どうしても気になることが。

「書籍を複写する時って、毎回、模写術士に頼んでいるけど。大陸に印刷機はないのか？」

「あるぞ。それでこそ、お前さんの先輩《せんぱい》にあたる異邦人《いほうじん》が、その技術を伝えたって記録が残ってるしな」

……マジで？　ハヤトさんが？

話を聞けば、それは活版印刷に違《ちが》いない代物《しろもの》で、そんなに便利なものがどうして普及《ふきゅう》していないのか、新たな謎《なぞ》が生まれてしまう。

「庶民は本なんぞ読まねえからな。大量に印刷する必要がねえんだよ」

書籍の大半は知的財産として国が管理しているため、模写する頻度《ひんど》も少なく、数も限定されている。それなら模写術師の魔法を使った方が、早い上に正確だそうだ。

ちなみにハヤトさんの残した『三大技術』というものがあるそうで、それが『複式簿《ぼ》記《き》・水道・活版印刷』らしいのだが。

活版印刷は前述の通り普及せず、水道に関しては龍人族が独占《どくせん》し、唯一《ゆいいつ》広まったのが複式簿記らしい。うーむ、宝の持ち腐《ぐさ》れだな……。

……いや、印刷技術に関しては、マンガが普及して大量生産が必要になれば、日の目を見ることもあるだろうし、キチンと後世に伝えていかなければ。

いわば「産業革命の第一歩はマンガから！」である。妙《みょう》なスローガンになってしまったが、これもまた異世界の趣《おもむき》があっていいということにしよう。

第7章　交渉

新緑の香りと爽《さわ》やかな風が吹《ふ》き抜《ぬ》けている。

樹海が春の終わりを告げようとしていた矢先、領地に再び獣人族《じゆうじん》の使者が現れた。

執務室《しつむしつ》に一報を持って来たのはカミラで、財務報告に訪れていたアルフレッドがその詳細《しようさい》を尋《たず》ねている。

「お見えになったのは何人ですか？」

「四名です」

「お。奴《やっこ》さんたち、本気で来たな」

ソファでマンガの原稿を確認していたクラウスがそれに応じる。

「どうしてわかるんだ？」

「獣人族が少人数で交渉に望む時は、一定の権限を持つ使者を訪問させるのが慣例でして」

「人数からすると、交渉役《こうしようやく》はひとりだけだな。あとは護衛だろ。多少は厄介《やつかい》かもな」

「ですね。最初で下手を打ってしまったので、なんとか挽回《ばんかい》したいのでしょう」

ふたりとも慣れた様子でやり取りしているけど、オレとしてはどういうところが厄介なのか、イマイチわからない。

「話術に優《すぐ》れているといいますか……。虚実《きょじつ》を織り交ぜるのが巧《たく》みなのですよ」

「胡散臭《うさんくさ》いって言っちまえよ、仕草だけじゃなくて表情もな。いちいち面倒《めんどう》くせぇ」

明瞭快活《めいりょうかいかつ》なクラウスにしてみれば、相容《あいい》れないタイプなのだろう。吐《は》き捨てるような言葉にアルフレッドは肩《かた》をすくめた。

「とりあえずアイラに支度《したく》をさせて、それから使者は応接室に通しておいてくれ」

「かしこまりました」

一礼して部屋を出ていくカミラを見送り、オレはふたりを交互《こうご》に見やった。

「……で。オレはどうしたらいい？」

「手筈《てはず》通りに進めれば問題ありません。使者たちが来た際の準備は整えていましたし」

「あとは感情的にならないことだな。領主なんだ、せいぜいしゃんとしとけよ……って言ったところで、お前さんの性格上、なかなか難しいか」

「放っとけよ」

悪ぃ悪ぃと声を立てて笑うクラウスは、やがて真面目《まじめ》な表情に変わると、なにかを呟《つぶや》いた。

「俺としては、お前さんのそんなところを気に入っているんだがね」

「なんか言ったか？」

「なんでもねえよ。……さてと、話のついでだ、俺も交渉に同席してやるよ」

「いいのか？」

「邪魔《じゃま》じゃなければな」

「とんでもない。心強いですよ」

「あくまで同席するだけだけどな。話し合い自体はお前らに任せるさ」

せいぜいお守り程度と思っておけと続けて、再びクラウスは笑った。例えお守りだとしても、そばにいてくれるだけで心強い存在には変わりない。

それからしばらくの時間が経《た》つと、真紅《しんく》色の細身のドレスに身を包んだアイラが、半ば強引《ごういん》に連れられるようにして、ベルと一緒《いっしょ》に執務室へ現れた。

ドレス姿のアイラは思わずため息を漏らしてしまうほどの美しさなのだが、着ている本人には不満があるようで、憮然《ぶぜん》とした表情からは、すぐにでも文句が飛び出してきそうな気配だ。

「おっ、似合ってるじゃねえか。アイラの嬢《じょう》ちゃん」

「ええ、お似合いですよ。三毛猫姫《みけねこひめ》」

「やっ、やかましいっ！」

「は～い♪　アイラっち、怒《おこ》っちゃダメだよー。メイク崩《くず》れちゃうからねえ☆」

暴れようとする猫人族《ねこじん》の身体をガッチリと抱《だ》きしめるベル。オレはアイラの手を取り、伏《ふ》し目《め》がちの顔に視線を合わせて呟いた。

「アイラ」

「な、なんじゃ……」

「綺麗《きれい》だぞ」

「……っ！」

「獣人族の連中に自慢《じまん》させてくれよ。こんなに綺麗な奥さんがいるんだってこと」

頭上の猫耳《ねこみみ》をぴょこぴょこと動かしてから、アイラは得意げな顔を浮かべてみせる。

「ふっ、ふんっ。お、おぬしがそこまで言うなら仕方ないの。妻の代表として、立派に務めを果たそうではないかっ」

「おう。その意気だ。よろしく頼むよ」

「ぬふふふふ～！　頼まれた！　大船に乗ったつもりで任せるが良いっ！」

そう言って、アイラはのけぞるように胸を張った。話し合い自体には参加しなくていいんだけど、こういうのは気持ちが大事だしね。

視線を外した先では、アルフレッドとクラウスのふたりがニヤニヤとした眼差《まなざ》しでこちらを見やっている。何が言いたいのかはわかっているつもりだから、そっとしておいてくれ。

とにもかくにも準備は整った。ベルの「頑張《がんば》ってね～☆」という声援《せいえん》を背中へ受けつつ、オレたちは応接室に向かうのだった。

応接室の長テーブルで待ち構えていたのは若い猫人族の使者で、その後方には三人の護衛が微動だにせず佇《たたず》んでいる。

緑色の髪《かみ》と芥子《からし》色の肌《はだ》をした猫人族の使者は、同じ種族のはずなのに、アイラとは異なる外見だ。

そりゃそうか。見た目で忌《い》み子《ご》とか判断するぐらいだしな、とか、そんなことを考えながら椅子《いす》に腰掛《こしか》けると、猫人族の使者は早速《さっそく》とばかりに口を開いた。

自らを王の次席補佐官と名乗った若い使者は、快く招き入れてくれたことへの感謝と、先日訪《おとず》れた使者の無礼を丁重に詫《わ》びつつ、テーブルの端《はし》へと視線を転じる。

「それにしても、ハイエルフの前国王クラウス様までいらっしゃるとは。タスク様の交友関係には驚《おどろ》かされます」

言動に不釣《ふつ》り合いの驚きのない声を聞きながら、クラウスがつまらなそうに返した。

「ちょうど遊びに来ていた時でよ。せっかくだから同席させてもらおうと思ってな。邪魔はしないから気楽にやってくれ」

「ご配慮《はいりょ》痛み入ります。ところで……」

次席補佐官の視線がオレの右隣《みぎどなり》に移った。

「失礼ながらそちらの女性は……」

「私の妻で、名をアイラという。同じ獣人族だ。思うところもあるだろうと同席させることにしたのだが」

「タスク様の奥方《おくがた》様は龍人族の姫君《ひめぎみ》と伺《うかが》っておりましたが」

「おふたりは姉妹《しまい》妻で、アイラ様が姉君、リア様が妹君にあたります」

アルフレッドが補足で説明するも、普段《ふだん》の生活を見る限りでは、まるっきり逆なんだよな。

話に耳を傾《かたむ》けていた次席補佐官は自らの不勉強と、アイラへの無礼を丁寧《ていねい》に詫びている。

アイラが忌み子だと気付いていない口ぶりにも受け取れるが、どうなのだろうか？

「——さて、本日伺ったのは他でもありません」

区切るように言葉を継《つ》いで、次席補佐官は訪問の口上を述べた。

現状の対外交易が上手くいっていないこと、それを打破するためにここへきたこと、今年の穀物の生育状況が芳《かんば》しく無く、できれば食料を中心に取引できないかということ。

どこからどこまでが本当なのか判別がつかない口ぶりは、なるほど、虚実を織り交ぜて話をしてくるというのはこういうことなのかと納得するばかりだ。

「懇意《こんい》にしているハイエルフの方々より、タスク様が治める領地の噂《うわさ》を伺いまして。ぜひ我々もお取引をお願いできればと考えた次第なのです」

猫人族の使者が一息入れたのを見計らい、アルフレッドが口を開く。

「タスク様も先日より熟考を重ねられ、是非《ぜひ》とも獣人族の皆様《みなさま》と誼《よしみ》を結べればと考えられておりました。こちらからもよろしくお願いできればと」

「それはなによりです」

「ただし、条件がありまして……」

「ほう。条件ですか」

「はい。こちらを汲《く》んでいただくことが、交易締結の前提となります」

アルフレッドが一枚の書面を次席補佐官へと差し出した。

その内容は『獣人族の国において『忌み子』や『耳欠け』等と蔑称《べっしょう》、差別される制度の全面的な廃止《はいし》』を要求するものであり、移住を望む本来の要求とは異なるのだが。

龍人族の商人いわく、最初は強気で臨《のぞ》み、妥協点《だきょうてん》を引き出したほうがいいということで、この文面にしたのだった。

条件に目を通した猫人族の使者は表情ひとつ変えず、さらには頭上の猫耳すら動かすことなく、平然と書面をテーブルへ戻《もど》した。

「失礼を承知で申し上げますが、こちらに書かれている内容が理解できません」

困惑《こんわく》気味な声を発する使者に、アルフレッドが応戦する。

「これは異なことをおっしゃいますね。古来より獣人族の国では忌み子などの風習が残っていると聞き及《およ》んでおりますが？」

「忌み子と決めつけた赤子を捨てる、または命を奪《うば》うなど、残酷《ざんこく》な行為《こうい》が行われていたのは確かです。しかし、それはあくまで昔のこと。今日《こんにち》では行われておりません」

「では、『耳欠け』と呼ばれる人たちをなんと説明なさるおつもりです？　過酷《かこく》な労働を強《し》いられ、劣悪《れつあく》な環境《かんきょう》に身を置く彼《かれ》らの存在こそ、他ならない差別の証拠《しょうこ》ではないのですか？」

冷静に事実を指摘していく龍人族の商人。対して、猫人族の使者はわずかな動揺《どうよう》も見せず、むしろ穏やかな表情で淡々《たんたん》と返事をするのだった。

「皆《みな》さんは何か誤解をされているようです。それは差別ではなく、獣人族のけじめの問題でして……。言うなれば一定の区別をしているだけなのですよ」

「獣人族のけじめ、ですか？」

首を傾《かし》げるアルフレッドに、柔和《にゅうわ》な笑《え》みをたたえる次席補佐官。

「はい。忌々《いまいま》しい悪習をいまに残してしまったことへの、我々なりのけじめです」

「よくわかりませんね。それとあなた方の言う区別というものがどう繋《つな》がるのですか？」

使者の言い分はこういうことだった。

外見で忌み子などと判断し、命を奪ってきた過去の蛮行《ばんこう》を無くすことはできない。であれば、いまを生きる我々自身が悪習の呪縛《じゅばく》から逃《のが》れ、古来の伝承を修正していく必要がある。

忌み子と呼称《こしょう》される人々も、我々と変わらぬ存在で、普通《ふつう》に生きていくことができるのだと証明しなければならない。

しかしながら、まだまだ多数の獣人族たちが『忌み子は災《わざわ》いをもたらす存在』という、古来よりの伝承を信じている。

「故に、我々としては段階的に共存していく手法を取らざるを得ないわけでして。『耳欠け』というのはそのための措置《そち》に過ぎません」

耳を傾けていたアルフレッドが戸惑《とまど》いの声を上げる。

「その言い分では、伝承を信じる人たちを優先しているようにしか聞こえません。結局、忌み子と呼ばれる人たちの側に立っていないではないですか」

「とんでもない。これは互《たが》いの利益が一致《いっち》した結果です」

……利益の一致？

「自分たちの送っていた平穏《へいおん》な日常に、突如《とつじょ》として異分子が紛《まぎ》れ込《こ》んでも困惑するでしょう？　逆もまた然《しか》りで、異分子側も好奇《こうき》の視線に晒《さら》される恐れがあります。だからこそ段階的に、同じ種族の仲間ということを証明しなければならないわけで」

「阿呆《あほ》らしい。自分たちに都合よく物事を解釈《かいしゃく》し、弱者を追いやっているだけではないか」

それまで押《お》し黙っていたアイラが、眉間《みけん》にシワを寄せながら割って入った。

「同じ種族の仲間であることを証明しなければならないと申したな？　ではなぜ同胞《どうほう》の耳を切り取り、過酷な環境へ追いやる必要がある？　そなたらがやっていることは罪人に行うそれと変わらんではないか」

「残念ながら権力者が伝承を信じている影響《えいきょう》も大きく、共存した途端《とたん》に不幸が起こるという意見もありまして」

それに、と、一息入れてから猫人族の使者は続ける。

「我々と同様の権利を与《あた》えることで、忌み子が増長する危険もあります。彼らにはそれを当たり前のものとしてではなく、分け与えてもらったのだと自覚してもらわねばなりません」

「ふん。本音が出たの」

「同じ立場ゆえ、彼らのことを心配される奥方様の気持ちは痛いほどよくわかります。しかしながら、これは獣人族の国の問題。どうかご理解くださいませ」

……やっぱり、アイラが忌み子だってわかっていた上で話をしていたのか。次席補佐官とやらとは見た目が全然違うしな。

ともあれ、なおも反論しようとしているアイラを手で制し、オレは大きく息を吐いてから使者を見つめた。

「ひとつ言っておきたいことがある」

「なんでしょう?」

「私がいま、とてつもなく幸せだということだ」

使者だけでなく、全員の目が点となってオレに集中しているのがよくわかる。

そりゃそうだよな、シリアスな雰囲気《ふんいき》の中でなに言ってんだコイツって思うよな。

それでも、だ。これだけは言い聞かせておきたかったのだ。

「貴殿《きでん》らは先程《さきほど》から、伝承がどうとか、忌み子は不幸をもたらす存在だとか話しているが……。それでは私はどうなる？」

「お言葉の意味が……」

「獣人族の国でアイラは忌み子と呼ばれていたそうだ。いままでの話を聞くに、貴殿らの理屈《りくつ》では、アイラを妻として迎《むか》えた私に不幸が起きないのはおかしな話だと思わないか？」

「………」

「アイラと暮らして一年以上が経つが。彼女《かのじょ》は私に幸運をもたらしてくれる、そうだな、女神《めがみ》のような存在だよ。その伝承とやらを書き直してもらいたいほどの」

「タスク……」

震《ふる》える声が隣《となり》から聞こえてくる。頭を撫《な》でてやりたい衝動《しょうどう》をぐっと堪《こら》えていると、陽気な笑い声が部屋の中に響《ひび》き渡《わた》った。

「あっはっはっ！　女神と来たか！　さすがはタスク！　俺のダチは言うことが違う！」

テーブルを叩《たた》きながら、クラウスは心の底から愉快《ゆかい》そうな笑みを浮かべている。

「いやあ、やっぱり、お前さんはおもしれえな！　突然《とつぜん》、なにを言い出すのかと思ったら」

「悪かったな」

「いやいや、退屈《たいくつ》してたところだったからな。ちょうどいい眠気覚《ねむけざ》ましになったぜ。……ま、それはいいとして、だ」

不敵な顔つきに変わったハイエルフの前国王は、猫人族の使者に視線をやった。

「次席補佐官だっけか？　俺からも聞きたいことがあるんだが」

「なんでしょう？」

「お前さん自身は伝承とやらを信じているのかい？」

「……どういう意味でしょう？」

「いやな、お前さんの口からは、一部の者がとか、権力者がとかしか出ないからよ。肝心《かんじん》のお前さん自身は、そこらへん、どう考えてんのかなって思ったわけさ」

「国が定めた法に従うまでのこと。お答えする必要はないかと思います」

「あっそ。つくづく、つまんねえやつだなあ」

取り繕《つくろ》った使者の笑顔に露骨《ろこつ》な嫌悪《けんお》感を示し、椅子へもたれかかるクラウス。

ややあってから、アルフレッドは躊躇《ためら》いがちに沈黙《ちんもく》を破った。

「ええと……。話を戻してもよろしいでしょうか？」

もちろんですと微笑《ほほえ》む使者を見やり、交渉は再開された。

強気の条件はあくまで布石、通ったらラッキー程度にしか考えていなかったので、平行線の話し合いはある意味予想通りである。

というか、道徳的観点のすり合わせなんて、最初から無理だと思っていたしな。それまで黒と思っていたものを、今日から白と思えなんてできるわけがないのだ。

とにもかくにも、ここからが本命の提案になる。

こちらに一瞥《いちべつ》をくれたアルフレッドは、軽く咳払《せきばら》いをし、そして次のように切り出した。

「次席補佐官殿《どの》のお話はよくわかりました。価値観において、我々とは相違《そうい》があることも」

「その点だけでもご理解いただけるならなによりです」

「そこで、先程とは異なる条件を提示したいのですが……」

「ほう？」

「『忌み子』や『耳欠け』と呼ばれる人たちを、我《わ》が領地へ移住させられないかというご提案です」

内容としてはかなり際どい話だと思うけれど、仮面でもつけているんじゃないかと錯覚《さっかく》するほどに、猫人族の使者は穏やかな微笑みを続けている。

「話を聞けば、貴国ではいまでも災いをもたらす存在として恐《おそ》れられているようではないですか。不安があるならば、元を断《た》つのが道理というもの」

「…………」

「国王ジークフリートより移住の許しも得ております。なにより、忌み子と呼ばれていたアイラ様が子爵《ししゃく》の奥方となっている土地でもあります。皆さんも安心して住まわれることができるかと思うのですが」

龍人族の商人の言葉に、猫人族の使者は感心の声を上げた。

「なるほど。考えられましたな」

「いかがでしょう？　こちらはアイラ様の同胞を住まわすことができ、そちらは災いを取り除くことができる。双方《そうほう》に利があるかと」

朗《ほが》らかな笑顔《えがお》を向けるアルフレッド。しかしながら、使者の返答はこちらの望むものではなかった。

「大変に魅力的《みりょくてき》なご提案ですが……。それは無理というものです」

言い切ったきり、紅茶で喉《のど》を潤《うるお》す次席補佐官へアルフレッドは不審《ふしん》の眼差しを向ける。

「なぜです？　そちらに不利益があるとは思えませんが」

「先程もお話しましたが、『耳欠け』と呼ばれる人たちが我々と同じであるという取り組みを行っている最中なのです。それを放棄《ほうき》して移住を推進するなど、とても……」

「お話は伺いましたが、前向きな取り組みが行われているとは思えません。仮にそうだとして、一体いつ、彼らが皆さんと同じ日常を送れるようになるのですか？」

「返答しかねます」

ティーカップをテーブルへ戻し、次席補佐官は再び微笑みを浮かべた。

「事は慎重《しんちょう》に、段階を経て行う必要があると考えております。期日を示せと言われましても」

「要するに」

怒《いか》りを通り過ぎ、呆《あき》れるような声でアイラは呟いた。

「都合のいい存在を手元に残しておきたいだけなのじゃろう？　過酷な労働へ従事させているようじゃ。自分たちが代わりに汗《あせ》を流すのは耐《た》えられんと、素直《すなお》にそう言えばよい」

「奥方様。そのようなことは決してありません。我々は純粋《じゅんすい》に彼らのためを思い、教育と指導にあたっているわけで」

「大した教育と指導じゃのう」

そう言って、そっぽを向くアイラ。猫人族の使者は器用に眉《まゆ》だけを下げて、困惑の表情を作っている。

「確かに、彼らを貴重な労働力としている点については否めないものがあります。しかしながら、彼らのことを、大切な、かけがえのない同胞と考えていることもまた事実なのです」

「ものは言いようじゃな」

「嘘《うそ》ではありません。彼らこそ得難《えがた》い存在、獣人族の未来への希望そのものなのです」

熱弁を奮った後、再び穏《おだ》やかな笑顔に戻った猫人族の使者は、オレとアルフレッドの顔を交互に見やってから切り出した。

「そこで、こちらからもご提案があるのですが……。こちらから『耳欠け』と呼ばれる人たちを移住させる代わりに、そちらからは物資を融通《ゆうずう》していただけないでしょうか？」

「すまない、理解が追いついていないのだが。それはつまり交易の前に、『人をやるから、物を寄越《よこ》せ』と、そういう認識《にんしき》でいいのか？」

「ええ、もちろん」

猫人族の使者はにこやかに頷いているけど。……それって、つまりは人身売買ってことなんじゃないのか？

アルフレッドも同じ考えだったようで、厳しい視線を使者へと投げかけている。

「ご存知《ぞんじ》ないようですが、我が国《くに》の法では人身売買を固く禁じております」

「いいえ、存じております。しかしながら、これはそのような野蛮《やばん》なものではありません。人道支援《しえん》の一種だとお考えいただければ」

「人道支援？」

「皆さんは耳欠けたちを保護する。我々はその手伝いをする。簡単な話ではないですか？」

「ものは言い様じゃな」

「見解の相違かと」

朗らかに続ける使者の口調からは、罪悪感など微塵《みじん》も感じ取れない。

「どうやらタスク様は、忌み子や耳欠けたちをいたく気にかけておられるようです。互いにとって名案だと思うのですが」

「同胞を金で売るのが名案なのか？」

「金ではありません。物資です。誤解なきよう」

「同じだと思うけどね。それも見解の相違かい？」

「恐れながら、こちらとしても貴重な人材を泣く泣く手放すのです。その代償《だいしょう》としては、ささやかな要求だと思われませんか？」

次席補佐官の口が半月状になり、禍々《まがまが》しい笑顔へ変わっていく。

オレたちの事情を把握《はあく》した上で、忌み子たちを売りつけようと思いついたらしい。

極《きわ》めて最低な考えだとは思うけど、悔《くや》しいかな、これ以上なく効果的だ。

申し出を受ければ、忌み子たちを保護できるけど、形はどうあれ人身売買の片棒を担《かつ》いだことになる。

断れば、儲《もう》けも損もしない代わりに、忌み子たちを保護できない。

アルフレッドもどう出るか思案を巡《めぐ》らせているようだし、ここは一旦休憩《いったんきゅうけい》を挟《はさ》んで、別の案を考えるのがいいかもしれない。

口を開こうとした瞬間《しゅんかん》、テーブルの端からのんきな声が耳元に届いた。

「あ～。ちょっといいか？」

視線を向けた先では、テーブルに肩肘《かたひじ》をついたクラウスが次席補佐官を見やっている。

「仮にそれが成立したとして。獣人族の国からここに、忌み子たちは何人ぐらい来るんだ？」

「そうですね。とりあえずは我々、猫人族の管理下に置かれている者たちだけでしょうか」

「ふうん。一度に全員ってわけじゃねえのか」

「ええ。大半は他の部族の管理下にありますし。別途《べっと》協議が必要になるかと」

よっこいせっという声と共に姿勢をただし、ハイエルフの前国王は続ける。

「まあいいや。そいつらと引き換《か》えに、お前さんの国には物資が渡るわけだな」

「当然、そのようになりますね」

「それ以降、交易が始まるとしてだ。取引を行えば、その都度、互いの国についての情報も行き交《か》うと思うんだがよ。そこらへんはどう考えてるんだ？」

「交易を行うのであれば、情報や文化の交流もある。それは当然だと思いますが」

「いやいや。そういうことじゃねえよ」

疑問符《ぎもんふ》を浮かべる猫人族の使者に、クラウスは苦笑《くしょう》している。

「ここへやって来た忌み子たちがいい暮らしをしているって情報も、そっちの国へ知れ渡るだろうってことさ。その時、お前さんの国に残っている忌み子たちは、一体どういう反応をするんだろうな？」

「お言葉ですが。こちらへ来た忌み子たちが豊かな生活を送れる保証などはどこにも」

「あるに決まってんだろうが。テメエは知らないだろうけどな、ここにいるタクはバカが付くぐらいの善政に取り組む男だぞ」

声を荒《あら》らげているせいか、褒《ほ》められてるのか、けなされてるのかよくわからないんだけど。

クラウスはもはや苦笑もせず、猫人族の使者に射抜《いぬ》くような鋭《するど》い視線を投げかけている。

「他の土地へ渡った仲間が恵《めぐ》まれた環境で暮らしている。そんなことを知れば、他の忌み子たちも後に続けと考え出す……そうは思わねえのか？」

「箝口令《かんこうれい》を」

「できるわけねえだろ。人の口に戸が立てられねえのは常識だぜ？」

次席補佐官の仮面のような笑顔が、少しだけ動いたように思えた。

「まあ、後に続けと移住を申し出るのはまだいいほうだろうな。中にはもっと物騒《ぶっそう》なことを考えるやつも出てくるかもしれねえし」

「どういうことだ？」

オレが尋ねると、ハイエルフの前国王は軽く肩をすくめる。

「圧政に苦しむ民衆がやることなんざ、昔から同じさ。武装蜂起《ほうき》、つまりはクーデターだな」

クーデターという言葉へ即座《そくざ》に反応したのは猫人族の使者で、張り付くような笑顔のまま、声を大にして叫《さけ》んだ。

「そのような事態にはなりません！」

「仮の話だ。そんなに慌《あわ》てんなよ」

「慌ててなど……。仮にそうなったとしてもです！　我が国の軍を中心として、直ちに収めることができるでしょう」

「武装蜂起したのが一部の民衆だけなら、な？」

クラウスが応じた途端、何かを察したのか、使者は眉をピクピクと動かした。

「……武力介入《かいにゅう》されるおつもりですか？」

アルフレッドが驚愕《きょうがく》の眼差しでクラウスを見やる。視線が集中する中、ハイエルフの前国王は返事をせずに、別の話題を口にした。

「俺だけじゃなく、龍人族《りゅうじん》の王ジークフリートも奴隷制《どれいせい》ってのを嫌《きら》っていてね。隣国《りんごく》にそんな制度が残っているとわかったら、そりゃあ傍観《ぼうかん》する訳にはいかねえよなあ」

「な、内政干渉《ないせいかんしょう》です！」

「内政干渉じゃねえよ。これも立派な『人道支援の一種』さ」

「……っ！　だ、だとしてもです！　忌み子や耳欠けは奴隷《どれい》ではありません！　我が国における貴重な人材で……」

「傍《はた》から見たらそうは思えねえよ。お前さん、さっきから言ってたじゃねえか」

「は……？」

「『見解の相違』ってやつだ。お互いに捉《とら》え方《かた》が違ってりゃあ、仕方ねえことだよなあ」

「き、詭弁《きべん》です！　そのようなこと、まかり通るはず――」

「おいおい、ガキの使いじゃねえんだぞ。道理を外れた話を持ちかけるなら、それぐらいの覚悟《かくご》はしておけよ」

言葉を遮《さえぎ》り、威圧《いあつ》感を部屋中に漂《ただよ》わせ、クラウスは続ける。

「二正面作戦を強いられたくはねえだろ。……ああ。タスクはダークエルフの国とも誼があるんだったな、それなら三方を相手にすることになるか？」

「…………」

「権限を引っさげてこの場に来たんだ。テメエが下手打ったせいで、戦争なんざ起こしたくはねえだろ？」

引きつった笑顔のまま、猫人族の使者はようやく声を発した。

「……脅迫《きょうはく》されるおつもりですか？」

「とんでもない。『見解の相違』ってやつさ」

軽く息を吐いてから、笑顔を浮《う》かべるクラウス。

「ま、俺《おれ》が大人しくしているうちに、まっとうな交渉をしろってこった。お前さんも火種を手土産《てみやげ》に帰りたくはねえだろ？」

表情を隠《かく》すようにハンカチで額の汗を拭《ぬぐ》い取る次席補佐官を眺《なが》めやりながら、クラウスは声を立てて笑った。


それからというもの、渋々《しぶしぶ》といった様子を匂《にお》わせながらも、猫人族の使者は譲歩《じょうほ》の姿勢をみせはじめた。

クラウスの発言が思いのほか効いたらしい。猫人族の管理下に置かれた耳欠けたちを移住させること、こちらからは獣人族の国へ街道《かいどう》を敷《し》くことを交換《こうかん》条件として、交易を始めることが決まった。

「先程もお話しましたが、権限を与えられているとはいえ、他の部族への干渉《かんしょう》はできません。十八ある部族とそれぞれ協議した上で、追々、移住という形を取らせていただければ……」

「わかった。それでいい」

すっかり恐縮《きょうしゅく》の面持《おもも》ちとなった次席補佐官が、安堵《あんど》のため息を漏《も》らす。それを眺めやりながら、アイラは吐き捨てた。

「ふん。所詮《しょせん》は我が身《み》が大事か。保身のためなら手のひらを翻《ひるがえ》す。大した交渉術《こうしょうじゅつ》じゃのう」

「おい、アイラ」

「移住が決まったなら用はないであろう？　私はこれで失礼する」

アイラは嫌悪感を隠そうともせず、部屋中に足音を響かせながら応接室を出ていった。

勢いよく閉まるドアの音を聞きながら、交渉に同席させたことは失敗だったかなと考えていると、落ち着いた声が耳元に届いた。

「おい、タスク。嬢ちゃんのところへいってやんな」

「いや、本格的な交渉はこれから……」

「俺とアルに任せておけって。心配すんなよ、俺も一応は財務を把握してるからな」

いつの間に。……でも、そうか。ここ最近、出版事業だけじゃなく、他の仕事も一緒にこなしていたからな。

「方針は理解していますのでご安心を」

「アルフレッド、悪いな。クラウスもよろしく頼《たの》んだ」

中座することを詫びつつ、オレはアイラの後を追いかけるように応接室を飛び出した。

エントランスにいた戦闘《せんとう》メイドが、小首を傾げて階段の方を見やっている。一目散に上の階へ駆《か》けていくアイラの姿を見ていたらしい。

もしかしたら執務室《しつむしつ》にいるのかもと、三階の一番奥《おく》の部屋へ足を運んだものの、ドアを開けたところで中には誰《だれ》もいない。

自分の部屋へ戻ったのだろうかと思い直し、きびすを返す。すると、廊下《ろうか》の向こう側からベルが歩いてくる姿を捉えた。

両手には、先程までアイラが身につけていた真紅のドレスが抱《かか》えられている。

「あれぇ？　タックンじゃん☆　お話終わったの？」

「いや、それはまだなんだけど……。アイラ見なかったか？」

「アイラっちなら、タックンのお部屋だよ♪」

オレの部屋？　何で？

「わっかんない♪　すんごい勢いで飛び込んでいったからさー★　なんだと思ってついていったら、いきなりドレス脱《ぬ》ぎだすんだもん」

ウチの作ったドレス、気に入らなかったのかなあ……と、しょんぼりするベルの頭を撫でながら、そんなことはないよと応じてみせる。

「ちょっとしたトラブルがあってな。ベルのせいなんかじゃないよ」

「そうかなあ……。けっこー、ムリヤリ着せちゃったから、怒ったのかなぁなんて……」

「まさか。アイラも喜んでいたし、それはないって。あとでお礼しにいくって言ってたぞ？」

「……ホント？」

「ホントホント。綺麗なドレスありがとな？」

エヘヘへと照れたように笑って、長身の美しいダークエルフは、頭をグリグリと動かしてオレの手になでつけている。

「何があったかわかんないけどさ、アイラっちに元気出してって伝えておいてね♪」

「おう。任せろ！」

ギャルギャルしい格好のベルに見送られつつ、オレは四階にある自分の寝室《しんしつ》へと急いだ。

部屋に足を踏《ふ》み入れた瞬間、瞳《ひとみ》に映ったのは、ベッドの上で暴れまわる全裸《ぜんら》のアイラだった。両手で枕《まくら》を掴《つか》んでは、それを壁《かべ》に向かって何度も叩きつけている。

その姿を眺めやりながら、オレは大きく息を吐《は》いた。

「そんなにやってたら、枕が壊《こわ》れるぞ」

その枕はオレのだし。結構いいやつなんだぞ？ と、思いながらも声には出さず。

一瞬《いっしゅん》動きを止めたアイラは、ゆっくりとこちらを振《ふ》り向いて、力いっぱいに枕を放り投げるのだった。

「あっぶねえな。モノ投げんなって」

「なんじゃ、タスク！ あの連中は！」

頭上の猫耳を伏せて、しっぽを荒々《あらあら》しく逆立てながら、アイラは声を荒らげる。

「私は今日ほど、あんな恥知《はじし》らずな奴《やつ》らと同じ種族だということを悔《く》やんだことはない！」

「気持ちはわかるがな……。アイラはアイラで、あいつらとは違《ちが》うだろ？」

「元をたどれば、同じ血が流れているのは間違《まちが》いないのじゃ！ あんなろくでなし共と同じ血が流れているなど、考えるだけでおぞましい……！」

そう言って、ベッドへうつ伏《ぶ》せに寝転《ねころ》ぶ。オレは頭をかきながら、その横に腰掛けた。

透《す》き通るような白い肌。その腰《こし》のあたりに、忌み子の烙印《らくいん》といわれる黒い模様が見える。

背中全体を隠すように、オレは毛布をかけてやった。

「……悪かったな。不快な思いをさせて」

「おぬしが悪いわけではない。奴ら、獣人族《じゅうじん》の連中が悪いのじゃ……」

もぞもぞと毛布にくるまりながら、アイラは横向きに体勢を変える。

「獣人族の国を離《はな》れて二百余年。少しはマシな国になっているのではないかと、ほんのわずかでも期待しておった私が阿呆《あほう》じゃった」

「アイラ……」

「まさか同胞を奴隷同然に扱《あつか》い、あまつさえ、平然と売りつけようとする下衆《げす》だったとはの……。厚顔無恥《こうがんむち》とはあのような奴らのことをいうんじゃな」

「………」

「何がけじめじゃ！　何が区別じゃ！　現実を直視せず、種族の歴史を都合よく扱っているだけではないか……！」

身体を起こし、毛布を力強く握《にぎ》りしめて、アイラはなおも続ける。

「災いをもたらすというなら殺せばいい！　生きて恥《はじ》を晒す一生より、そのほうが忌み子たちのためにもなろう!?　尊厳も名誉《めいよ》もなく生をまっとうすることになんの意味があるというのじゃ！」

「アイラ。それは違うと思うよ」

　いまにも泣き出しそうな瞳がオレの顔を捉える。

「彼らの置かれている現状はわからないし、どんな思いで日々を過ごしているかもわからない。アイラの言う通り、中には苦しくて死にたいって考えている人もいるかもしれない」

「だったら……！」

「でも、同じぐらいに生きたいって考えている人もいるかもしれない。生きていれば、そのうちいいことがあるかもって、そう信じている人がね」

「そんなこと」

「ないとは言い切れないだろ？」

　目を伏《ふ》せるアイラの頰《ほお》に手を差し伸《の》べた。ひんやりとした彼女の体温が指先から伝わってくる。

「オレはね、アイラ。忌《い》み子《ご》として捨てられたアイラが、生きることを選んでくれたことに感謝しているんだ」

「……感謝？」

「もし死んでいたら、オレたちは出会ってなかったんだぞ？　感謝すべきだろ」

「…………」

「お前がいたから。アイラがいてくれたから、オレはこの世界でも生きていけるって思ったんだ。ひとりだったら、とっくに野垂れ死んでるって」

どういう表情をしていいのかわからないといった様子の猫人族《ねこじん》に、オレは笑顔を向けた。

「アイラと出会って以来、毎日、楽しくてしょうがないんだよ。……たまに仕事手伝えとかそんなことは思うけど。まあ、つまり、その、なんだな……」

改めて言葉にするとなかなか気恥《きは》ずかしいけれど、まっすぐにアイラを見つめて、オレは続ける。

「ありがとな。アイラと出会えたことを、心から誇《ほこ》りに思うよ」

「タスク……」

「あ。そうだ、さっき言った女神様っていうのも嘘じゃないからな！　アイラのことだからお世辞とか思ってそ」

言葉を遮って飛びついてきたアイラは、そのままベッドの上にオレを押し倒《たお》した。

そして無言のまま、胸元《むなもと》に顔をグリグリと押し付けている。

オレは軽くため息を吐いてから、栗色《くりいろ》の美しく長い髪《かみ》を撫でてやった。

「ベルが気にしてたぞ？　ドレスを気に入らなかったから、怒《おこ》ったんじゃないのかって」

「…………」

「あとでちゃんと謝《あやま》って、それからお礼もしような？」

こくりと、胸の中で小さく頷《うなず》くアイラ。オレはそのまま、アイラを抱《だ》きしめ続けた。

やれやれ……。悪いな、アルフレッド、クラウス。どうやら応接室には戻れそうにない。

獣人族との交渉《こうしょう》は、引き続き、お前らへ任せることにするよ。


しばらくしてから執務室へ戻ると、アルフレッドとクラウスが向かい合ってソファに腰を下ろしていた。

「女神様は泣き止《や》んだかい？」

クラウスが苦笑しながら、オレの胸元に視線を向けている。なるほど、シャツの胸元にはアイラの化粧跡《けしょうあと》がくっきりと。

「慌てて来たから気付かなかった」

「嬢《じょう》ちゃんだって今日はメイクしてたんだ。落ちたら気付いてもいいだろうに」

「いや、ほら。アイラは素がいいから。メイクしてなくても十分にカワイイっていうかさ」

「へーいへい。わっかりましたよー。……ったく、その汚《よご》れが落ちなくなるような呪《のろ》いでもかけてやろうか？」

つまらなそうに背もたれへ寄りかかるハイエルフの前国王。

オレは改めてふたりに礼を述べてから、獣人族との交渉がどうなったのかを尋《たず》ねる。

「率直《そっちょく》に言って、あまり芳《かんば》しくないですね」

即答《そくとう》するのはアルフレッドで、手にしていた書類を差し出した。

「交易品のほとんどが、他との取引と重複するといいますか。この土地には必要のないものばかりで……」

「連中は『他とは品質が違う』とか言ってたけどよ。実際はどうだかわかんねぇしな」

リストアップされた交易品の目録を眺めやるが、アルフレッドの言う通り、お世辞にも魅力《みりょく》を感じるラインナップとは言えない。

木材、鉱石類、肉節《にくぶし》……？　ん？　この肉節って何だ？

「スピアボアの肉を燻製《くんせい》にしたものですね」

「干し肉じゃないのか？」

「似ていますが、そっちは調味料なんですよ。削《けず》ったものをスープにしたりとか」

ああ、鰹節《かつおぶし》みたいなもんか。それの肉バージョンってことね。なかなかに面白《おもしろ》い。

「……お？　目録の中に炭酸水があるじゃんか」

「興味がお有りですか？」

「元の世界では、毎日のように炭酸水を飲んでたからね。そうか、天然の炭酸水があるのか」

口の中で弾《はじ》ける、あの爽《さわ》やかなのどごしを想像していたものの、こちらの感動とは対照的に、ふたりの反応は鈍《にぶ》い。

「もしかして、そのまま飲まれるおつもりですか？」

「え？　そうだけど？」

「あー……。期待を裏切るようで申し訳ねえけどよ、飲めるようなもんじゃねえぞ？」

聞けば炭酸水は薬として使われ、その味は非常に苦く、飲料としては適さないそうだ。腕《うで》や足を浸《ひた》すことで筋肉疲労《ひろう》の軽減や、打撲《だぼく》や骨折などの治療《ちりよう》を行う、いわば炭酸温泉みたいなものらしい。正直、ガッカリである。

「唯一《ゆいいつ》、マシかなって思えるのは紅玉《こうぎよく》……、あ、宝石なんだけどな。その程度だな」

書類をテーブルへ戻《もど》すと、クラウスはため息交じりに呟《つぶや》いた。

「こうなってくると、取引できるものがない、それなら代わりに人を売ろうって考えもわからなくもねえな」

「しかし、短絡的《たんらくてき》すぎませんか？」

「その昔、ハイエルフの国が統一されていなかった頃《ころ》の時代は、村の若者を傭兵《ようへい》として、別の部族に売りつけていたもんさ。そうでもして稼《かせ》がねえと、村全体が食いっぱぐれるからな」

獣人族の連中がやろうとしていたのも同じこと。達観《たっかん》したように続けて、クラウスは肩《かた》をすくめる。

「とはいえだ。迫害《はくがい》している連中を売りつけようなんざ、胸糞《むなくそ》悪ぃだけだな。奴隷商売と変わんねえよ」

「そういった意味でも移住を認めさせることができてよかった。ありがとな、クラウス。口添《くちぞ》えしてくれて」

「なぁに、気にすんな。世の中、誠実さだけではどうにもならない相手がいるってことを知れただけでも、いい勉強になっただろ」

頷いて応じ、オレはアルフレッドに視線を転じた。

「猫人族の移住だけど、どのぐらいの人数になるか聞いてるか？」

「正確には把握していないそうですが、大体七〜八十人程度だと」

「意外と少ないんだな？」

「他にも十八の部族が、それぞれに忌み子たちを管理しているそうですから。全体としては千人を超《こ》えるのでは……」

千人か……。受け入れる覚悟はしていたけれど、実際に想像すると、途方《とほう》もない数字だ。住環境《じゅうかんきょう》だけでなく、食料などを急ぎ確保しなければならない。

そんなふうに思っていたものの、クラウスの考えは違うらしい。ハイエルフの前国王は、全員が移住してくることはまずありえないだろうと断言した。

「それだけの人数の移住を認めさせるんだぜ？　部族からの反発は必死だな」

部族の長が一定の権限を持つ獣人族の国では、いくら国王といえども、部族内のことへ口出しができない。

「上手《うま》く調整できたとしても、限られた部族だけだな。それでも長としては面目《めんぼく》を潰《つぶ》されたと思うし、結果として国王の求心力の低下は免《まぬが》れないだろう」

せいぜい、忌み子たちの待遇《たいぐう》を改善して、他所から口出しさせないようにする程度に収まるのではないか。

「んでもってだな。それがちゃんと改善されてるか、ちょいちょい隣国の偉《えら》いさん方が圧力をかけてやって、最終的には差別をなくす方向に持っていくのが現実的だと思うね」

「そんなに上手くいきますかね？」

「わからん。ただ、今日聞いた限りでは、連中としても経済的に厳しいようだしな。アメとムチを使い分ければ、案外、未来は明るくなるかもしれんぜ？」

経済支援と引き換えに、事実上の内政干渉を行う。極めて効果的な手法だ。期待していいかもしれない。

しかしながら、アルフレッドの考えはまた異なるようだ。

クラウスの話に耳を傾《かたむ》けていたものの、その表情は浮かないままである。

なにか、引っかかる点があったのだろうか？　問い尋ねたオレに、龍人族の商人はこんなことを呟いた。

「伝承に残っているとはいえ、どうして同じ種族の中で、あれほどまでに忌み嫌うことができるのかと考えておりまして……」

アイラから話を聞いていたとはいえ、他の獣人族と大差のない印象を受ける。それなのに、なぜ忌み子と呼ばれていたのかを、ずっと考えていたそうだ。

「僕《ぼく》には外見ぐらいしか違いがわからないので、もしかすると、彼《かれ》らにしかわからない特《とく》徴《ちょう》があるのかもしれませんが……」

「なに言ってんだ、アル。差別に理由なんかいらねえんだよ」

クラウスは即答し、そしてなおも続けた。

「見た目が違うなんて、それこそ連中にしてみたら立派すぎる理由さ。なにせ自分たちと違うんだからな」

「そんな理由で」

「動機になり得るんだよ。お前ら龍人族も、『堕天使族《だてんし》』が『天界族』っていう名前に変わるまでは、穢《けが》れているとかなんとかいって、連中を迫害してきた歴史があるだろ？」

「それは……」

「そんなもんなのさ。どこもかしこも変わらねえよ」

たとえば、ハイエルフの国に少数のダークエルフたちが暮らしていたとする。お互《たが》いの存在を理解している現状ならともかく、その知識がない状態だったらどうなるだろうか？

「きっと不気味な存在として、ダークエルフを追い出すだろうな」

「中には相互《そうご》理解に努めようとする人もいるのでは？」

「そりゃいるだろうよ。しかしながら残念なことに、差別は忌避《きひ》すべきものであると同時に、恩恵《おんけい》をもたらすものでもあってだな」

「恩恵、ですか」

「ああ、差別があることで自分たちが得をするなら、唾棄《だき》すべき考えも、喜んで正当化するだろうよ」

そのほうが都合はいい。不幸も貧困《ひんこん》も不自由も、自分たちの責任ではなく、差別の対象である奴らのせいである――そう思考停止してしまえば、それを理由に、どのような醜悪《しゅうあく》な行動も美徳と認められるのだ。

略奪《りゃくだつ》も暴力も問題ない――差別とは、なんと甘美《かんび》な果実だろうか。

「なにより差別をなくすよりも、こっちのほうがラクだからな。労多くして功少なしってのは避《さ》けたいだろ？　なら、メリットがあるほうを選ぶのが自然かつ当然なのさ」

言葉に詰《つ》まるアルフレッド。クラウスは真剣《しんけん》な眼差《まなざ》しをオレに向ける。

「そういった意味ではタスクよ。お前さんの選んだ道は厳しいぞ？　異なる種族同士、いまでこそ平和に生活しているが、将来はどうなるかわからん」

それでも共存の道を進むつもりか。無言の問いかけに、オレは口を開いた。

「オレを信じてここで暮らすって決めた人たちがいるんだ。将来がどうなるかなんてわかんないけど、できる限りのことをして、その人たちを幸せにしたい。それだけなんだよ」

「……そうだな。お前さんはそういうやつだったな」

一転して、クラウスは爽やかな笑顔を浮かべる。

「ま、やるだけやってみろよ。ダメだったらダメで仕方ねえしな」

「気楽に言うなあ」

「いやいや、これでも期待しているんだぜ？　損得や善悪抜《ぬ》きで、差別のない世界を作り出そうなんざ、酔狂《すいきょう》以外のなにものでもねえが……。上手くいけば、大陸中に受け入れられるかもしれん。そうなりゃ儲けもんだろ？」

「随分《ずいぶん》と話を飛躍《ひやく》させるじゃないか。それにプレッシャーかけすぎ。そんな大層なもんじゃないって」

「プレッシャーをかけられないよりもマシだろ？」

声高らかに笑い、それからハイエルフの前国王は「とりあえず、いま、できることから始めればいい」と続けた。

「いまできること？」

「そうだな……。例えば、俺の深刻な空腹問題を解決するとかな」

「……は？」

「久しぶりに真面目モードで話をしてたからよ。もう、腹が減って腹が減って仕方ねえの。さっさと切り上げて、飯にしようぜ！」

その気の抜けた声に、オレとしてはわかったよと返すしかないわけで……。

から揚《あ》げを大盛りで頼むというクラウスからの要望に苦笑しながらも、それに全力で応えようと決めたのだった。

第8章 ダークエルフの少女、ジゼル

獣人族の不愉快《ふゆかい》な使者が去ってから時は流れ、領内にはクラーラとハンスが戻ってきた。無事に帰ってきたのはめでたい。とはいえ、いまはちょっと間が悪いというか、友人を慰《なぐさ》めているところでね。

旧領主邸《てい》、通称《つうしょう》『豆腐《とうふ》ハウス』の前でうなだれているハイエルフの前国王を励《はげ》ましている最中っていうか……。

そんな光景を目前に、挨拶《あいさつ》もそこそこに切り上げて、どうしたのとクラーラは投げかける。

「クラウスおじ様が落ち込《こ》んでいる姿なんて、私、見たことないわよ？」

「あ〜……。なんというかだな、これには深い事情があって……」

オレが応じようとした矢先、ヨロヨロと体勢を立て直しながら、クラウスは呟いた。

「へへ……。いいんだよ、どうせ俺なんてたいした存在じゃないのさ……」

「そんなことないって。ほら、ここで暮らしている人たちって、ちょっと特殊《とくしゅ》っていうか」

少年を思わせる若々しい顔が、一気に老《ふ》け込んだように思える。そこまでショックを受けなくてもいいんじゃないかなあ？

クラウスがいつになく落ち込んでいる原因。それは住民みんなからの反応にあった。


——話は一時間前までさかのぼる。

製紙工房《こうぼう》が本格的に始動すれば、責任者であるクラウスの存在を隠し続けるには無理がある。そろそろハイエルフの前国王が住んでいるという事実を、領民たちに知らせておいたほうがいいんじゃないか？

そんな相談を持ちかけると、クラウスは銀色の長髪《ちょうはつ》をかきあげながら、端正《たんせい》な顔立ちに爽やかな笑《え》みを浮かべてみせた。

「何度も言ってるけどよ。俺、人気者だったからさ。ハイエルフたちはモチロン、他国民からも敬われて慕《した》われること半端《はんぱ》なかったし。前の国王とはいえ、そんなヤツが暮らしているとなったら、パニックになると思うんだよなあ」

微塵もふざけているように思えない口ぶりは、冗談《じょうだん》でも何でもなく、本気で憂慮《ゆうりょ》しているのだと感じさせる。

「そうならないためにも、知らせておこうって話なのさ。グループごとに紹介《しょうかい》を済ませていけば、目立った混乱もないだろうし」

ハイエルフの前国王が住んでいることを知った領民が、別の領民に存在を教えていくかもしれない。口コミで自然と広まれば、クラウスのことも自然と受け入れられるだろう。

「俺のことを知った奴らが、家に押《お》し寄せてくるのもあり得るぜ？　サイン求められたら、断れないタイプなんだよ……。イマイチ不安なんだよなあ」

大真面目なクラウスを見るに、どうやら本気らしい。ハリウッドの映画俳優みたいだな。

ともあれ、話しているばかりではらちが明かない。実際にみんなの反応を窺《うかが》ってから対応を考えようと、まずは翼人族《よくじんぞく》へ紹介することに。

ロルフを筆頭に、翼人族は礼儀《れいぎ》正《ただ》しく知性的な人たちばかりである。彼らであれば、きちんと応対してくれるはずだと考えながら、菓子《かし》工房《こうぼう》へ足を運ぶ。念《ねん》の為《ため》、クラウスはフードを被《かぶ》ったままである。

すると、ちょうど出入り口付近に差し掛かったところで、仲間たちを引き連れたロルフと会うことができた。

「これはタスク様。いかがされましたか？」

「実は先日からこの領地に暮らしている友人がいてね。みんなに紹介したいと思ってさ」

「ご友人ですか。それはそれは……」

肘《ひじ》打ちで合図を送ると同時に、クラウスはフードを外していく。やがてあらわになる端正な顔立ちに微笑《ほほえ》みをたたえながら、ハイエルフの前国王は口を開いた。

「クラウスだ。これからよろしく頼む」

途端《とたん》にざわつき始める翼人族たち。……そういったリアクションが返ってくることをクラウスは想像していただろう。

だが、現実は違った。

ロルフを始めとする翼人族たちは、まったくといっていいほどに無反応で、穏《おだ》やかな笑《え》顔《がお》をクラウスに向けている。

「ハイエルフの前国王、クラウス様ではないですか。タスク様と親交があったのですね」

「……ん？　……お、おう。まあな」

「これは驚《おどろ》きです。至らぬ点があるやもしれませんが、これからよろしくお願いいたします」

我々は仕事がありますので、これで。そう言い残し、ロルフたちは立ち去っていく。

「……パニックにならなかったな」

翼人族を見送りながら呟いた一言は、思いの外、クラウスの心に突《つ》き刺《さ》さったらしい。

「なんであんな無反応なんだよっ！　ハイエルフの前国王だぞ⁉　超《ちょう》が付くほどの人気者

だったんだぞ⁉　マジでっ！　嘘《うそ》じゃないんだって！」

こんなはずはないと言わんばかりに、オレの襟元《えりもと》を掴んで、身体を激しく揺《ゆ》さぶるクラウス。お前がパニックになってどうする。

そこに通りかかったのはハーフフットのアレックスとダリル、それにワーウルフのガイアたちで、物珍《ものめずら》しげにこちらを見つめるのだった。

「お館《やかた》様じゃねえか。なにしてんだ？」

「おお、なんというか、珍《めずら》しい組み合わせだな」

「力仕事がありまして。ガイアさんにお願いしていたのです」

「ガハハ！　お役に立てたなら幸いですぞ！　私も筋肉を鍛《きた》えられてありがたいですな！」

で、当然のことながら、三人の視線はオレの襟元を掴んでいるクラウスへ集中するわけだ。

「あ、そうだ。みんなにも紹介しておくよ。ここで暮らすことになったオレの友人で……」

「クラウスだ。ハイエルフの国の〝前国王〟だが、気楽に付き合ってくれると嬉《うれ》しい」

前国王という部分を必要以上に強調するクラウスに、かっこ悪さを感じていたものの、態度には出さず。だってさ、翼人族の反応で傷ついたのか、ご丁寧《ていねい》にモデルばりのポージングまで取っているんだよ？

黙《だま》っていれば爽やかイケメンなんだから、そんなムキになる必要もないだろうに。

そんなクラウスのアピールも虚《むな》しく、返ってきたのは、またもや鈍い反応だった。

「おお。あなたがハイエルフの前国王ですか。いや、お噂《うわさ》はかねがね」

「お館様も顔が広いよなあ。そんな人とダチとかよ」

「まったくです。こちらこそ、よろしくお願いいたします」

それでは我々は仕事が残っておりますので、これで……と、翼人族の去り際を再現し、三人はきびすを返していく。

「……えーっと、ちょっと待ってくれるか？」

ショックだったんだろうなあ。予想しなかった反応を繰《く》り返されたことで身体を硬直《こうちょく》させているクラウスに代わり、オレは三人を呼び止めた。

「ハイエルフの前国王が暮らしているんだけど、それについて驚きとかはないのか？」

問いかけの意味がわからないとばかりに、三人は顔を見合わせている。

そして、やや間があってから、誰ともなしに呟き始めた。

「驚くもなにも……。お館様には驚かされっぱなしだからよ」

「ですね。お偉方《えらがた》が住まわれようと、これといって疑問に思わないといいますか……」

「左様。龍人《りゆうじん》族の王など、しょっちゅう遊びに来ているではないですか。いまさら、別の国の王がいたところでおかしくはないですな」

三通りの言葉を残し、立ち去っていくハーフフットとワーウルフ。ワナワナと身体を震《ふる》わせ、クラウスは宣言した。

「……それでもハイエルフたちなら、ハイエルフたちなら、パニックになるはず！」

パニックにしないために紹介しているっていうのに、本末転倒《ほんまつてんとう》じゃんか。

「うるさい！　いいかタスク！　今からハイエルフたちのところに行くぞ！　俺《おれ》が本当に人気者だってことを証明してやるっ！」

もはやフードを被ろうともせず、クラウスは大股《おおまた》歩きでぐんぐんと先へと進んでいく。

これ以上、ハイエルフの前国王がショックを受けることのないように心の中で願いつつ、オレはその後を追うのだった。


「……で。ハイエルフでも結果は同じだったと？」

頷いて応じると、クラーラはため息をついた。

「わざわざそんなことしなくても。おじ様の偉大《いだい》さは世間に知れ渡《わた》っていますよ？」

「いいんだよ、クラーラ。人気者って評判は幻想《げんそう》だったんだ……。俺は世間ってやつに踊《おど》らされていたんだよ……」

「領民らはジークフリート陛下にも親しみを込めて接しております。変に近寄りがたい印象を与《あた》えるよりよろしいのでは？」

「あれはお前、〝将棋《しょうぎ》のオッサン〟としか認識《にんしき》されてねえだけだろ？　一緒《いっしょ》にすんなよ」

ハンスの励ましもクラウスには届かないようで、戦闘執事《せんとうしつじ》は肩をすくめている。

……ところで、だ。

「さっきから気になっていたんだけど。クラーラの後ろに隠れてるの、誰？」

その一言に、クラーラは表情を曇《くも》らせ、ハンスは笑顔を見せている。どうしたんだ、一体。

ぴょこんと前に飛び出してきたのは、クラーラよりも頭ひとつ分小さく、薄緑《うすみどり》色のショートカットがよく似合う、ダークエルフの女の子だった。

「はじめまして！　貴方《あなた》がタスク子爵《ししゃく》ですね！　イヴァン様からお話は聞いております！」

「はじめまして。……えーっと、君は？」

「ジゼルといいます！　これからよろしくお願いいたします！」

無垢《むく》な瞳をキラキラさせながら、まっすぐにオレを見つめるジゼル。……よろしくお願いしますって？

「タスク様。こちらのジゼル嬢は、長老殿《どの》のひ孫にあたりまして」

「移住希望ってこと？」

ハンスの説明に応じようとした矢先、ジゼルは会話に割って入った。

「移住希望ではありません！　お嫁《よめ》さん希望なのです！」

「……はい？」

白衣をまとったクラーラの腕に、自分の腕を絡《から》めて、ジゼルはなおも続ける。

「私！　クラーラお姉さまのお嫁さんになります！」

お嫁さん？　クラーラの？　なんで？

突拍子《とっぴょうし》もない発言は、とてもじゃないけど理解できないもので、どういった反応をすれば正解なのだろうかと悩《なや》んでいた矢先、指名された側は声を上げた。

「まともに取り合わなくていいわよ。この子が勝手に言ってるだけだから」

「酷《ひど》いです、お姉さま！『毎朝、ジゼルが淹《い》れてくれたハーブティーが飲みたい』……めくるめく熱い一夜を過ごしながら、そう囁《ささや》いてくれたではないですかっ！」

「アンタと一夜を過ごしたことなんてないでしょう!?　都合よく記憶《きおく》を捏造《ねつぞう》するなっ！」

そしてギャーギャーと騒《さわ》ぎ始めるサキュバスとダークエルフ。……なんだこれ？

どうなってるのとハンスへ説明を求めると、孫娘《まごむすめ》たちを見守るような微笑ましい表情で、戦闘執事は口を開いた。

「滞在中《たいざい》、ジゼル嬢がクラーラ様のことをいたく気に入られたようでして……」

長老たちを前にしても堂々と振る舞《ま》い、空いた時間に病人を診察《しんさつ》して回るだけでなく、薬学の研究にも取り組むという、勤勉な姿に惚《ほ》れ込んだらしい。

気がつけばクラーラの後をずっとついて回り、薬学の弟子《でし》にして欲《ほ》しいと頼《たの》み込む始末。

……ん？　するとお嫁さんっていうのは、どこから出てきたんだ？

当然の疑問に、ハンスは顔を近づけて囁いた。

「それが、どうやらジゼル嬢は同性愛者だそうでして……」

「……クラーラが同性愛者だっていうことを知って近づいたのか？」

「そうではないのですが。感覚的にわかるんでしょうなあ。気がつけば、あのような状況《じょうきょう》に」

なおも揉《も》め続けているクラーラとジゼルに視線を送る。キスをせがむダークエルフの少女を、全力で拒否《きょひ》するサキュバスという構図はなかなかに新鮮《しんせん》だ。

「長老のひ孫なんだろ？　ここに来ることは向こうも了承《りょうしょう》済みなのか？」

「大陸では同性愛が禁じられておりますし、それはダークエルフの国も変わりません。身内からそのような者が出てしまうと体面が悪いのでしょう」

「つまりは厄介払《やっかいばら》いみたいなもんか。酷い話だなあ、おい」

別に悪いことをしているわけでもないっていうのに、同じ性別を好きになるっていうだけで疫病神《やくびょうがみ》みたいな扱いかい。

どこもかしこもマイノリティには厳しいもんだと、思わず大きなため息をひとつ。……とはいえ、ため息をついてばかりもいられないな。

小柄《こがら》な身体に不釣《ふつ》り合いの腕力《わんりょく》で、クラーラの服を脱《ぬ》がしにかかろうとしているジゼル。まだ明るい時間帯だし、せめて部屋でやりなさいというツッコミを堪《こら》え、とりあえずはふたりを止めることに。

「ジゼルって言ったな。クラーラのどこをそんなに気に入ったんだ?」

オレの声に動きを止めたダークエルフの少女は、純真無垢《じゅんしんむく》な表情でまくしたてた。

「それはもう、なんといってもクラーラお姉さまはかっこいいというか！　凛《りん》としたお姿もお綺麗《きれい》なのですが、物憂《ものう》げな表情も愛らしいっていうか、それに風にそよぐ麗《うるわ》しい髪からはいい匂《にお》いがしますし、スタイルも抜群《ばつぐん》で形のいいおっぱいとか吸い付きたいですし許されるなら今すぐベッドへ直行したいっていうかおはようからお休みまで暮らしを見つめ続けたいっていうかできることなら子供は五人は欲しいって思っているんですけれどクラーラお姉さまがお望みならそれい」

「オーケー。ストップ。そこまでだ」

いつの間にかハイライトの消えた瞳《ひとみ》を見やりながら、オレはジゼルの態度に既視感《きしかん》を覚えるのだった。うん、リアに迫《せま》るクラーラと変わんないな、これ。

まさか初対面の相手の頭上へチョップを放つわけにもいかないし、本人は至って大真面目っぽいし……。

「話はわかった。とりあえず、しばらくの間、ここで暮らしてみるか？」

オレの提案に喜ぶジゼルと、声を荒《あら》らげて迫るクラーラ。

「ちょっ！　アンタ何考えてんのよ⁉　この子を住まわせるとか正気なの⁉」

「とは言ってもなあ。この子がおとなしく引き下がると思うか？」

「……う」

「当面、薬学の弟子ってことで面倒《めんどう》を見てやればいいじゃないか。クラーラの役に立つようなら万々歳《ばんばんざい》。そうならなかったら追い返す口実ができるだろう？」

「……役に立つようなら、ずっと居着いちゃうじゃない。その時はどうすんのよ？」

「…………」

「ちょっと、なんとか言いなさいよ」

クラーラから視線を外し、全身で喜びを表現しているジゼルを見やる。

「ジゼルの住まいなんだけど」

「ちょっと！　まだ話は終わってな」

「クラーラと一緒の部屋でいいか？」

「お願いだから止めて」

「そいつは残念。領主邸も空き部屋がなくてね、急ぎ用意できるのは目の前にある旧領主邸になっちゃうんだけど」

旧領主邸、という言葉を聞いた途端、沈《しず》み込んでいたクラウスは勢いよく立ち上がった。

「一部は俺の仕事部屋として使っているけど、それでもよければ歓迎《かんげい》するぜ！　小さい女の子の一人暮らしとか不安だろ？　その点、〝ハイエルフの前国王〟である俺が一緒なら警備は完璧《かんぺき》！　安全安心だからな！」

爽やかな表情をみせてアピールするクラウスだが、ジゼルの反応は冷たい。

「え～……。ハイエルフのおじいさんが一緒なのはちょっと……」

「おじいっ……」

ジゼルの一言にとどめを刺されたのか、再びその場へ倒れ込むクラウス。そうだよな、見た目は十代だけど、実際は九六〇歳《さい》だもんな。そりゃあおじいちゃん扱《あつか》いされちゃうか。

クラウスへのフォローは後回しにしておいて。他に空いてる部屋となると……。

「隣《となり》の薬学研究所かな。元々クラーラが住んでたし、風呂《ふろ》もトイレもついてるから不自由は」

「そこにしますっ！」

言葉を遮《さえぎ》り、ダークエルフの少女はオレの手を取った。

「さすがは領主様！　クラーラ様の残り香を堪能《たんのう》できるお部屋をご提案されるなんて！」

本人は全く持って悪気がないんだろうけど、クラーラの背中には寒気が走ったようだ。

両腕《りょううで》で身体を押さえながら、ジト目でジゼルを眺《なが》めやった。

「……妙《みょう》な真似《まね》したらすぐに追い出すわよ？」

「安心してくださいお姉さま！　お姉さまの嫌《いや》がることは、決していたしません！」

汚れのない輝《かがや》きを帯びた瞳を向けられ、頭を抱《かか》えるクラーラ。

「はあ……。もういいわ、疲《つか》れたし……。私は休ませてもらうから、後は勝手になさい」

「それでは私が添《そ》い寝《ね》を……」

「しなくていい！」

「ではお背中をお流しさせて」

「しなくていいから！」

再びギャーギャーと騒ぎ立てながら、領主邸に足を運んでいくクラーラとジゼル。

領地がますます賑《にぎ》やかになるなあと思いながら、オレは改めてハンスに尋ねた。

「ダークエルフの国はどうだった？」

「そうですな。これといった筋肉自慢《じまん》はおりませんでしたな」

「いや、そういうことじゃなくてさ」

「ほっほっほ。これは失礼を……」

戦闘執事は穏やかに笑い、そして真剣な表情を浮《う》かべてから語を継《つ》いだ。

「水道技術の供与《きようよ》にかんしては概《おおむ》ね問題ないようです。ただ、人間族との交易については、若干《じやつかん》の問題が」

第9章　市場建設計画

ハンスから聞かされた長老会からの問題提起は次のようなことだった。

ダークエルフの国の通過を認め、この土地で交易させたとして、通行の際に国の機密情報を知られないか。

また、武器などを密輸される恐《おそ》れもある。悪用を防ぐという意味も含《ふく》め、関所をいたるところへ設ける必要が出てくるが、設置費用はどこが負担するのか……など。

あらかじめ想定していた反応なので、これらについては具体案を提示することで懸念《けねん》は解消されるだろう。

「長老会の意見としては、条件付き賛成が大半といったところですな。通行税を課せば、売るものがなくとも外貨を得られますので」

「できれば通行税は免除《めんじょ》、あるいは低く設定してもらいたいんだけど……」

「難しいでしょう。つい先日まで敵対していた国同士です。無償《むしょう》で往来を許可するなど、ありえない話だと突っぱねると思いますが」

「そこらへんは協議するしかないな。歴史上、商人に重税を課して繁栄《はんえい》した国はないからね。それは通行税だって同じさ」

煩雑《はんざつ》な税体系を廃止《はいし》して、商人たちの信用を得る。そうして交易が活発になれば、その恩恵はそれぞれの国へ還元《かんげん》されるだろう。

ま、詳《くわ》しいことはイヴァンが来た時に話し合うとして。

「ところでハンス。頼みたいことがあるんだけど」

「ほう、この私にでございますか？」

「うん。人集めをお願いしたいんだ。ハンスの見込《みこ》んだ天界族の人たちに、ここで働いてもらおうと思ってね」

興味深そうな眼差しでオレを見やり、ハンスは応じた。

「面白そうなことを考えられましたかな？」

「詳しいことはジークフリート義父《おとう》さんに相談してからとは思っているんだけど。この領地内に市場を作ろうと思ってさ」

交易路ができれば、商人の交流する場が必要になる。共通の市場があれば、そこで取引が行えるだろう。

市場の他にも認めてもらいたいことが色々あるのだが。それはジークフリートがやってきた時に、直接話を進めることにしよう。

その機会は意外と早く訪《おとず》れた。

ジークフリートがゲオルクを伴《ともな》って姿を見せたのは翌日のことで、もはや我《わ》が家《や》同然といわんばかりに、来賓邸《らいひんてい》の応接室で寛《くつろ》ぐ国王は、完成したばかりのマンガの原稿《げんこう》を熱心に読みふけっている。

「おい、ページをめくるなよ。俺がまだ読んでいるんだからな」

「いちいちウルサイぞ。お前の読む速度が遅《おそ》いだけだろうが」

ジークフリートの背後から原稿を覗《のぞ》き込むのはゲオルクだ。

見た目はオッサンなのにも関わらず、マンガに夢中な少年たちを彷彿《ほうふつ》とさせるやり取りは見ていて微笑ましい。

隣では作者であるエリーゼが、ふたりの様子を、固唾《かたず》を飲んで見守っている。緊張《きんちょう》しているのか、カチコチと身体を硬直させたままだ。

「うーむ……！　実に面白《おもしろ》かった……！」

原稿の束をテーブルへ戻し、ジークフリートは満足げに呟く。その一言に、エリーゼは安堵《あんど》のため息を漏《も》らした。

「エリーゼや。これの続きはないのか？」

「な、ないです……。い、いま描《か》いているところなので……」

「なんじゃあ……、まだできとらんのか。ワシはもう、続きが気になって気になって……」

「ご、ゴメンナサイ……」

「無茶《むちゃ》なこと言うなよ、オッサン。エリーゼがどんだけ苦労したと思ってんだ？」

原稿を大事そうに抱え、クラウスが肩《かた》をすくめる。

「マンガってのは労力も時間もかかるもんなんだぜ？　いい加減に理解しろっての」

「しかしなあ……。こう、いいところで『続く』となってしまうと、そのあとがどうなるか、気になって仕方ないではないか⁉」

「そ、そういうものですから……」

「頼む、エリーゼ！　できているだけでも良い！　続きをっ！　続きを読ませてもらえないだろうか⁉」

「それ以上、ウチの看板作家を困らせるようなら、もう読ませねえぞ」

クラウスの一言に、威厳《いげん》のかけらもなく、がっくりとうなだれるジークフリート。あなた一応、国王陛下ですよね……？

「確かに面白かった。ソフィアの描いたものは、いまいち面白さがわからなかったが……」

席に戻《もど》ったゲオルクが感想を述べると、紅茶を楽しんでいたリアとベルが反応する。

「そうですか？　ボクはどちらも面白かったと思いますけど」

「ウチもウチも☆　ソフィアっちのは女の子向けって感じで、キラキラしてたかなー♪」

確かに。エリーゼのは王道系将棋マンガって展開で、ソフィアのは少女向けラブコメ混じりの将棋バトルマンガって感じだからな。

最初は無茶だと思ったのに、ラブコメと将棋とバトルを一緒にして成立させたもんなあ。ソフィアの才能は底が知れないね。

「私はエリーゼの方が好みじゃったかのう。高みを目指し、友と共に己《おのれ》を鍛える。心揺さぶられる内容ではないか」

お土産《みやげ》の焼き菓子《がし》を頬張《ほおば》りながら、アイラが呟《つぶや》く。義父と茶を囲む嫁たちの光景も、すっかりお馴染《なじ》みとなった。

祖父と孫娘たちといっても違和感《いわかん》のない構図を眺めやりながら、ゲオルクは思い出したように口を開いた。

「そうだ。聞いてくれよ、タスク君。ジークのやつ、将棋用の娯楽施設《ごらくしせつ》を乱立させてね」

「乱立、ですか？」

「将棋マンガを作ると聞いてから、えらい張り切りようなんだよ。その分の情熱を執務《しつむ》へ活《い》かしてくれればいいものを……」

額に手を当てるゲオルクに、ジークフリートは反論する。

「乱立とはなんだ。乱立とは。あくまで将棋の普及《ふきゅう》のため、必要な処置をしたまでのこと。ワシは良かれと思ってだな……」

「だからといって、マンガの中に出てくる『大陸将棋協会』まで作る必要はないだろう？」

……は？　架空《かくう》の団体を実際に作ったんですか？

「うむ！　実際に『大陸将棋協会』が存在すれば、それだけ臨場感も増すであろう。もちろん、協会の長はワシだ！」

これからは龍人族の国王と将棋界《しょうぎかい》の王、二足のわらじでいくぞと息巻くジークフリート。

「ちなみにだがな、協会の賛同者にはタスク、そなたの名前も入っておるからな」

「いつの間に……」

「領主を辞《や》めたら協会に来い！　次期、協会の長として迎《むか》え入れようではないか！」

「はあ……」

「ま、ワシは生涯現役《しょうがいげんえき》のつもりだがな！」

ガハハハハと声高らかに笑う龍人族の王に、ハイエルフの前国王は頭を振《ふ》ってみせる。

「オッサン、いい加減引退しろっての。そろそろ息子《むすこ》に国政を任せたっていいだろうに」

「そうですよ。お父様もいいお年ですし、お体が心配です。クラウスおじ様の言う通り、お兄様へ王位を譲《ゆず》られては？」

リアが賛同を示すものの、当の本人には響《ひび》かなかったようだ。

「何を言うか。『賢龍王《けんりゅう》』と呼ばれるワシがやすやすと王位を退いては、民も不安に思うではないか」

「むしろ国民の大半はさっさと引退してくれって思ってるよ。空気読めってな」

「おうおう？　実力のなかった若造が何を言うか。己が引退したのも王の器でなかったからだろうが？」

「はぁ？　人気も実力も歴代ナンバーワンでしたけどぉ？　ここに来てからも、連日連夜大騒《おおさわ》ぎで大変ですしぃ？　どこぞの将棋バカのオッサンとは違《ちが》ってなあ？」

「はーいはい。おふたりともそこまで」

ふたりの間に割って入り、オレはお互いを遠ざけた。まったく、ケンカの仲裁《ちゅうさい》も慣れてきたもんだなあ。こんなこと、慣れたくなかったんだけどさ。

そんなことよりも、ジークフリートには相談したいことが色々あるのだ。

「おお、そうだったな！　息子の頼みに応じるのも、父として、そして王としての務めだからな！　全てはこの〝賢龍王〟に任せるが良い！」

とあるフレーズを強調しながら、ジークフリートはニマニマとクラウスを見やり、クラウスはちっと舌打ちしながら、つまらなそうに紅茶をすすっている。

……場が荒《あ》れずに済んだんだから、お義父さんもこれ以上挑発《ちょうはつ》するの止めてくださいよ。

お構いなしに、オレが差し出した書類へ目を通すジークフリート。いつしか顔つきは真剣なものへと変わり、そしてある項目《こうもく》に目を通した途端、厳しいものになった。

「市場についてはいいだろう。元々、商業都市として発展させたらどうだと提案したのはワシとゲオルクだ。交易路についても問題ない」

「ありがとうございます」

「しかし、だ。これについては判断が難しいな……」

ジークフリートが書類の一部を指差す。そこにはこんな一文が書かれていた。

『大陸で禁止されている同性同士の婚姻《こんいん》については、当領地においてのみ、これを認めることとする』

「商業都市を機能させる上で、交易市場の建設は理にかなっておる。しかしだ、それと同性同士の婚姻を認めよというのは脈絡《みゃくらく》がないではないか」

ジークフリートが呟いた『同性同士の婚姻』という言葉に、誰《だれ》よりも反応したのはゲオルクで、オレはそれに気付かないふりを装《よそお》いながら口を開いた。

「他国と交易を行うということは、異文化との交流を図《はか》るということでもあります。自分たちとは異なる主義主張、考えを尊重し、受け入れる。そういった理念が大切かと」

顎《あご》に手を当て考え込《かんが》むジークフリートに、オレはなおも続ける。

「そもそも同性愛は禁断のものや異常なもの、ましては病気などではありません。ごくごく当たり前のことです。そうであれば認めるべきではないでしょうか？」

「そなたはそう言うが、龍人族の法の話だけでなく、大陸中で同性愛は禁じられておる。禁じられているものを、一部の地域だけ認めよというのは現実的に厳しいと思わんか？」

ジークフリートの言葉に反応したのはクラウスで、テーブルに肩肘《かたひじ》をつきながら、呆《あき》れがちに龍人族の王を見やった。

「よく言うぜ。俺の国もオッサンの国も例外なく、歴代王族や貴族連中に同性愛者はいただろ？　そいつらのことはなかったことになってるのか、それとも法の適応外なのかい？」

一瞬《いっしゅん》、言葉に詰《つ》まったのか、ジークフリートはたじろいだ様子を見せたものの、ごほんと咳払《せきばら》いをしてから改めて見解を述べた。

「確かに……。そういった者たちがいたことは事実だ。その昔、ハヤトからも教えてもらったことがある。ここと異なる世界では、少なからず同性愛が認められていると。偏見《へんけん》の目で見ないほうがいいと。ワシもそう思う」

「だったら話は早いんじゃねえか。な、オッサンよ？」

「しかし、だ」

苦渋《くじゅう》の面持《おもも》ちを浮かべながら、龍人族の王はオレとクラウスを交互《こうご》に眺めやった。

「生まれたからには結婚《けっこん》し、繁栄のため、家族の幸せのため、子孫を残していかねばならないという、保守的な考えの者が国の大勢を占《し》めていることも事実なのだ」

重い息を吐《は》いて、ジークフリートは続けた。

「ワシとしても、子をなすべしという考えは理解できる。子は国の宝であると同時に、未来への希望だからな」

「お気持ちはわかります。国王陛下としてのお考えも。しかしながら、世の中には子供がいない夫婦《ふうふ》も少なからず存在するのが事実です。そういった人たちは不幸なのでしょうか？」

四人の奥《おく》さんたちに視線を走らせながら、オレは義父へと問いかける。

「例えばですが、オレとリアとの間に子供ができなかったとします」

「えっ⁉　できないんですかっ⁉」

驚きと悲しみの感情を込《こ》めて、リアが呟いた。

「いや……。たとえ話だから、ね？」

「そうですか……。はぁ……、ビックリしました……」

ほっと胸をなでおろすリア。たとえ話で引き合いに出したことを詫《わ》びながら、オレはなおも続ける。

「異種族間の身体の構造上、子が出来ないとなった場合、オレやリアは不幸になってしまうのでしょうか？　絶望しなければならないのでしょうか？」

「それは……」

「同性同士の婚姻により、子をなさないことが罪になるのであれば、子供のいない夫婦も罪を問われるのでしょうか？」

「…………」

「親愛の形や価値観は様々です。結局のところ、同性愛を禁じるというのは、単なる無理解と未知への恐怖《きょうふ》による固定概念《がいねん》でしかありません」

「……言いたいことをズバズバと言いよるな」

「息子からの苦言なら、お義父さんも耳を傾《かたむ》けやすいでしょう？」

こやつめと静かに笑い、ジークフリートは真剣《しんけん》な表情を浮かべた。

「話はわかった。だが、それでも例外として認めさせるのは難しいだろうな」

宮中の大半は保守層が占めており、同性愛を禁じている宗教を信仰《しんこう》している者も多い。辺境の一地域であったとしても、法を覆《くつがえ》すことは容易ではないだろう。

「その者たちを説得し、合意を取り付ける必要がある。いくら国王といえども、法を犯《おか》す判断を認めるようでは示しがつかん」

「固いこと言うなよ、オッサン。『賢龍王』って呼ばれてんだろぉ？　法のひとつやふたつ、チョチョイのチョイって変えちまえばいいじゃねえか」

「大馬鹿者。都合よく法を変える王など独裁に過ぎん。皆《みな》が納得《なっとく》した上で、合意を得ることが大事なのだ」

「つまんねーなー。いいじゃねえか、ノリと勢いでやっちまえば」

「お前はノリと勢いで執務をやっていたのか、クラウス。ほとほと呆れて何も言えんわ」

龍人族の国王とハイエルフの前国王のやり取りに耳を傾けながら、オレは躊躇《ためら》いがちに口を挟《はさ》んだ。

「それについては手を考えたのですが……」

「へえ？」

「ほう？」

「個人的に、汚《きたな》い方法だなとは思うんですけど」

関心の眼差《まなざ》しをふたりから向けられ、微笑み返そうとして失敗したオレは、苦笑《くしよう》交じりで自分の考えを述べた。

この領地で作られたものを、貴族や上流階級の人たちが愛用している――。

アルフレッドからそんな話を聞いたのは、つい先日のことだった。

主要な作物である『遥麦《はるかむぎ》』『七色糖』『超甘《ちようあま》イチゴ』、それにハーバリウムなどの装飾品《そうしよくひん》、ベルのデザインした衣服などなど……。

当初、宮中のごく一部だった販路《はんろ》も、いまやそのほとんどを網羅《もうら》し、貴族たちの生活必《ひつ》需品《じゆひん》として欠かせないものとなっているそうだ。

「おかげさまで僕《ぼく》も大忙《おおいそが》しですよ。御用聞《ごようき》きへ伺《うかが》えば、なかなか放してもらえません。嬉しい悲鳴というやつですね」

嬉しそうなアルフレッドの顔を見やりながら、オレは冗談《じようだん》交じりに応じた。

「交易先が順調に増えれば、貴族たちに卸《おろ》すものがなくなるかもな」

「とんでもない。もしそうなるようなら、貴族の皆さんは穏《おだ》やかではいられませんよ」

こちらとしては軽い気持ちだったんだけど、アルフレッドの返事は、思いのほか、大真《ま》面目《じめ》なものだった。

「言い方は悪いですが、貴族の皆さんは、この領地の物資に依存《いそん》していますので」

「依存？」

「生活水準を上げてしまったといいますか。贅沢《ぜいたく》に慣れてしまったといいますか」

いままで食べていた料理、身につけていた衣服よりもグレードの高い物を供給された結果、うちの領地から物資が滞《とどこお》ることになると、彼《かれ》らの生活は途端《とたん》に成り立たなくなる。

「そんな大げさな……」

「大げさなものですか」

真剣な眼差しをオレに向けるアルフレッド。……本当かよ？

「一度上げてしまった生活水準を下げることは、貴族の方たちにとってこれ以上ない苦痛なのですよ」

「ええ……？」

「今日まで食べていた遙麦《はるかむぎ》のパンが、明日から雑穀のパンに変わりますといったところで、受け入れられる人はどこにもいないのです」

「厄介《やっかい》な人たちだなあ」

「ええ。そういったわけで、タスクさんにはますます頑張《がんば》って働いていただきませんと」

ニコニコ顔のアルフレッドに、ため息で応じながら、オレはせいぜい努力を続けようと心に誓《ちか》うのだった。

「……なるほどね。同性愛を認めないようなら、領地からの供給を止めるぞ。そう宮中の連中へ脅《おど》しをかけるんだな？」

　意図を理解したのか、ニヤリと笑うクラウス。

「そこまで露骨《ろこつ》なものではないけどな。この際、依存していることを逆手に取ろうかなって。黙認《もくにん》してもらえるようにね」

「いいじゃねえか。アルの言い分は間違《まちが》いねえからな。貴族ってやつは贅沢に慣れると元に戻せなくなる性質《タチ》だからよ。悪くない手だと思うぜ？」

　愉快《ゆかい》そうに笑うクラウス。オレは思案顔のジークフリートへと視線を動かした。

「さらに言えば、協力してくれた見返りとして、新たに作った装飾品や作物などを優先的に卸そうと思っています」

　魔法《まほう》石やワイン、出していないだけで、領地にはまだまだ自慢できるものがいっぱいある。

「賄賂《わいろ》とも思えるやり口なので、どうかとは思うんですけれどね……」

「いや、直接の贈賄《ぞうわい》ではないし、気にする必要はないだろう。むしろ、有用な手段だな」

　賢龍王はそう応じ、ううむと唸《うな》ってから決意を込めた瞳でオレを見やった。

「……わかった。法を変えるのは難しいだろうが、認められるように手を尽《つ》くそう」

ジークフリートとクラウスを残し、オレたちは来賓邸をあとにした。

「大陸将棋協会の長として、今日こそ決着をつけてくれよう！」

……なんていった具合に、夜通し将棋を指し続けるつもりらしい。

ふたりに付き合ってたら徹夜《てつや》になってしまう。これはいけないと慌《あわ》てて領主邸《てい》に帰ろうと思ったのだ。

「タスク君。ちょっといいかな？」

来賓邸を出た直後にそう呼び止めたのはゲオルクで、奥さんたちに先に帰ってておくよう伝えてから、オレはクラーラの父親と向かい合った。

「先程《さきほど》話していた件なのだが……。その……、同性同士の婚姻を認めろという……」

慎重《しんちょう》に言葉を選びつつ、ゲオルクは頭を下げた。

「すまない。結局、君には迷惑《めいわく》を掛《か》けてしまったな」

「なんのことです？　頭を上げてください」

「同性同士の婚姻を持ち出したのは、クラーラのためを思ってなのだろう？　娘《むすめ》が自由に暮らせるようにという配慮《はいりょ》からだと理解したのだが……」

直接、ゲオルクから聞くことはなかったけど、クラーラが同性愛者だってことは気付いていたのか。……そりゃそうか、父親だもんな。

しかしながら、クラーラのためというのは、ちょっとした誤解なのだ。

「誤解かね？」

「ええ、誤解です。そもそも、そんなことしたところで、クラーラの性格上、憎《にく》まれ口《ぐち》を叩《たた》かれて終わりでしょうし」

「それは……。……まあ、我が娘のことながら否定はしないが……」

困ったような表情のゲオルクに、オレは肩をすくめて応じる。

「先日のことなのですが。ダークエルフの国から同性愛者の女の子がやってきたのです」

「ダークエルフの国からかい？」

「ええ。彼女《かのじょ》も国では厄介者扱《やっかいものあつか》いされていたようで。ここで預かることにしたのですが……」

ずっと考えていたのだ。いわれのない偏見や差別で疎《うと》まれた人たちが普通《ふつう》に暮らしていくにはどうしたらいいのか。

獣人族《じゅうじん》の『忌《い》み子《ご》』も同じだ。見た目が違う、ただそれだけで蔑《さげす》まれ、劣悪《れつあく》な環境《かんきょう》へ追い込まれている。

そういった人たちがごくごく普通に、当たり前の日常を送れるような土地にしたい。

「そういう思いから、あんな提案をしたんですよ。異邦人《いほうじん》が領主の土地なら、〝非常識〟な考えでも、『異邦人の考えることだから仕方ないな』ってなるでしょうし」

「それは……。恐らく、そうなるだろうが……」

「オレだって面倒なことは避《さ》けたかったんです。アイラたちとのんびり畑を耕して暮らしていければ、それでよかったんですよ」

「…………」

「一年前までは本当にそう思っていたんです。……でも、ここで暮らしていくうちに、領主としての務めを果たしていくうちに、段々と考えが変わってきまして」

オレを慕《した》ってくれる人、頼《たよ》ってくれる人、みんなが平和で幸せに暮らせるようにしたい。

そして、オレが死んだ後、次の世代へそれを引き継げるようにしていかなければならない。

「いくらなんでも、いまから死ぬことを考えるなんて、早すぎやしないかね？」

戸惑《とまど》いの声を上げるゲオルクへ、オレは微笑《ほほえ》んで応じた。

「お忘れですか？　異邦人とはいえ、オレはどこにでもいる普通の人間ですよ。長命種の人たちとは違って、せいぜい八十歳まで生きられたら御《おん》の字《じ》です」

「……八十歳か。我々、古龍種《こりゅう》からすると一瞬だな……」

「ええ。ですから、のんびりもしてられないんですよ、残念ながら」

ゲオルクは納得したのか、軽く息を吐いて頷《うなず》くと、

「私も自分の務めを果たそう。せめて、僅《わず》かな間でも、君がのんびり過ごせるようにね」

そう言い残し、来賓邸へと戻っていくのだった。

第10章　マンドラゴラ愛好会

新たに拡張された薬草畑から、ひときわ賑やかな声が上がっている。

リアとクラーラ、それにジゼル。薬学者たちが熱中して栽培《さいばい》に取り組んでいるもの、それは例のマンドラゴラだ。

新たに発足《ほっそく》された『マンドラゴラ愛好会』の手により、品種改良は劇的に進んでいる。

さてさて、賢明《けんめい》なる皆様《みなさま》におかれましては、『マンドラゴラ愛好会』とはなんぞやと思われているかもしれません。ただ、まあ、詳しいことはオレにもわからないわけで……。

突如《とつじょ》として発足した謎《なぞ》の愛好会だが、これの会長が、なにを隠《かく》そうクラウスだったりする。

発端《ほったん》は、先日収穫《しゅうかく》した〝色白能面フェイス脚線美《きゃくせんび》マンドラゴラ〟を、クラウスがいたく気に入ったことに始まった。

艶《なま》めかしく、そしてセクシーに、根っこが二本に分かれているマンドラゴラを見るやいなや、ハイエルフの前国王は大爆笑《だいばくしょう》。

「ウヒャヒャヒャヒャ！　なんだよこれっ！　ひぃ…ひぃ……！　なんだよっ、これぇ！　バッカじゃねえの！　ばっ……かっじゃ！　ねぇのぉぉぉ……！」

……と、涙《なみだ》を流しながら引きつり悶《もだ》え、しまいには呼吸困難へ陥《おちい》るほどだったのだが、それがようやく落ち着くと、

「よし、俺《おれ》にも手伝わせろ。こいつを上回る、芸術的なマンドラゴラを作ってやるっ！」

……なんて具合で、多忙《たぼう》の身にも関わらず、自ら望んでマンドラゴラの栽培に加わることになったのだ。

それからというもの、『セクシーマンドラゴラ』の存在を知ったソフィアとグレイスも、「創作意欲をそそられる」と、栽培を手伝うこととなり、先日やってきたジゼルも「コレ、面白いですねえ！」と、無垢《むく》な好奇心《こうきしん》から加入が決定。

それならばいっそ栽培チームを作ってしまおうと、リアとクラーラをメンバーに巻き込んだクラウスが、前述の愛好会を誕生させたと、そういう次第《しだい》なのだ。

ちなみに、オレは愛好会に参加していないものの、クラウスいわく、「参加してなくても、お前さんは名誉《めいよ》会員だから」だそうだ。どういう名誉があるのか問い詰めてやりたい。

とにかく。

マンドラゴラ愛好会の栽培にかける情熱は本物で、クラウスなんかはニッコニコしなが

ら、「すげえの出来たぞ！」と、オモシロ造形のマンドラゴラを持ってきてくれる。

持ってきてくれるのはいいんだけど……。

涅槃《ねはん》っぽいやつとか、考える人っぽい芸術的な形状のマンドラゴラはまだいいとしよう。

女豹《めひょう》のポーズとか、M字開脚《かいきゃく》とか、どうコメントしていいのかわからない形状のマンドラゴラを持ってきては、

「なっ？　なっ⁉　すげえだろっ⁉」

と、興奮交じりに尋《たず》ねてくるのはやめていただきたい。男子中学生か、お前は。

とはいえ、困ったことに、こういった形状のものほど、魔力《マナ》の含有量《がんゆうりょう》は、野生のマンドラゴラと比較《ひかく》にならないぐらいに抜群《ばつぐん》だそうだ。

魔法のスペシャリストが手を加えた分、完成したものも凄《すご》いんだなと素直《すなお》に感心を覚えたのだが、いかんせん、普通の形状で作れないのかと思わなくもない。

……いやね？　そもそもセクシーなマンドラゴラを作ったのはオレだし。さらにいえば、多少いびつな方が野菜は美味《うま》いっていうじゃない？

果たして、マンドラゴラを野菜と同等に扱っていいのか、甚《はなは》だ疑問ではあるんだけど。

愛好会のメンバーは「どこに出しても恥《は》ずかしくない、自慢の逸品《いっぴん》」って胸を張るけど、本当にそうなのか、部外者にも確認《かくにん》してもらう必要があるだろう。

「いやあ、楽しみですね。マンドラゴラの栽培なんて聞いたことないですから」

事情を知らずにやってきたのはダークエルフのイヴァンである。聡明《そうめい》な義弟《ぎてい》であれば、あるいはこのマンドラゴラの価値がわかるかもしれない。そう考えたオレは、マンドラゴラを育てているから良かったら見に来ないかと誘《さそ》いの手紙を送ったのだった。

もちろん、手紙にはオモシロ形状とか、セクシー形状なんて言葉は一切《いっさい》書いていない。マンドラゴラを育てているという事実、それだけが伝わればいいのだ。嘘《うそ》じゃないしな。

いたく上機嫌《じょうきげん》で現れた義弟は、足早に薬草畑へ向かうと、目を輝かせながらマンドラゴラ畑を眺めている。

「本当にマンドラゴラを生育しているとは……。正直言って驚《おどろ》きですよ！　野生の物しか見たことがないですからね！」

「リアとクラーラの研究成果だよ。ダークエルフの国で売れるかどうか、判断してもらいたいんだけどさ」

「魔法を使う上ではなくてはならない物ですから！　絶対に売れるに決まっています！」

鼻息荒《あら》く「それで、いくらで売っていただけるんですか？」と迫《せま》る義弟を手で制し、オレは苦笑しながら応じた。

「落ち着けって。とりあえずお土産に現物を渡《わた》すから。それから判断してくれ」

「本当ですかっ⁉　いやぁ、嬉《うれ》しいなあ。土壌《どじょう》からも良質な魔力が溢《あふ》れていることがわかりますよ。相当いい出来なのでしょうね！」

早く現物をとせがむイヴァンへ、ジゼルが収穫したばかりだというマンドラゴラを持ってきてくれた。

「イヴァン様！　これが採れたてのマンドラゴラですよ！」

「おおっ！」

歓声《かんせい》を上げたものの、イヴァンは一瞬にして困惑《こんわく》の表情へと変わる。

「………えっと、これが……？」

「ハイっ！　自慢のマンドラゴラです！」

ダークエルフの少女から手渡《てわた》されたのは、面白さでいえば中ぐらいのレベルである、『ボンッ・キュッ・ボンッ！』な、グラビアアイドル体形の色白セクシーマンドラゴラで。

うっすら微笑んだようにも見えるマンドラゴラの表情を、なんともいいようのない瞳《ひとみ》で眺《なが》めやりながら、イヴァンは押《お》し黙《だま》った。

「どうしたんですか、イヴァン様？」

ダークエルフの少女から純粋《じゅんすい》な眼差しを向けられ、イヴァンがようやく口を開く。

「あー……。なんというか、な、ジゼル。気持ちは嬉しいのだが……。別のものはないかな？」

「別のものですか？」

「その、どう言ったら君にわかってもらえるだろうかな……。これより落ち着いた形状のものというか……」

言っていることを理解したのか、ジゼルはオレを見るなり、確認するように小首を傾《かし》げた。

「こういう形以外のものって、見たことないですよね？」

「うん。まあ、な……。イヴァンの持ってるそれは、比較的《ひかくてき》おとなしいほうだと思うぞ？」

「これで……ですか？」

グラビア形状マンドラゴラを再び眺めやるイヴァン。

「……義兄《にい》さん」

「お？　どうだ？　いくらぐらいで売れそうだと思う？」

「いえ、この形ではちょっと刺激《しげき》が強いといいますか……。買い手はつかないかと……」

商品として売りたいんだったら、もっと真っ当な形状のものでなければと続けるイヴァンに、ジゼルは反論した。

「でもでも！　そういった形のほうが、魔力が強くなるんですよ？」

「……何事も程々《ほどほど》が一番なのだよ、ジゼル。お前にも、いつかわかる日が来るさ……」

遥《はる》か遠くを眺めやり、そして、イヴァンはジゼルにマンドラゴラをそっと手渡した。

「お土産に持っていかないのか？」

「ええ。今回は遠慮《えんりょ》しておきます……」

張り付いた笑顔《えがお》の義弟はそう呟いて、

「ジゼルのことを、く・れ・ぐ・れ・も・っ！　……よろしくお願いしますね!?」

と、念押《ねんお》しするようにして帰って行った。

「イヴァン様……。どうしたんですかねえ？」

グラビアマンドラゴラを大事そうに抱《かか》えるジゼル。その純粋な瞳を見るからに、イヴァンの願いは叶《かな》いそうになさそうだ。

そもそも、この領地自体、奇人《きじん》変人大集合みたいなもんだしな。朱《しゅ》に交わらないほうが無理っていうかさ。その点、ジゼルはまだまともだと思うんだよ。

「そうだ。領主様を見つけたら呼んでくるように、クラウスさんから言われてたんでした！」

「へえ？　なんだろう？」

「なんでも、子供には見せられない、すっごい形のマンドラゴラができたとか！　私も見たいなあ……」

うん、まともな大人が少ない点については、領主として、本当に申し訳ないと思う。


というか。

もしかすると、このマンドラゴラ、買い手がつかないのでは？

ヤバいぞ、もしもそうなら薬草畑を拡張した意味がなくなってしまうっ。

そんなオレの不安をよそに、『マンドラゴラ愛好会』は、今日も今日とてクラウス会長の指揮の下、どうやったらオモシロ形状に育つかという研究に余念がない。

なんでも「種子に魔力を込めてから地中へ埋《う》めると、愉快な形状に育ちやすい」という説を立証したそうだ。

いやはや、「スゲえこと発見したぞ!!」って、クラウスが喜々として話しかけてくるもんだから何事かと思ったんだけど、ただただ反応に困るわけだ。

「はあっ？　お前さん、愛好会の名誉会員なんだぞ!?　この大発見を喜べよ！」

そんなモザイクをかけないと映せないようなセクシーマンドラゴラ片手に怒《おこ》られてもなあ……。はあ、どうしたもんかね……？

第11章 ごはんパーティと検討会

順調に生育しているのはマンドラゴラだけではない。頭《こうべ》を垂れる稲穂《いなほ》が畑に広がる光景を前に、オレは感慨《かんがい》にふけっていた。

この世界に来てから一年あまり、待ちに待った米の収穫を迎えたのだ。

いやはや、つくづく構築《ビルド》と―再構築《リビルド》という能力《スキル》があってよかったと実感するよ。季節は初夏だというのに新米が食べられるんだぞ？　言い表せない喜びと幸せを感じるね。

隣《となり》ではエリーゼとアイラ、それにしらたまとあんこが、立派に成長した稲穂を熱心に見つめている。

特に、原稿《げんこう》作業から一時的に解放されたことが嬉しいのか、ふくよかなハイエルフは目を爛々《らんらん》とさせて、どうやって食べるのか、味はどんなものなのかなど、矢継《やつ》ぎ早《ばや》に声を上げた。

「落ち着けって。脱穀《だっこく》して、精米しなきゃ食べらんないしさ」

「ご、ごめんなさい……。つ、つい……」

「いや、気持ちはわかるよ。オレも早く食べたいしね」

脱穀機《だっこくき》は『遥麦』でも使っているし、手間はかかるけど杵《きね》と臼《うす》を使えば、精米も問題なく行えるだろう。

「土鍋《どなべ》で炊《た》いてもいいいし、雑炊《ぞうすい》でもいいいし。粉状にしてパンにするっていうのもいいなあ」

「いろんな食べ方があるんですねえ……」

「うん。でも、やっぱり一番は炊いたご飯かなあ。もちもちして甘《あま》みがあって……」

口の中で自然と唾液《だえき》が広がっていく。……おっといけない、よだれが垂れるところだった。

「タスクや。こやつらに少し分け与《あた》えてもいいかの？　さっきから待ちきれないといった様子なんじゃが……」

並び立つ二匹《ひき》のミュコランが、「待て」の姿勢の状態で、稲穂へ熱視線を送っている。

「ああ、いいよ。しらたまもあんこも収穫を待ってたからな。遠慮なくお食べ」

「みゅ〜！　みゅみゅみゅ〜！」

機嫌《きげん》よく鳴き声を上げ、嬉しそうに稲穂をついばむ二匹のミュコラン。うんうん、喜んでくれているようでなによりだ。

しかし、随分《ずいぶん》丸っこい米になったな。籾殻《もみがら》を取って中を見たけど、長さは一般的《いっぱんてき》な日本米とあんまり変わらないのに、厚みと幅《はば》があるっていうか。

塩水選《えんすいせん》を繰《く》り返した結果、徐々《じょじょ》に形状が変わっていったのはわかってたけど、こんな形になるとは思わなかったな。

せめて日本で食べていた白米に近い味ならいいんだけど。一抹《いちまつ》の不安が残るものの、それ以上に期待が大きい。

カレーがあるだろ？　から揚《あ》げもある。あっ！　卵かけご飯もアリだな！　……現状、みんなからは「生卵を食べるとか信じられない」と、断固反対されているけど。

ちなみに、こちらの世界の食文化では半熟卵もＮＧだそうだ。衛生的な問題というより、生食に対しての固定観念から拒絶《きょぜつ》されているみたいで、卵愛好家としてはただただ悲しい。

いやいや、ようやく白米が食べられるのだ。物事は前向きに考えなければっ！

エビフライもあるし、カキフライもある！　タルタルソースをこれでもかってぐらいにたっぷりかけて、口の中いっぱいに頬張《ほおば》ってやるぞ！

……と、個人的な食欲を満たすのはさておくとして。収穫できたからには、米を特産品として売り出す算段を考えなければならない。

需要《じゅよう》があるかどうかわからないマンドラゴラの件もある。ここは一度、みんなから意見を募《つの》ったほうがいいだろう。

とにもかくにも、この米を食べてみなければ何事も始まらないわけで。

はやる気持ちを抑《おさ》えながら、稲穂の天日干しをして数日後の夜。領主邸では試食会を兼《か》ねた『ごはんパーティ』が催《もよお》された。

白米とおにぎりを中心に、カレー、から揚げ、焼き魚に焼き肉、各種フライの盛り合わせなどなど、山のようなおかずがテーブルの上に陣取《じんど》っている。

久しぶりに食べる白米の味は、もう、本当、筆舌《ひつぜつ》に尽くしがたく、オレは珍《めずら》しくおなかがはち切れるぐらいまで米の味を堪能《たんのう》したのだった。


そんな『ごはんパーティ』から一夜明け。

オレは奥さんと協力して、とある準備に取り掛かっていた。

場所は集会所の一階、大広間。昨日の賑《にぎ》やかな場から一転、殺風景な空間へ長テーブルと椅子《いす》、それに領地の収穫物《しゅうかくぶつ》が並べられていく。

以前に考えていた、特産品の検討会を開くのだ。

いつもだったら、アルフレッドと相談して売り方を決定していたのだが、今回はマンドラゴラと米という、ちょっと特殊《とくしゅ》な作物が含《ふく》まれるので広く意見を募りたい。

クラウス、アルフレッド、ファビアン、クラーラ、ジゼル、ソフィア、グレイス、ヴァイオレット、フローラ。ここに四人の奥さんを加えた面々が検討会の参加者となる。

全員が揃《そろ》ったのち、オレは検討会に参加してくれたことへの感謝と、今回のテーマを伝えるのだった。

「販売《はんばい》方法をどうするか迷っている作物があるんだ。どういう手法を取るのがベストか、みんなからアイデアをもらいたい」

最初に取り出したのは例のマンドラゴラである。

イヴァンから顰蹙《ひんしゅく》をかったセクシーなものから、オモシロ形状のものまで、一通りテーブルに並べていくと、ソフィアが不満もあらわに呟《つぶや》いた。

「え～？　これぇ？　このまま売ってぇ、何も問題ないと思うけどぉ？」

M字開脚をした、艶めかしいマンドラゴラを手にする魔道士《まどうし》を見て、ヴァイオレットが声を荒らげる。

「なっ……！　なにを言うかっ！　問題だらけだろう！」

「どうしてぇ？」

「どうしてもなにも……！　こっ、このように破廉恥《はれんち》な造形の物を世へ送り出すなど！」

「これはマンドラゴラであってぇ、生き物じゃないんだよぉ？　いやらしくもなんともないじゃない？」

「そっ、それは……！　そうなのだが……！」

「それともぉ、ヴァイオレットさんにはぁ、そういうエッチな形に見えちゃうのかなぁ？」

「なっ⁉」

「普段《ふだん》からぁ、そういうことを考えている人に限ってぇ、そういう形に見えちゃうだけだと思うけどぉ？」

あ〜……。ソフィアよ、生真面目《きまじめ》な女騎士《きし》をいじめるのはそのぐらいで止めてください。ほら、顔を真っ赤にした挙げ句、プルプル身体を震《ふる》わせて、いまにも「くっ、殺《ころ》せ！」って叫《さけ》びだしそうでしょう？

というかね、普通の人だったらセクシーな形状に見えてもしょうがないって。オレだってそうだもん。

「そうかなぁ？」

「そういうもんさ。愛好会のみんなは喜んで作ってるみたいだけど、領主としては、もうちょっと抑えめでお願いしたいところだね」

そこに割って入ったのはファビアンで、考える人の形状をしたマンドラゴラを手に取りながら、ひとつの提案をしてみせた。

「中には芸術性に優《すぐ》れた造形の物もあるようだ。そういったマンドラゴラは、お酒に漬《つ》け込んで販売するのはどうだろう？」

「酒に漬ける？」

そういえば、滋養強壮《じようきようそう》に効く『養命酒』ならぬ『マンドラゴラ酒』があるって聞いたな。

「それだよ。中身の見えるガラス瓶《びん》にそのままの形で放《ほう》り込めば、芸術的なマンドラゴラ酒として人気が出ると思うよ」

「独特の形状を逆手に取るのか」

「その通り。少なくとも僕は欲《ほ》しいし、精霊《せいれい》像の形に近いものができれば、縁起物《えんぎもの》としても売れるんじゃないかな」

なるほど、それは面白《おもしろ》そうだ。試《ため》しに作ってみて、ファビアンの店で人気が出るか、試験販売するのもひとつの手だろう。

セクシーが過ぎる形状のものは、細かく切って乾燥《かんそう》させて、原形をわからなくさせて売ればよいのでは——こちらの提案はアルフレッドのものだ。

「細かくすることで、魔力の含有量の減少は否《いな》めませんが。それでも野生のものよりかは強力です。十分に商機はあるかと」

なるほどと頷いたものの、愛好会の面々は一様にガッカリとした表情を浮《う》かべている。

……お前ら、そんなにセクシーなマンドラゴラを売りたいのか？

「反対、はんたーい！　芸術の自由を認めろー！」

「作るなって言ってるわけじゃないんだからさ……。別にいいだろう？」

「このままでも人気が出ると思うんですけどねえ……？」

ジゼルが残念そうに見やっているマンドラゴラは、両腕《りょううで》を寄せて胸を強調しているようにしか思えない形状のもので、オレは心の中でイヴァンに「申し訳ない」と謝《あやま》るのだった。

はあ……。出だしからこの荒《あ》れようとか、どっと疲《つか》れるね。今日の議題はマンドラゴラだけじゃないんだぞ？

とにかく、これについての結論は出たということで、半ば強引《ごういん》に話題を切り上げ、一部から湧《わ》き起こるブーイングを聞き流しつつ、次の議題へ進むことにした。


次にテーブルへ並べられたのは、先日収穫したばかりの米である。

ごはんパーティが開かれた翌日ではあるが、参加していないメンバーもいる。試食用として、塩むすびと二種類の焼きおにぎり――にんにく醤油《しょうゆ》とごま油を塗《ぬ》ったものと、くるみ味噌《みそ》を塗ったもの――を用意した。

とはいえ、ごはんパーティに参加したメンバーも試食は楽しみにしていたようで、アイラが先陣《せんじん》を切って頬張り始めると、追随《ついずい》するようにベルとエリーゼも、三角形をした料理を口へと運んでいる。

「タックン！　これ、めっちゃ美味《おい》しいよ☆　ウチはくるみ味噌のが好きかな♪」

「わ、私はにんにく醤油のものが……。ご、ごま油が香《こう》ばしくて、とても美味しいです！」

他の面々も次々と食べ始め、口を揃えて美味しいと言っている。

どうやらお世辞を言っているわけではなさそうだし、こっちの世界の人たちにも米食が受け入れられたのは嬉しい限りだ。

「味は問題ありません。栄養価については以前より伺っていましたし、主食としても十分かと思います。ですが……」

精米する前の稲穂を手に取り、アルフレッドは続ける。

「収穫してから加工して出荷《しゆつか》するまでの手間を考えると、どうしても割高になってしまいますね。個人的には庶民《しよみん》の手に届くぐらいの価格に抑えたいところです」

龍人族の商人にしてみれば、大陸の食糧《しよくりよう》事情が改善されるであろう期待の作物なのだ。

貴族や上流階級の人々だけが味わう高級品にしたくないのだろう。

「収穫から一定期間は天日干しの必要がある。それから脱穀して、精米もしなきゃいけないからなあ」

「精米には臼と杵を用いると伺《うかが》いました。出荷量《しゆつかりよう》を増やすのであれば、それだけ労力がかかりますね」

グレイスの意見に、オレは頷いた。

「幸いなことに、ウチの領地では魔法石を動力源にした自動で杵をついてくれる臼があるからいいんだけどな。自分たちで食べる分ぐらいの米はまかなえるけど」

「おいおい、タスク、ちょっと待てよ。お前さん、よそへ卸す分もここで生育しようと考えているのかい？」

塩むすびを口元に運びかけた手を止めて、クラウスは呟いた。

「そりゃムリって話だぜ、人手が足りなすぎる。そもそもの話、売るという選択肢《せんたくし》をなくしたほうがいい」

そして塩むすびをパクリと一口。皿の上の焼きおにぎりはすでになくなっている。

「どういう意味だ？」

「水道技術と同じでよ。技術供与《きょうよ》の形で他国に伝播《でんぱ》すりゃいいんだ。どこの国も食料問題には頭を抱えてるからな」

指についた米粒《こめつぶ》をぺろりと舐《な》め取り、名残惜《なごりお》しそうに皿へ一瞥《いちべつ》をくれてから、クラウスは顔を上げた。

「使いようによっては強力な外交のカードとしても使える。いずれにせよ、現時点で大陸全土に普及《ふきゅう》させるのは不可能なんだ。現実的な対応策を取った方がいいぜ」

「そうは言うけど、飢《う》えを解消する目的に作ったんだ。悠長《ゆうちょう》にやってられないだろ？」

「生産技術が確立してないものを伝播《でんぱ》させようとしたところで、かえって苦労するだけだと思うぜ」

「う〜ん……」

「お前さんの気持ちもわかるさ。とりあえず採算は抜《ぬ》きにして、稲作技術《ノウハウ》を教えてやればいい。まずは近隣《きんりん》のハイエルフの国やダークエルフの国を相手に……」

――ドンドンドンッ。

会話を遮《さえぎ》るように、部屋中にドアをノックする音が響《ひび》き渡る。

音もなく開かれたドアから姿を現したのは、シワひとつない執事服《しつじ》に身を包んだハンスで、恐縮《きょうしゅく》の面持《おもも》ちで一礼した後、こう切り出した。

「お取《こ》り込み中、大変申し訳ございません。実は子爵《ししゃく》に来客が」

「オレに？」

「はい。獣人族の使者を名乗っております。移住者についてお話したいことがあると……」

突然《とつぜん》の来訪になんとなく嫌《いや》な予感を覚えたものの、それを察したのか、悪い知らせではないようですとハンスは続ける。

「移住する人数が確定したとのことで、それをお知らせしたいと」

「それを知らせにわざわざここまで？」

「それだけじゃねえだろ」

腕組《うでぐ》みをしたクラウスが口を挟《はさ》んだ。

「こっちの手配は済んだから、移住者たちの迎《むか》えはそっちで勝手にやってくれとか、そんな話をしたいんだろうな」

「左様でございますな。先方からすれば、これ以上面倒《めんどう》ごとは抱えたくないと、そんなところでございましょう」

ハンスが同意すると、ハイエルフの前国王は席を立った。

「よし。代理で俺が会おう。アルも付き合ってくれ」

「わかりました」

「任せていいのか？」

「この前の交渉《こうしょう》で残っていたのは俺たちだったしな。お前さんは検討会を続けてくれや」

それじゃいってくるわと言い残し、退室していく三人を見送ったものの。

この後に話そうと思っていた議題はマンガについてだし、財務担当まで揃って抜けられてしまうと、正直、検討会も解散せざるを得ない。

とりあえず、マンドラゴラだけは販売方針を決定し、米については今後も相談を重ねていくことでひとまず決着。検討会はお開きとなった。

「よかったら、マンドラゴラを譲《ゆず》ってくれないかい？　ハイエルフの友人たちにプレゼントしたいんだ！」

検討会を終えた後、ファビアンから声をかけられたオレは、マンドラゴラ畑に向かった。てっきり芸術的な形状のものを欲しがっているのかと思いきや、このクセの強いイケメンも、例のセクシーな形状をしたマンドラゴラが欲しいらしい。

「別に他意はないのだよ！　あの艶めかしい形状に、可能性を見出《みいだ》しただけなのさっ！」

キラリと白い歯を覗《のぞ》かせるファビアン。恐《おそ》らくは芸術を追求したいという純粋な気持ちからのお願いなんだろうけど、こっちとしては勘弁《かんべん》してくれという思いでしかない。

（マニアの輪っていうのは、こうして広がっていくんだろうなあ……）

このまま広まっていくようなことがあったら、そのうちセクシーマンドラゴラのコレクターでも現れるんじゃないかな。極秘《ごくひ》にオークションが開かれて、高値で取引されたりとか。

そんな悪夢のような想像を、想像のままで終わらせるためにも、比較的セクシー度合いが控《ひか》えめなマンドラゴラを手渡そうと思っていたんだけど。

いざ畑に到着《とうちゃく》してみれば、マンドラゴラを管理しているリアとクラーラ、ジゼルの姿が見当たらない。

どこかに行っているのかななんて、辺りをキョロキョロ見回している矢先、遠くの方から、駄々《だだ》をこねるジゼルの声が聞こえてくることに気がついた。

「い〜や〜で〜す〜！　わ〜た〜し〜も〜‼」

「ダメったらダメ！　アンタはここで留守番してなさい！」

視線をやった先では、白衣にしがみついたジゼルを引きずって、のっしのしと歩いてくるクラーラが見える。

隣に並んだリアが、ふたりをなだめているようだけど……。なにやってんだ？

「あれ？　タスクさん？　何か御用《ごよう》ですか？」

「うん、ちょっとね。……っていうか、クラーラとジゼルはどうしたんだ？」

逆に問いかけると、その後方から、ぜぇぜぇと息を切らしたクラーラが声を上げた。

「あっ！　ちょうどいいところに！　アンタもこの娘《こ》に言ってやって！」

「言ってやって……って。何を？」

「止めても無駄《むだ》です！　なんと言われようと、お姉さまのそばを離《はな》れないんですから！」

ふんすと鼻息荒く、ダークエルフの少女はクラーラの腕《うで》に絡《から》みついた。……スマン、まったく状況《じょうきょう》が把握《はあく》できない。

「実は……。つい先程《さきほど》、クラウスおじ様からお手伝いを頼《たの》まれまして……」

そう切り出したリアの口から語られたのは、次のようなことだった。

使者との面会で、クラウスとアルフレッドはこちらから移住者を迎えに行く旨《むね》を先方に伝えたそうだ。

移住者の内訳としては猫人《ねこじん》族が六十名。その中には子供も含まれている。

通常の移住者たちとは異なり、劣悪《れつあく》な環境《かんきょう》で暮らしていた人たちのため、ある程度のケアが必要になるだろう。

中でも特に重要なことは風土病を持ち込ませないことにある。

見知らぬ病をこの土地で流行《はや》らせないためにも、体調の悪い人、怪我《けが》をしている人がいるなら治療《ちりょう》をしなければならない。

衛生的観点から医師の帯同は不可欠であり、クラウスはリアとクラーラのふたりへ協力を求めたのだった。


とりあえず事情はわかった。水際《みずぎわ》対策の一種みたいなものなんだろう。

……あれ？　前に難民のハーフフットたちがやって来た時も、そんな対応してたっけ？

ふとした疑問に、リアは表情を曇《くも》らせる。

「恐らくですが。重い病にかかっている人たちは、ここへ来る前に亡《な》くなっているかと……」

「そうか。それは、悪いことを聞いたな」

「いえ、ここへたどり着いた人たちは全員助けることが出来ましたし。なにより、いまも元気に暮らしているじゃないですか。前向きに捉《とら》えないと！」

精一杯《せいいっぱい》の笑顔を見せるリア。その淡《あわ》い桜色をした柔《やわ》らかい髪《かみ》を軽く撫《な》でてから、オレは話題を引き戻《もど》した。

「それで？　ジゼルはなんだって騒《さわ》いでんだ？」

「自分もついていくって、さっきからウルサイの。……っていうか、いい加減離れなさいっ」

腕をブンブンと振《ふ》り回すクラーラだが、ダークエルフの少女はしがみついて離れない。

「嫌です！　これで離したら、お姉さまは私を置いて出かけるつもりなんでしょう!?」

「そんないきなり出られるわけないでしょう!?　準備が必要になるんだから！」

「じゃあ、私も連れて行ってくれるんですか!?」

「それとこれとは話は別よ！」

「け～ちぃ～！」

よくわからないけど、一応、薬学の弟子《でし》なんだろ？　連れて行っちゃマズイのか？

「今回のような場合だと、怪我人《けがにん》や病人ばかりという可能性もありますので……」

前置きした上で、リアはそういった現場の悲惨《ひさん》さを語った。

「四六時中、助けを求める人の声や、うめき声の中で過ごすこともありますし。経験の浅いジゼルちゃんには酷《こく》かなって」

「そうそう。アンタのためを思って言ってるんだから、ここでおとなしく留守番してなさい」

クラーラの諭《さと》す言葉に、ジゼルはむくれ顔で即答《そくとう》する。

「嫌ですっ！」

「アンタねえ……」

「私だって、一生懸命《いっしょうけんめい》に勉強してきたんです！　まだまだ半人前かもしれないですけど、それでも皆《みな》さんのお役に立ちたいんです！」

「ワガママもいい加減にしてっ！　遊びじゃないのよ!?」

「わかってます！」

「わかってない！」

押し問答《もんどう》の様相になってきたな。うーむ、お互《たが》いの言い分はわかるんだけど……。

「連れて行ってやったらどうだ？」

オレの提案にジゼルは瞳を輝《かがや》かせ、クラーラは目を丸くしている。

「アンタ、自分がなに言ってんのかわかってんの？」

「心配するクラーラの気持ちもわかるけど。ジゼルだって、生半可な気持ちで弟子を志願したわけじゃないんだろ？」

はいっ！　と、元気に応じるダークエルフの少女を見やってから、オレは続けた。

「それに、過酷《かこく》な現場が待っているとしたら人手は必要だろうしな。普段から接している弟子がいたほうが助かるんじゃないのか？」

言い終えると同時に、クラーラへ深々と頭を下げるジゼル。

「お姉さまやリアさんの足手まといにならないよう、精一杯頑張《せいいっぱいがんば》りますから！」

「…………」

「もし邪魔《じゃま》になるようなら！　その際は破門にしてもらっても構いませんっ！　ですから、お願いしますっ！」

ダークエルフの少女の叫びは、少なくともリアの心を動かしたらしい。

諦《あきら》めの表情でクラーラの肩《かた》をポンと叩《たた》き、リアは口を開いた。

「こうなったら、連れていくしかないんじゃない？」

「リアちゃんまで……」

「無下に断って、医学への情熱を冷ましてもいけないしね」

一点の曇りもない、真《ま》っ直《す》ぐな眼差《まなざ》しに、クラーラも音を上げたようだ。深くため息をついてから、真剣《しんけん》な表情へと切り替《か》わり、ジゼルに厳しい視線を向ける。

「……わかったわ。ついてきてもいいわよ」

「やった！」

「ただし！　役に立たないと思ったら、その場ですぐ破門にするから。覚悟《かくご》してなさい？」

「はぁい！　お姉さま大好きっ！」

厳しい言葉を投げかけられたにもかかわらず、クラーラに抱《だ》きつくダークエルフの少女。ドタバタと繰り広げられる光景を眺めやりながら、オレとリアは顔を見合わせ、どちらともなく苦笑《くしょう》するのだった。

移住者の送迎《そうげい》については、クラウスを代表として、その日のうちにチームが編成された。医療班《いりょうはん》としてリア、クラーラ、ジゼルの三人。護衛兼《けん》輸送班としてガイアたち『黒い三連星』と、ハイエルフ、ダークエルフからそれぞれ八名ずつ。総勢二十三名での出発になる。

往路に六日間、移住者を伴《ともな》う復路に二十日前後。

クラウスの行程計画を耳にしながら、オレは護衛の人数が少ないことに首をかしげた。

「いいんだよ。あんまり多すぎても向こうに怪《あや》しまれるだけだしな」

「とはいっても、樹海の中を行き来するんだ。六十人もの移住者を連れてたら、何かあった時に困るだろ?」

満月熊とかスピアボアといった魔獣《まじゅう》が出たら大変だという思いからの発言だったんだけど、どうやらクラウスは魔獣よりも、獣人族《じゅうじん》が襲《おそ》ってくる可能性を考えていたらしい。

「向こうにしてみりゃ、移住の準備を終えた時点で責任を果たしたわけだからな。こっちにくる道中、移住者が襲われようが殺されようが知ったこっちゃねえって思ってるだろうよ」

「差別の対象だったとはいえ、そこまでするか?」

「国にとって都合の悪いことを、移住者がペラペラ喋《しゃべ》るようだと厄介《やっかい》だろ? 今回は手を出してこないだろうけど、場合によっては、野盗《やとう》を装《よそお》って襲撃《しゅうげき》ってのもありえるぜ?」

「そこまで考えておきながら、どうして今回は手を出してこないって断言できるんだ?」

「単純な話さ。連中にとってメリットがない」

秘密が漏《も》れたところで、せいぜい迫害《はくがい》があるという事実だけ。それよりも外交と交易で、国内の厳しい現状を打破したいのだろう。

だからこそ、労働力でもある忌《い》み子《ご》たちの移住を承諾《しょうだく》したのさ。そう付け加えて、クラウスは肩をすくめた。

「なによりだ。樹海の中に魔獣はいても、野盗はいねえ。襲ってきたら誰《だれ》の犯行か一発でわかる。バレバレってやつだな」

むしろ、現れたら現れたで返り討《う》ちにしてやると、ハイエルフの前国王は笑ってみせる。

「ガイアたちなら、二、三十人は相手にできるだろ。俺《おれ》なら片手で、その十倍は余裕《よゆう》だけど」

「次元が違《ちが》いすぎて凄《すご》さがわかんないな……。いや、話の内容自体はわかったんだけど」

気になったのは一点、メンバーにアイラが入っていないということだ。

「樹海にも詳《くわ》しいし、なにより同じ猫人族だ。一緒《いっしょ》に連れて行ったら、移住者たちに安心感を与えることができるんじゃないか？」

「逆効果だと思うぜ。考えてみろよ？　移住者たちがガリガリの身体で、ボロボロの服をまとってるような状況だった時に、アイラの嬢《じょう》ちゃんが冷静でいられると思うか？」

きっとブチ切れて、獣人族の国で暴れまくるぞと続けて、クラウスは眉間《みけん》にシワを寄せた。

「もしもそうなった場合、俺が止める以外に手がない。嬢ちゃんも無傷じゃ済まねえぞ」

「……そうだな。止めておこう」

「理解が早くて助かる。俺としてもだ、お前さんのカワイイ嫁《よめ》さんに手を上げるってのは御免《ごめん》こうむりたいからな」

背中を叩きながら応じるクラウス。気を遣《つか》わせてしまって申し訳ないなと思いつつ、オレは出発する日取りについて尋《たず》ねた。

「準備が整い次第《しだい》、すぐにだな。食料に水、医薬品や衣服等々、結構な量が必要になるし。アルが調整してるけど、少なくとも二、三日はかかるだろう」

長旅になるんだ。出発までの間、リアには存分に甘えさせてやれよ？

そう言い残し、ひときわ力強く背中を叩いてから、クラウスはきびすを返した。

痛ってえな、あの馬鹿力……。加減ができないのかよ、ったく、そんなこと言われなくても重々承知なのだ。

ヒリヒリと痛む背中をさすりながら、オレは準備に奔走《ほんそう》しているであろう薬学者たちの元へ向かうことにした。


薬学研究所の中はしんと静まり返り、誰もいないように思える。

こっちで荷造りしてるかなと思っていたんだけど、どうやら領主邸《てい》の方で準備を進めているみたいだ。

仕方ない。一旦戻《いったんもど》るかと外に出た瞬間《しゅんかん》、白衣姿のクラーラが、大きな木箱を抱《かか》えてこちらへ向かってくるのがわかった。

「……暇《ひま》そうにしてるわねえ、アンタ」

開口一番、ため息交じりにそれかい、まったくコイツは……。まあ、否定しないけどさ。

「悪かったたな。リアとジゼルはどうしたんだ？」

「ふたりならすぐに戻ってくるわよ。……もっとも？　用があるのはリアちゃんだけなんでしょうけど」

「なんだよ、今日は随分とトゲがあるじゃんか。ジゼルを同行させることがそんなに気に入らなかったのか？」

「当たり前じゃない。過酷な現場を前にして、貴重な弟子《でし》が挫折《ざせつ》でもしたらどうするのよ？」

へえ？　なんだかんだ、ジゼルを大事に思ってるじゃないか。ここに来た当初は、渋々《しぶしぶ》弟子にしたって感じだったのに。

「……なによ、ニヤニヤしちゃって」

「べっつにぃ」

「フン……。まあいいわ。とにかく、リアちゃんも忙《いそが》しいんだから、手短に済ま――」

「タぁ～スぅ～クぅ～さぁ～んっ!!」

クラーラの言葉を遮ったのは弾《はず》むような声で、振り返るよりも早く、小柄《こがら》な身体がオレの横腹めがけて飛び込んでくるのがわかった。

肋骨《ろっこつ》が何本か、それに内臓が数個えぐられたんじゃないかという激しい衝撃《しょうげき》が全身を駆《か》け巡《めぐ》る中、飛びついてきた本人は、抱きついたまま、顔をグリグリと押《お》し付けている。

「タスクさんっ、タスクさんっ！　こんなところでどうしたんですかっ！　あっ！　もしかしてボクに会いにきてくれたんですかっ！」

上機嫌《じょうきげん》のリア。オレは腹部に残る鈍《にぶ》い痛みを紛《まぎ》らわせるように、太陽を彷彿《ほうふつ》とさせる、その眩《まぶ》しい笑顔《えがお》を眺《なが》めやった。

「ナイスタックルだ、リア……。さすがは龍人族《りゅうじんぞく》の王女だけあるな……」

「エヘヘヘへ！　それほどでもぉ！」

少しも力を弱めようとせず、さらに密着度合いを強めようとするリア。

「リ、リアちゃん……。そ、そんなにくっつく必要はないいんじゃない？　コイツとは普段から一緒にいるんだし……」

「だって、これからしばらく離れ離《ばな》れになっちゃうし。いまのうちに全身で、タスクさんを補給しておかないと！」

リアの気持ちもわかるし、オレもできるだけ一緒にいようと思ってここに来たからいいんだけどさ、なんといいますか、目の前にいるサキュバスさんの険しい眼差しに、このまま耐《た》えられる自信がないわけで……。

しがみつく身体を引き離し、名残惜しさをにじませるリアの頭を撫でていると、龍人族の妻は腕に絡みつき、タスクさんにお願いがあるんですけど！」

「そうだ！　タスクさんにお願いがあるんですけど！」

「お願い？」

「はいっ！　領内に学校を建てて欲しいんです！」

第12章　二度目の夏

クラウス隊が出発してから、しばらくの月日が流れた。

樹海はといえば、すっかり夏の様相を呈《てい》していて、照りつけるふたつの太陽からは強烈《きょうれつ》な日差しが降り注いでいる。

異世界に来て二度目の夏。

気温こそ高いものの、日本と違って湿度《しつど》がなく、樹海から爽《さわ》やかな風が吹《ふ》き抜けることもあって、非常に過ごしやすい。

とはいえ、それはあくまでオレ個人の話に過ぎず、しらたまとあんこは暑さに弱いようで、ここ最近は日陰《ひかげ》で過ごす時間が多くなっている。

そりゃそうか、全身ふわふわの毛に覆《おお》われているもんな。暑いに決まってるよ。

オレに出来ることといえば、風通しの良い場所へ屋根付きの休憩所《きゅうけいじょ》を構築《ビルド》してやることぐらい……なのだが。

「……おい。なんでお前まで休んでんだ？」

組み立てた休憩所で寛《くつろ》ぐミュコランたちに混じり、アイラが横たわっている。

「なんじゃ……？　私の昼寝《ひるね》を邪魔するでない」

「しらたまとあんこのために作ったのであって、アイラが昼寝をする場所ではないんだが」

「私とて夏場は弱いんじゃ……。このままそっとしておいてくれ……」

「みゅ～……」

「ほれ、しらたまもあんこも休ませてやれと言うておる」

二匹《ひき》のミュコランへ挟まるように背中を丸め、アイラはゆっくりと瞳《ひとみ》を閉じた。

そうか。考えてみればアイラは猫人族。猫も暑さには弱いはずだもんな……って。

「いいや、騙《だま》されないぞ！　お前、去年の夏、あっちこっち走り回ってたじゃんかっ！」

「……チッ。細かいことを覚えているやつじゃのぅ」

「舌打ちすんなっての。ったく、昼寝をしたいならしたいで構わんが、仕事はしっかりこなしてくれよ？　領主の妻なんだし、みんなに手本を示す必要が……」

「わかっておる、わかっておる。やることはちゃんとやるから」

寝転《ねころ》がったまま片手を上げ、あっちにいけというジェスチャー。

ダメだこりゃ……。ま、元々こんな性格だし、アイラの自由にさせてやろう。

頭をポリポリとかきながら、諦めの面持ちできびすを返した瞬間、向こうから猛《もう》スピードで突進《とっしん》してくる人物が。

「しらたまぁ～！　あんこぉ～！　私も一緒に混ぜてくれぇぇぇぇぇ！」

ブロンドの長い髪を激しく振り乱しながら突進してきたのはヴァイオレットで、その声が届いたのか、アイラは猫耳《ねこみみ》をピンと立たせ、焦《あせ》りの色を浮かべた。

「げぇっ！　ヴァイオレットっ！　だっ、ダメじゃ、ダメじゃ！　ここはもう満員でっ！」

「つれないことを言うなアイラ殿《どの》っ！　ほんの少し、ほんの少しだけ、その隙間《すきま》に入らせてもらえるだけでいいのだっ！」

「おぬしのでかい図体《ずうたい》が、ここに入るわけなかろう！　諦めて他のところへっ！」

「それならアイラ殿が猫の姿になればいい！　そうすれば私はしらたまとあんこだけでなく、猫になったアイラ殿と、思う存分モフモフが味わえるという至福の時間が……」

「い、嫌じゃ！　た、タスクっ！　助けてたもれ！」

「ダメだダメだ、アイラ殿。そんなに暴れては抱きしめにくいではないか！　さあさ、遠《えん》慮《りょ》せずに猫の姿に！」

「たっ、タスクぅ！」

いやはや、仲がいいというのは素晴《すば》らしいことだね。領主として喜ばしい限りだ。

呆《あき》れがちなミュコランたちの「みゅー……」という鳴き声が聞こえたけど。……気のせいだな、きっと！

「お、おぬしっ、む、無視をするなっ⁉　んっ、ちょっ、どこを触《さわ》っておるんじゃ、ヴァイオレット！　だっ、やめっ……！」

「ふあぁぁ、実にいい……。アイラ殿の猫耳ぃ……。最高だぁ……」

声だけ聞くとアレだけど、いたって健全なのでどうか勘違《かんちが》いしないように。……健全ですってば。多分。

アイラには悪いが、オレとしてもやることがいっぱい残っていてね。この夏はちょいとばかし正念場になりそうなのだよ。

助けを求める声と恍惚《こうこつ》の声が入り交じる、混沌《こんとん》とした状況をそのままにしておくのは心苦しいが、報告がてら、初夏からの出来事を振り返っていこうと思う。


まずは市場建設で、こちらはつつがなく進行中といった感じだ。

アルフレッドとファビアン、ハンスを加えた四人で、ことあるごとに協議を重ねている。とはいっても、オレの役割は建設費用の承認《しょうにん》ぐらいしかない。それ以外は、面倒ごとを担当する三人の話へ耳を傾《かたむ》けるだけである。

商人のための市場なのだ。餅《もち》は餅屋《もちや》という言葉があるように、専門家に任せておくのがいいだろう。

建設場所についても、当初考えていた領地の中央にという提案は、即座《そくざ》に却下《きゃっか》されたしな。領主邸やカフェなどの施設《しせつ》も近くにあって、便利だと思ったんだけど。

「領主邸の近くぅ？　クレイジーだよ、タスク君」

「防犯上、最悪の場所ですな」

「領民とトラブルが起きないとも限りません。すでに施設が集中している地域や、住宅街からは離したほうがいいでしょう」

……と、こんな感じですよ。そりゃもう、口出ししないほうがいいって感じですわ。

三人の共通意見としては、領地の北側、家畜《かちく》を飼育する牧場よりも、さらに北部を切り拓《ひら》き、そこへ市場を設けるのがベストだそうだ。

「この場所でしたら中央から離れているため、事件や事故が起きたところで、被害《ひがい》が広がることもないでしょうな」

「牧場が近いのもいいね！　羊やヤクの取引を直接おこなえるし。なにより、家畜に負担をかけないやり方は商品価値を高めてくれる。相手にも喜ばれると思うよ！」

「街道《かいどう》沿いの警備も強化したほうがいいでしょうね。安全な行路があってこそ、商人たちも活発に往来できるというものです」

三人の助言に、忙しく首を縦に振って応じる。うーむ、さながら『シムシティ』をプレーしている気分だな。

もっとも、いまのオレは市長じゃなくて領主だし。さらにいえば、これはゲームじゃなくて現実の都市運営だけど。

セーブもロードもできないのだ。事は慎重《しんちょう》に運ばなければいけない。

「──子爵。ご判断を仰《あお》ぎたいのですが」

思考の海へ潜《もぐ》っていたのを引き上げたのはハンスの声で、いつの間にか、三人の視線が集中していることに気がついた。

「判断って、何を？」

「商人用の宿泊施設《しゅくはくしせつ》についてです。どこまでのサービスを提供するか、ご判断いただければ」

交易に訪《おとず》れる以上、宿屋は必須《ひっす》である。一般的《いっぱんてき》には酒場を兼《か》ね備《そな》えた宿泊施設がほとんどで、地域によって、酒場で提供するサービスが異なるそうだ。

「客の要望が多いことで知られるのは、仕事の斡旋《あっせん》、賭博《とばく》場、娼婦《しょうふ》の三点ですな。施設側にも手数料という収入が見込《みこ》めることから兼ね備えているところがほとんどです」

淡々《たんたん》と説明する執事の声に、オレは思わず顔をしかめた。

こういう世界なのだ。仕事の斡旋は理解できる。賭博場にも違和感《いわかん》はないし、娼婦がいるのも問題ないのだろう。

でもなあ……。人格者を気取るわけじゃないが、賭博や娼婦っていうのはモヤモヤするっていうか、なにか引っかかるものを感じてしまうんだよな。

「それらを提供する上で、こちらにデメリットはないのか？」

「デメリット、ですか？」

「収入というメリットがあるなら、当然、デメリットもあるわけだろ？　天秤《てんびん》の片方が極端《きょくたん》に重たくなるなら、判断も厳しくしないと」

「子爵の仰《おっしゃ》るとおりでございますな。確かに、賭博場と娼婦につきましては禁止薬物の取引に使われたり、犯罪組織との繋《つな》がりも指摘《してき》されております」

反面、貴重な情報収集の場としても利用されますが、と、続けるハンスの言葉に、オレは頭《かぶり》を振った。

「やめておこう。仕事の斡旋だって管理しきれないだろうし、賭博場がなくたって娯楽全般《ごらくぜんぱん》を禁止するわけじゃない。カード程度のささやかな賭け事《かごと》なら目をつぶろうじゃないか」

「すると、娼婦もですかな？」

「商人たちは仕事で来るんだし、必要ないよ。そういう気分になるようだったら、自分の右手を一夜の恋人《こいびと》にしてもらおうじゃないか」

ハンスは満足げに微笑《ほほえ》み、深々と頭を下げた。……ひょっとして試《ため》されていたのか？

「僕《ぼく》もタスク君の方針に賛成だね！」

前髪《まえがみ》を手で払《はら》いながら、ファビアンは声を上げた。

「大金を扱《あつか》う商人でも、品性を買うことはできないからね。こちらが一定の品格を示せば、無用なトラブルは避《さ》けられるさ！」

「僕も賛成ですね。基本的には性善説を信じたいですが、商人を相手にした場合では、それもなかなかに難しいでしょうし」

同業者でもあるふたりの言葉は説得力があるな。とにもかくにも、宿泊施設は酒場兼食堂を用意するだけに留《とど》めておく。

市場と宿泊施設の管理は、ハンスのスカウトによって集められた天界族が担当することとなった。

「一流のフットマンを集めましたからな。子爵にもご満足いただけるはずです」

隆々《りゅうりゅう》とした肉体を見せつけるように胸を張るハンス。詳しくはわからないけど、確か『使用人』のことを、フットマンって呼ぶんだよな？

「そういう意味ももちろんありますが、戦闘執事協会《せんとうしつじ》における定義は多少異なりまして」

「定義？」

「ええ。こちらの世界のフットマンというのは、足技《あしわざ》を得意とする使用人を指すのです」

「足技」

「皆、脚力《きゃくりょく》に自信のある強者ばかりです。魔獣程度なら一撃《いちげき》でしょうな」

「一撃」

「もっとも、このハンスめにかかれば、フットマンも赤子同然。子爵は変わらず、この爺《じじぃ》めを頼《たよ》りにしていただければ幸いでございます」

力強く言い放ち、声高らかに笑う伝説の執事。……それ、フットマンっていうより、もはや『レッグマン』って呼んだほうがいいんじゃないか？

「些末《さまつ》なことでございます、お気になさらず」と付け加えるハンスの笑顔を眺めやりながら、微妙《びみょう》に異なる異世界の常識に、オレは若干《じゃっかん》の目眩《めまい》を覚えるのだった。


領内の北東部ではふたつの工事が進行中である。

散歩と視察を兼ねて、オレは差し入れを片手に、現場へ足を運ぶことにした。

住宅地や養殖池《ようしょくいけ》を通り抜《ぬ》けると、遠くのほうから活発な声が響《ひび》いてくる。やがて、街道整備と防壁《ぼうへき》建設に忙しく働く領民たちの姿が目に映った。

交易締結《ていけつ》に伴って、新たに設けられることになった獣人族の国に続く街道と防壁工事は、どうやら順調のようだ。

現場では監督役《かんとくやく》を務める女騎士《きし》が凛々《りり》しい表情で、それらの作業を見守っている。

やがてこちらに気付いたのか、ヴァイオレットは一瞬《いっしゅん》だけ顔をほころばせ、こほんと咳《せき》払《ばら》いをした後、みんなに休憩《きゅうけい》を取るよう声を上げた。

「タスク殿。ここまで足を運ぶとは、珍《めずら》しいこともあるものだな」

「たまには外で休憩しようと思ってさ。よかったら一緒にどうだ？」

嬉《うれ》しそうに頷《うなず》く女騎士は皆を集めてくると言い残し、足取りも軽《かろ》やかにフローラの元へと駆けていった。


フローラだけでなく、作業の応援《おうえん》にきていたエリーゼとソフィア、グレイスが加わると、休憩の場は一気に華《はな》やかさを増した。

さすがに地べたへ座《すわ》るのもなんだし、現場にあった木材を使い、構築《ビルド》の能力《スキル》で、人数分の椅子《いす》を作り上げる。

輪を描《えが》くように腰《こし》を下ろしたオレたちは、持参したバスケットに詰《つ》め込《こ》まれた焼き菓子《がし》を取り分けるのだった。

隣《となり》では簡易的なコンロでフローラがお茶を沸《わ》かしている。辺りに香気《こうき》が漂《ただよ》い始めると、それを楽しむようにヴァイオレットは目を細めた。

絵になる美しさに見惚《みと》れつつ、オレはあることを尋ねるため、女騎士に向き直った。

「……学校？　勉学を修める、あの学校のことか？」

「うん。人間族の学校のことを教えてくれないか？　何歳《なんさい》から通うとか、どういったことを学ぶのか知りたいんだ」

というのも、以前にリアからお願いされた学校建設をどうやって進めるべきか、考えがまとまらなかったからである。

考えてみれば、学校なんてあって当然、いままでないのが不思議ぐらいだったんだけど。領民の中に子供がいないから特に必要ないよなと思っていたわけで、決して学校建設を失念していたとかそういうわけではないのだ。いや、マジでマジで。

いままで、アルフレッドやクラウスたちからも、そういった指摘を受けてこなかったし。じゃあどうして、獣人族の国へ出発するタイミングでリアが要望を伝えてきたかというと、これから移住してくる人たちを思ってのことらしい。

「移住してくる猫人族《ねこじんぞく》の中には子どもがいると聞きました。その子たちのためにも教育の場は必要です」

朗《ほが》らかな表情から一転、真剣な眼差しを向けながらリアは続ける。

「それに、領地が発展すれば、自然と人は増えるものです。これから産まれてくる子どもたちのためにも、学校は用意しておくべきだと思います」

リアの言う通りだ。教育なくして明るい未来は描けない。知識が広まることで文化も技術も発展していくし、早急《さっきゅう》に設ける必要があるだろう。

「……そ、それに」

再度、表情を一転させ、甘《あま》えるような声を上げたリアは、もじもじと手を動かしながら、上目遣《うわめづか》いでオレの顔を捉えた。

「タスクさんとボクの間に赤ちゃんができたら、その子のためにも、早いうちに学校は建てておかなきゃって思って……」

〝赤ちゃん〟という言葉を強調し、脳裏《のうり》へ描いた未来予想図に興奮したのか、「キャー！」と一際《ひときわ》高い声を上げるリア。

もっとも、その言葉を聞いていたクラーラも別の意味で興奮を覚えたらしく。

「ダメよ、リアちゃん！　赤ちゃんならっ！　赤ちゃんなら私が産んであげるからっ！　男の子でも女の子でも構わないわ！　リアちゃんとの子供だったら私何人でも産んであげるからっていうか、もう待てない！　いますぐっ、いますぐに子作りをっ⁉」

……ふぅむ。こうやって頭上にチョップを放つのも久しぶりだな。懐《なつ》かしさすら感じるね。

しゃがみこんで頭を押さえるサキュバスに「とにかく落ち着け」と優《やさ》しく一言。

「あと、オレの嫁さんに手を出さないように」

「いいじゃない！　カワイイものはみんなの共有財産のはずよ！　独リ占メ、ヨクナイ！」

「なんで片言なんだよ。っていうか、どう考えても人妻に手を出すほうが悪い」

「人妻……、なんていやらしい響きなの⁉　リアちゃんの可愛《かわい》らしさに妖艶《ようえん》さが加わるのよ⁉　まさに完璧《かんぺき》な存在ねっ！　女神《めがみ》といっても過言じゃないわ！」

う〜ん。最近なりを潜《ひそ》めていた発作《ほっさ》なんだけど、久しぶりに発症《はっしょう》するとタチが悪いな。

そのままうっとりとした眼差しで遠くを見やるクラーラ。このまま置いていってもいいんだけど……。

「妄想《もうそう》にふけっているところ悪いんだが」

「……？」

「一番弟子がきたぞ」

言い終えると同時に、クラーラの横腹目掛《めが》けて、ダークエルフの少女が飛びついた。うむ、なんという既視感《きしかん》。そして様式美。

「げぼぁっ……！」

「お姉さまっ！　赤ちゃんが欲《ほ》しいのでしたら、私が！　私が産みますからっ！」

「ジゼル……！　アンタ、いつから話を聞いて……」

「そんなのどうだっていいじゃないですか！　子作りですよね！　任せてくださいっ！私、初めてですけど、お姉さまが相手だったらどんなことでも耐えますので！」

「離《はな》しなさい！　あっ、コラっ！　服を、服を脱《ぬ》がそうとしなっ、あっ、ちょっと待ってっ！　アンタ、リアちゃん連れてどこ行くのよ！」

いつも通り収拾《しゅうしゅう》がつかなそうなので、リアを連れて大人しく退散することにする。

楽しそうですねえと、微笑ましい表情でふたりを見やるリアの言葉に同意しながら、残りの準備を手伝うためにも、オレたちは領主邸に向かうのだった。


そんなやり取りはさておき。

この世界の教育制度がどんなものなのかを知るべく、まずはヴァイオレットに質問してみたんだけど。

こちらの予想に反し、女騎士から返ってきたのは意外な言葉だった。

「と、言われてもな。私はいわゆる普通《ふつう》の学校というものには通っていないし……」

「……え？　そうなの？」

「うむ。幼年学校に通っていたのだ。軍事教練を兼ねた学校だな」

帝国《ていこく》では上流階級や貴族たちが通うための学校と、士官を育成するための軍学校のふたつがあり、貴族の出ながら、ヴァイオレットは後者へ通っていたそうだ。

「帝国では庶民《しょみん》のための教育機関がないのです。ヴァイオレット様が融通《ゆうずう》してくださったおかげで、私は幼年学校に通えましたが」

お茶を配りながら、フローラが口を挟《はさ》んだ。……そういうもんなのか？

「魔《ま》道国《どうこく》もぉ、同じだったよぉ。貴族じゃないと学校には通えなかったしぃ」

「そうですね。知識は特権階級だけのものという認識《にんしき》が一般的でしたから」

ソフィアとグレイスが同意する。大陸的にそれが常識なのかと思いきや、ハイエルフの国では少し事情が異なるらしい。

「読み書きや簡単な計算は、村の大人たちから教わります。特に優秀《ゆうしゅう》な子供は、大きな街にある学校へ通うことができますけど」

「特に階級とか関係なく通えるんだ？」

「ええ。でも……」

焼き菓子を頬張《ほおば》りつつエリーゼが応じる。

「長老の推薦状《すいせんじょう》が必要な上、入学には試験もあるので、いずれにせよ狭《せま》き門には変わりないですね」

龍人族の国とダークエルフの国も似たような感じだと思います。ふくよかなハイエルフはそう続けてお茶を口に運んだ。

続けて教えてもらった授業の内容についても、国によってバラバラだし。

魔道国には帝王学《ていおうがく》があって、帝国幼年学校には戦略学があるそうだけど、普通の学校には必要ない授業だもんな。

しかし参ったね……。ばらつきがありすぎて基準がわからん。むしろ基準を一から作ったほうが早いぞ、これは。

かといって、日本と同じような教育制度を導入するのは現実味がない。教えられることにも限界があるし。

これはもう少し時間をかけて、学校のあり方を検討していく必要があるな……と、そんなふうに考えていたのだが、思わぬ人物が救いの手を差し伸《の》べてくれたのだった。

誰あろう、ファビアンである。

市場の建設予定地の視察を終えたばかりというファビアンは、執務室《しつむしつ》に姿を見せるなり白い歯を覗《のぞ》かせながら、開口一番切り出した。

「フローラから聞いたよ、タスク君！　子供たちのために学校を作るんだってね!?」

「いままさに、建築計画を練っているところなんだが……。その口ぶりだと、建築作業を手伝ってくれるわけではなさそうだな」

「もちろんだとも！　優美で華麗《かれい》なこのボクに、肉体労働は似合わないだろう？」

賛同を求められましても。

「しかしだね！　知的労働の手助けは出来る！　それを伝えに来たのだよっ！」

「知的労働だぁ？」

「学校を作るなら、教師とカリキュラムが必要だろ？　その手配を、この僕が引き受けようじゃないかっ！」

意外な人物からの意外な申し出に驚《おどろ》きながら、オレは身を乗り出した。実際、授業内容をどうしようか悩《なや》んでいたところなので、ものすごく助かる話ではある。

「あてはあるのか？」

「任せたまえっ！　ハイエルフの国の友人たちは芸術の心得がある！　彼《かれ》らに授業を任せれば、歴史に名を残す画家を生み出すことなど造作もナッシンっ！」

「そうだな。文化を育てる上でも芸術は大事だからな」

「さすがは我が心の友《マイベストフレンド》！　よくわかってるじゃないかっ！」

「……で？　美術以外にどういったことを教えられるんだ？」

「なにがだい？」

「芸術に心得があるのはわかった。でもさ、他にも授業は必要だろ？　国語とか数学とか」

「芸術だけだよ？」

「……はい？」

「教えられるのは芸術だけだと言っているのさ！　他の授業なんて必要ないだろう？」

美術教師を何人揃《そろ》えるつもりなんだよ、おい。

「いやいや、なにも不安に思う必要はない！　すべてをボクに委ねるといい！　それではそういうことで！　アデュー！」

家中に響き渡《わた》るんじゃないかという笑い声を立てながら、ファビアンは立ち去っていく。

う〜ん、判断を誤ったかもしれない。美術教師がダース単位で揃っても困るだけだし、そうならないように後で釘《くぎ》を刺《さ》しておかなければ。

……ってなことを考えてたら、一時間も経《た》たないうちに、ファビアンがハイエルフの国へ旅立っていったということをフローラから聞かされるハメに。

おまけに先日渡したセクシーマンドラゴラを束にして抱えていったそうで、せめて袋《ふくろ》にしまうとかできなかったのかと問い詰めてやりたい気分である。

はあ……。こうなった以上、なんとかなると信じて学校建設を進めようじゃないか。

そんなわけで、市場用にと考えていた中央部の土地が空いてしまったこともあり、学校はそこに建てることにした。

中央部からやや東側、住宅街近くを建設場所として定め、集会所と同規模の家屋を建てることにする。クラス分けにも対応できるよう、二階建てにして部屋数も揃えた。急激に人数が増えたりでもしない限り、問題なく運営できるだろう。

学校といえば欠かせないのは給食で、広めのキッチンを一階へ設けることに。給食作りは、カミラたち戦闘《せんとう》メイドに任せようと思っているけど、オレ自身が『給食のおじさん』になるのもやぶさかではない。

そんな感じで、子供たちが楽しく通える学《まな》び舎《や》を想像しながら、構築と再構築《リビルド》に明け暮れることとしばらく。

作業をしている現場にカミラが現れ、いますぐ領主邸へ戻《もど》るように告げたのだった。

「どうした？　トラブルか？」

「いえ、そうではありません。良いご報告です」

「良い報告？」

「いましがた、クラウス様たちがお帰りになられました」

第13章　猫人族の移住者たち

領主邸の庭で待ち構えていたのは総勢六十人の猫人族で、お互《たが》いに寄り添《そ》いつつ、地べたへ座り込んでいる。

アイラと同じく、皆《みな》、揃って透《す》き通るように白い肌《はだ》をしているが、この肌の色がいわゆる『忌《い》み子《ご》』としての証らしい。

ぱっと見、血色は良さそうだけど、それだけに、右耳の上半分が無くなっている姿が痛々しい。『耳欠け』と呼ばれ、迫害《はくがい》されていた現実をまざまざと思い知らされる。

様子をうかがっていると、所々で子供の泣く声が上がり始めた。慣れない環境《かんきょう》に戸惑《とまど》っているのだろう。できるだけ早く安心させてあげなければ。

「よう、タスク！　帰ってきたぜ！」

視線をやった先にはクラウスがいて、オレたちはガッチリと握手《あくしゅ》を交《か》わした。

「長期任務お疲《つか》れ様《さま》！　元気そうでなによりだ！」

「なぁに、どうってことねえよ。リアにクラーラだけじゃなく、ジゼルの嬢《じょう》ちゃんも頑張《がんば》ってくれたしな」

……そういえば、三人の姿がどこにもないな。

あちこち見渡《みわた》してみても、荷物を整理しているハンスしか目につかない。どこにいったんだと口を開きかけた瞬間《しゅんかん》、背中に強い衝撃が走った。

「背後からドーンっ！」

疲れを微塵《みじん》も感じさせない朗らかな声は愛する人のもので、オレの腰に手を回し、抱《だ》きついたまま離れようとしない。

その手を優しく解いてから振《ふ》り返った先には、瞳をうるませているリアがいて、オレたちはあらためて真正面から抱き合うと、再会を喜びあった。

「エヘヘヘヘ……。タスクさん、ただいまです」

「おかえり、リア。頑張《がんば》ったね」

「うん……」

淡《あわ》い桜色をしたショートボブを優しく撫《な》でてやる。気持ち良さそうに目を細める妻を愛《いと》おしく思っていた矢先、氷点下を思わせる声が耳元に届いた。

「……移住者たちの前ですし？　時と場合を考えてもらえませんかねえ、領主サマ？」

クラーラの眼差《まなざ》しが頬《ほお》に突《つ》き刺さる。再会早々、嫉妬《しっと》と怒《いか》りをぶつけられるのは非常に不本意なんだけど、とにもかくにも労をねぎらわなければ。

「おかえり。色々ありがとうな。本当に助かったよ」

「フンっ！　私の愛するリアちゃんを抱きしめながら言われたところで、感謝なんかちっとも伝わらないわよ」

「なんだ？　クラーラも一緒《いっしょ》に抱きしめてやればいいのか？」

「あっ？」

「ゴメンナサイ」

「そうですよ！　お姉さま！　抱きしめるなら私を！　さぁ、いますぐ！」

物陰《ものかげ》から飛び出してきたのはダークエルフの少女で、クラーラの真正面へ抱きつき、そのまま離れようとしない。

「ジゼルもおかえり。大変だったろ？」

「いえいえ、お姉さまたちに助けていただきました！」

「抱きついたまま平然と話を進めないでっ！　離れなさいってば！」

やかましいほど賑《にぎ》やかな光景は、三人が帰ってきたことを実感できて嬉しいんだけど、同時に、猫人族がポカーンとこちらを見ていることにも気付くわけで……。

ゴホンと大きく咳払いをした後、オレはジゼルへアイコンタクトを送るのだった。

その意味を理解したのか、ダークエルフの少女はぱっとクラーラから離れてみせる。物分りの良さはさすがだね。

さてさて……っと。気を取り直して、領主の務めを果たさないとな。

一歩前に進み出ると同時に、猫人族の視線が集中するのがわかった。その瞳に宿る不安を取り除くためにも、オレは意を決して語りかけた。

手始めに、自分が樹海一帯を治める領主であること、移住者である猫人族の皆を歓迎《かんげい》することと、これからは龍人族《りゅうじん》の国の民として暮らしてもらうことなどを伝えてから、オレはさらに話を続けた。

「――住居については、家族ごとで暮らせるよう個別に用意している。それと当面の間、生活用品や食料などの一切《いっさい》はこちらで面倒《めんどう》をみるので……」

と、ここまで話しておきながら、説明を途中《とちゅう》で終えたのには理由がある。

話の途中にもかかわらず、猫人族たちが顔を見合わせ、ヒソヒソと声を交わしあっていたからだ。……なにか、変なことでも言ったかな？

困ったね。話さなきゃいけないことがまだまだあるんだけど。

とりあえず、それらを聞いてもらった上で不満なり不安なりを聞くことにしようじゃないかと、再び大きな咳払いをひとつ。

静寂《せいじゃく》が戻ったことを確認《かくにん》してから、オレは説明に戻った。

「仕事についてだが、君たちを案内してきたクラウスの下で働いてもらおうと考えている。働きに見合った給金は支払《しはら》うので安心してもらいたい」

「お給金をいただけるのですかっ⁉」

声が上がったのは移住者の中からで、オレは戸惑いながらも首を縦に振って応じた。

「もちろん。そうでなければ生活できないだろう？」

「し、しかし……」

「それと、希望する仕事があれば、遠慮なく言ってもらいたい。適材適所、自分の能力を発揮できる環境が一番だからな」

またもやざわつき始める猫人族。今度はさっきよりも大きな声で。なんなんだ、一体？

「あ〜……。最後に子どもたちのことだが」

そう切り出した瞬間、ざわつきがピタリと止《や》んだ。そうだよなあ、大人たちにとっては最も不安に思うことだろうからな。しっかりと話しておかなければ。

「子どもたちには学校に通ってもらい、教育を受けてもらう。当然、無償《むしょう》だ」

「……が、学校っ⁉」

「遊ぶことも大事だが、同じぐらいに学びも大切だからな。ああ、そうだ。昼食は学校で用意するから弁当を持たせる必要はない」

「どっ、どうしてっ！　どうして、そこまでよくしてくださるのですかっ⁉」

言葉を遮《さえぎ》ったのは猫人族の青年で、その場に立ち上がり、不審《ふしん》と驚きと混乱をごちゃまぜにしたような表情を浮《う》かべている。

「どうしてと言われても、この土地で共に暮らす仲間だからとしか言い様がないな。仲間は助け合うのが当然だろ？」

「しかし……」

「ここで暮らす以上、皆の自由と生活は私が保証する。それが領主としての務めだからな」

「……っ！」

「働いて稼《かせ》いだお金で美味《おい》しいものを食べたっていい。お金を貯《た》めて他の土地へ引っ越《こ》すのも構わない。熱心に勉強へ取り組むのもいいだろう。それぞれの人生なんだ、でき……」

その時だった。

オレの話を聞き終えるよりも前に、あちこちから歓声《かんせい》が上がり始めた。

「領主様、ばんざい！」

「タスク様、ばんざいっ！」

その声はまたたく間に広がっていき、猫人族たちはひとり残らず立ち上がってはお互いに抱き合い、あるいは涙《なみだ》を流し、全身で喜びを表している。

「領主様、ばんざいっ！」

「タスク様っ、ばんざい！」

押《お》し寄せる歓喜《かんき》の声に戸惑っていると、クラウスがオレの背中を強く叩《たた》いた。

「ぼーっとしてないで応えてやれよ。皆、喜んでるだろ？」

「喜んでるって……。こっちは普通のことしか話してないぞ？」

「いままでそんなことすら考えられない環境にいたんだ。そう考えれば、普通のことだって夢のような話に思えるもんだぜ」

そう言って白い歯を覗かせるハイエルフの前国王。なかば圧されるように手を振って応えた途端《とたん》、歓声は一際大きいものへと変わった。

予想もしていなかった反応なので、オレとしてはただただ困惑《こんわく》するしかないんだけど。

とにかく。

この期待を裏切らないためにも、猫人族たちが安心して暮らせる環境を整えよう。オレはそう心に誓《ちか》うのだった。

その日の夜。

オレとアルフレッドは、クラウスの住居となった旧領主邸《てい》である『豆腐《とうふ》ハウス』に足を運んでいた。夕飯を終えたハイエルフの前国王から、「よかったら家で飲み直さないか？」という誘《さそ》いを受けたのだ。

ちょうど、アレックスとダリルから試飲用にワインを何本か渡されていたし、男同士語り合う夜もいいだろう。

リビングのテーブルにはナッツ類、チーズ、魚の燻製《くんせい》といったつまみと、塩ゆでされた枝豆が並べられている。大豆はあるのに枝豆を食べる習慣がないことから、わざと未成熟の大豆を収穫《しゅうかく》して茹《ゆ》でてみたんだけど。ふたりともいたく気に入ってくれたようだ。

「こいつぁは美味《うま》い！　さや付きの大豆を茹でただけなんだろ？　楽でいいな！」

「食感も楽しいですね。こう、さやから口へ放《ほう》り込む感覚も楽しいといいますか、クセになるといいますか」

エールを用意するべきだったかと思ったものの、ワインと枝豆の組み合わせもなかなかにオツである。アレックスが「まだ若いのですが」と言っていたワインも、スッキリした飲み口で実に美味い。

グイグイいけちゃうタイプのワインに、クラウスのグラスが一瞬にして空になったと思いきや、間髪《かんはつ》を入れず、透明《とうめい》な液体が注がれていく。二日酔《ふつかよ》いになっても知らんぞ？

「久しぶりの酒なんでな。これぐらい見逃《みのが》せよ」

「始まって間もないのに、早くも一本空きそうなんだ。ちょっとはペース落とせって」

「酒は百薬の長だぞ？　長期任務を終えた身体にはうってつけってわけだ」

「……夕飯の時に、山盛りのから揚《あ》げ食べながら『疲れた身体にはこれが一番。俺《おれ》にとっては薬代わりだ』とか言ってたじゃんか」

「昔のことは忘れたっ！　未来に生きる男だからな、俺は！」

そう言うと、クラウスはケラケラ笑いながらグラスをあおった。二日酔いになったらなったで、特別苦い薬をリアに用意してもらうとするか。

雑談に花を咲《さ》かせること小一時間。空になったワイン瓶《びん》たちと、半分以上減ったつまみが広がる中、オレはリアから聞いた話をクラウスに尋《たず》ねた。

「そういえば……。迎《むか》えに行った時の猫人族の有様は、それはもう酷《ひど》かったみたいだな」

「気分がいいもんじゃなかったな。アイラの嬢ちゃんを連れて行かなくて良かったぜ」

乾《かわ》き始めたチーズを口に運び、それをワインで流《なが》し込んでからクラウスは続ける。

「獣人族《じゅうじん》の連中は労働に従事させているだけって言ってたけどな。結局のところ、奴隷《どれい》階級と変わんねえよ」

「それほどまでにむごいのですか……」

「忌み子とか耳欠けとか、知ったこっちゃねえけどよ。伝承も与太話《よた》にしか過ぎねえのさ。てめえらの都合のいいように拡大解釈《かいしゃく》をしてるとしか思えんわな」

ハイエルフの前国王は断言し、こちらへ向き直る。

「アイラの嬢ちゃんの話だと、忌み子は殺すか捨てられる、どちらかの処置をしなければならない。そういう決まりらしいな？」

「ああ。結構前の話だけど、確かにそう言っていた」

「にもかかわらず、伝承を破ってまで、連中には忌み子を生存させる必要があった」

「なんのためにですか？」

「決まってんだろ。〝敵〟を用意するためさ」

テーブルへ視線を落としたクラウスは、空になったグラスを指で弾《はじ》いた。

「団結を図《はか》るのに一番手っ取り早い方法は、共通の敵を作ることでな。あいつらがいるからと憎悪《ぞうお》をぶつける対象がいることで、強固な結束が生まれるわけよ」

「でもさ、忌み子を敵に選ぶことはないだろ。同じ種族同士で揉《も》めてどうするんだ？」

「そこが肝《きも》なんだ。連中の巧妙《こうみょう》なところは、敵と同時に差別の対象を作り出したことでな」

すなわち、自分たちより下の存在がいると思《おも》い込ませることで、民衆に優越感《ゆうえつかん》を抱かせ、不平不満のはけ口としても扱うことができる。

「で、為政者《いせいしゃ》たちは民衆たちに触《ふ》れて回るわけだ。『ああなりたくなかったら勤勉に励《はげ》め』となっ。身近に〝見本〟がいれば、説得力も増すってもんさ」

「…………」

「多数を占《し》める民族が、適当ないちゃもんを付けて、少数民族を迫害する。歴史上、その手の愚行《ぐこう》は何度となく繰《く》り返されてきたもんだぜ。反吐《へど》が出るけどな」

「オレが暮らしていた世界の歴史も似たようなもんだ。住む世界が変わったところで、その手のことはなくならないもんだね」

「……嘆《なげ》かわしいことですね」

残りわずかとなった白ワインをグラスに注ぎ、ハイエルフの前国王は表情を改めた。

「悲観する必要もないだろ。今回の一件が露呈《ろてい》すれば、否が応にも変革を迫《せま》られるからな」

「獣人族の国がそんなに早く行動を起こすでしょうか？」

「起こさせるのさ。周りから外圧を加えてな。ハイエルフの現国王には連絡《れんらく》を入れているし、ジークのおっさんにも事情は伝えてある」

「いつの間に……」

「こう見えても行動の速さには定評があってな。『疾風《しっぷう》』の二つ名で呼ばれてたからよ」

少年を思わせる屈託《くったく》のない笑顔《えがお》に、オレたちは肩《かた》をすくめた。

「移住者たちの仕事はいつから始めるつもりなんだ？」

「できれば二、三日中にってところだな。猫人族も疲れているだろうし、身体を休めさせてやりたい。ま、じっくりと腰を据《す》えてやっていくさ」

最後の一杯《ぱい》となった白ワインを飲み干して、クラウスは熱い吐息《といき》を漏《も》らしている。

製紙工房《こうぼう》も出版も、猫人族にとっては未知の仕事だろうし、のんびりと進めるのがベストだろう。急ぐ理由はどこにもないしな。

……と、そんなことを考えていたんだけど。

翌日の朝早くから繰り広げられた光景に、オレはただただ驚くことしかできなかった。


「……ナニコレ？」

ハンスの知らせで製紙工房へ出向いたオレは、忙《いそが》しく働く猫人族たちに目を丸くした。

「クラウスの話では猫人族を休ませたいって……」

「ホッホッホ。子爵《ししゃく》の演説が響いたのでしょう。皆、一刻も早く働きたいと申しましてな」

活気溢《あふ》れる工房内の光景を眺《なが》めている最中、けだるそうな声が背後から届いた。

「おいっす……。いやぁ、参ったぜ……」

「お、クラウス。おはよう……って、二日酔いか？」

「違ぇよ。早朝からハンスに叩き起こされたんだっつーの」

クラウスが言うには「猫人族たちのやる気が尋常《じんじょう》ではないので、さっさと起きて指導にあたってください」と、熟睡《じゅくすい》してる中を襲撃《しゅうげき》されたそうだ。

「俺としては麗《うるわ》しいメイドに声をかけてもらいたかったんだがね。なにが悲しくて、爺《じい》さんからモーニングコールを受けにゃならんのだ……」

「お望みでしたら、もう少し過激な起こし方もございましたが。こう、足の関節を逆方向に決めましてな……」

「おはようどころか、永遠におやすみになるだろうが！　ったくよ……」

銀色の長髪《ちょうはつ》をボリボリとかきながら、ハイエルフの前国王は猫人族たちを見やった。

「ご覧の通りだ。お前さんの演説効果で、士気は最高潮さ。不慣れな仕事だろうが、この分だったら軌道《きどう》に乗るのも早いだろ」

「そんな大したこと言ってないんだけどね」

「謙遜《けんそん》すんなよ、人気者」

ニヤニヤ笑いながらクラウスが呟《つぶや》く。

「仕事量は上手《うま》いことコントロールするさ。やる気があっても身体がついていかなかったら意味ねえからな。無理はさせないから安心しろ」

「全面的に信頼《しんらい》してるから、まったく心配してないよ」

「おう、任せとけ」

胸をドンと叩き、自信満々といった面持《おもも》ちでクラウスは宣言した。

「見てろよ、タスク。俺とこいつらで大陸中にマンガを根付かせてやる！　マンガ旋風《せんぷう》だ！」

純粋《じゅんすい》な瞳《ひとみ》は明るい未来を確信する力強さを感じさせる。みんなならきっとできるはずさ。

こちらも負けずに頑張ろう。そんな思いで、一旦《いったん》、領主邸へ戻ったオレは仕事の準備に取り掛《か》かったのだが。

若干《じゃっかん》の違和感《いわかん》を覚えたのは、その最中のことだった。


「しらたまぁ、あんこぉ、出かけるぞー」

稲作《いなさく》の状態を確認しに向かう直前、オレは領主邸の庭に据えられたミュコランたちの住まいへと足を運んでいた。

しらたまもあんこも米が大好きなので、収穫がてら食べさせてやろうと考えたのである。

違和感を覚えたのはこの直後で、頭を擦《す》り寄せる二匹《ひき》を撫でていると、誰《だれ》かに見られているような感覚があったのだ。

辺りをキョロキョロ見回してみると、すぐにそれが錯覚《さっかく》ではないことが判明した。

離れた場所から無数の視線がこちらへと向けられていたのだ。

じーーーーーーー……。

領主邸を取り囲む外壁《がいへき》から、姿を半分だけ覗かせてオレを凝視《ぎょうし》していたのは子どもたちで、頭上の猫耳《ねこみみ》をぴょこぴょこと動かし、様子を窺《うかが》っているようにも思える。

（ああ、猫人族の子どもたちか）

人間でいえば五、六歳《さい》といったところだろうか？　男女交じった子どもの集団はオレが見ていることに気付いたらしく、あわあわと狼狽《うろた》えた後、外壁へ身を隠《かく》した。

なんといいますか、身を隠したっていっても、茶色いしっぽが見えているんですけどね。

そのまま眺めやっていると、再び子どもたちは外壁からひょっこりと顔を覗かせ、そしてオレと視線が合った途端、再びその身を隠した。……怖《こわ》がられてるわけじゃないよな？

領主としては子どもたちにも親しみを持ってもらいたいんだけど。

そんなわけで、三度顔を覗かせた子どもたちに、オレは極力優しく微笑《ほほえ》んでから、「おいでおいで」と手招きをしてみせる。

数秒間の協議を重ね、集団の中から三人の子どもが恐《おそ》る恐る近付いてきた。ひとりは男の子で、残るふたりの女の子はその背中に隠れながらこちらを見つめている。

「こんにちは」

目線を合わせるためその場へしゃがみ込《こ》み、穏《おだ》やかに話しかけた。そよ風に消え入るような挨拶《あいさつ》が聞こえたのを確認してから、オレは三人に問いかける。

「昨日引《ひ》っ越してきた子たちだね？」

「……（こくり）」

「お兄さんの名前はタスクっていうんだ。これからよろしく頼《たの》むよ」

「……（こくり）」

……う〜む。気まずい。おとなしいというか、警戒《けいかい》されているというか……。突如《とつじょ》現れたオッサン……じゃなかった、お兄さんに戸惑っているだけなのか判断が出来ない。

「みゅみゅ」

どうしたものか頭を悩ませていると、しらたまとあんこがオレの背中を優しくつついた。

「みゅー」

言葉はわからないけど、なにを言いたいのかは十分に伝わる。

そうだな。子どもたちと手っ取り早く仲良くなるためには、一緒に遊ぶのが一番だよな。

三人の子どもたちへ向き直り、オレはあらためて問いかけた。

「よかったら一緒に遊ばないか？　この子たちもみんなと仲良くなりたいって言ってるし」

「……い、いいの？」

おどおどとしたか細い声に、オレは「モチロン！」と答えてみせる。

みるみるうちに輝《かがや》きを帯びていく幼い表情から、「うん！」という声が上がったと思いきや、歓声と共に、残りの子どもたちも飛び出してきたのだった。


領主邸の庭に笑顔が咲き誇《ほこ》っている。

猫耳としっぽをぴょこぴょこ動かし、所狭《ところせま》しと駆《か》け回る猫人族の子どもたち。それを追いかけているのはアイラで、「捕《つか》まえてやるぞぉ」と、率先《そっせん》して追いかけっこを満喫《まんきつ》している。

オレ？　オレはもう疲れ果てました……。子どもたちの、あの無尽蔵《むじんぞう》なスタミナは一体なんなの……？　こっちの息が上がるのおかまいなしで、延々と走り続けてるんですけど。

そんなこんなで地べたに座《すわ》り込んで、隣《となり》に座ってる女の子たちが作った花の冠《かんむり》を頭へ乗せてもらったりしてるわけですわ。これでも立派な遊び相手になってるんだって。

しらたまとあんこは、自らの背中に子どもたちを乗せて、あちこちを駆け回っている。疲れが見えてきたら休ませてやろうと思っているけど、いまのところは大丈夫なようだ。

「みんなぁ。おやつですよぉ！」

バスケットを抱《かか》えたリア目掛け、一斉《いっせい》に子供たちが駆け寄っていく。

「井戸があるから、そこでちゃんと手を洗ってからね」

「「「はぁい！」」」

ニコニコ顔のリアに引率《いんそつ》されて、子どもたちが井戸へ向かっていく。微笑ましい光景に目を細めていると、息を切らしながらアイラが近付いてきた。

「お疲れ様。……アイラでも息が上がるんだな？」

「消耗《しょうもう》の具合が半端《はんぱ》ではないからの……。狩《か》りとは違《ちが》う過酷《かこく》さじゃ」

「悪いな。任せっぱなしで」

「気にするな。子どもは遊ぶことが仕事じゃ。元気な姿が見られるだけで、私も嬉《うれ》しいしな」

アイラとしても思うことがあるのだろう。同じ様に目を細めながら子どもたちを眺めやっている。

その後、慌《あわ》てふためきながら領主邸に姿を見せたのは猫人族の母親たちで、何度も頭を下げては謝罪の言葉を繰り返す母親たちを落ち着かせてから、オレは笑顔を向けた。

「遊びに誘ったのはこの私だ。子どもたちは何も悪いことをしていない」

「で、ですが……」

「子どもたちの元気な姿が見られるのは、私も嬉しい。どうか気にすることなく、気軽に遊ばせてやってほしい」

「恐れ多いことでございます……」

「そんなに縮こまらないでくれ。子どもは国の宝であると同時に、明るい未来でもある。健《すこ》やかに成長できるよう、私も努力しよう」

さらに領主邸の庭で遊ぶことを認め、どうか叱《しか》らないでやって欲《ほ》しいとも付け加える。

母親たちはひたすら恐縮《きょうしゅく》した感じだったけど、オレ個人としては恐れられる領主より、親しみやすい領主の方が嬉しいしな。

とはいえ、母親たちの気持ちもわからなくはない。子どもたちにお土産《みやげ》のおやつを持たせて、この日は解散することになった。

「またねー！　お兄ちゃん！　お姉ちゃん！」

「ああ、また遊びに来るんだぞ！」

「今度は本気で捕まえるからのぅ！」

「お家に帰ったら、手洗いとうがいをするんですよー？」

「みゅー！」

大きく手を振る子どもたちに、手を振《ぶ》り返して応じる。今まで辛《つら》いことがあっただろうけど、この土地で暮らしている以上、笑顔で日々を過ごして欲しい。

それと、子どもたちのための学校授業も進めなければ。

遊ぶことも大事だけど、同じぐらいに学びも重要だ。一日でも早く学校を開くための準備を進めるとしよう。

第14章　学校

「やあやあ、タスク君！　君の心友《しんゆう》、ファビアンが戻ってきたよ！」

猫人族の移住が終わって間もなく、ハイエルフの国からファビアンが帰ってきた。それも見覚えのある人物を伴《ともな》って。

「領主殿《どの》、ご無沙汰《ぶさた》しております」

そう言ってうやうやしく頭を下げたのは、ブロンドの長髪が美しいイケメンのハイエルフで、オレは目を丸くしながらその人物を眺めやった。

「ルーカスか!?　久しぶりだな！」

「ええ。アルフレッド殿とは何度となくやり取りさせていただいているのですが。領主殿には長らくご挨拶も出来ませんで、申し訳ございません」

ルーカスはハイエルフの国の外交担当であり、『美しい組織《シエーネ・オルガニザツィオーン》』という、なんだかよくからない美を追究する面々のひとりでもある。

主な職務としては、この領地とハイエルフの国の交易を一任されている。そんな人物が、事前の連絡もなしにやってきたのだ。意表を突かれたといってもいいだろう。

この樹海の領地にかかわるような、重大な出来事でも起きたのだろうか？　訝《いぶか》しげに尋ねるこちらを愉快《ゆかい》そうに見やって、イケメンのハイエルフは首を左右に振った。

「かかわるといえばその通りなのですが、実は私、外交担当の職を辞してきまして」

「……へ？　ルーカス、仕事を辞《や》めたのか？」

「ファビアンから誘いを受けましてね。新たな人生の一歩を踏《ふ》み出そうと決意したのです」

ルーカスの顔はいきいきとしていて、後悔《こうかい》を微塵も感じさせないものなんだけど。

オレとしてはファビアンの誘いという言葉に嫌《いや》な予感を覚えてしまうわけで、悲しいかな、その予感は見事的中してしまうのだった。

「喜んでくれ！　以前に話していた教師の件！　ルーカスが快く引き受けてくれたよ！」

執務室《しつむしつ》に爽《さわ》やかな香気《こうき》が漂《ただよ》い始めた。

手際良《てぎわよ》く紅茶を淹《い》れるカミラに、ファビアンとルーカスは口説き文句を繰り返している。

戦闘メイドが毒を含《ふく》んだ言葉を投げ返す空間の中で、オレは静かに頭を悩《なや》ませていた。

「まっ、いいんじゃねえの？　来ちゃったもんはしょうがねえよ」

隣に腰掛《こしか》けるハイエルフの前国王が投げやりがちに呟く。

「いまさらどうしようもねえんだし、悩むだけ無駄《むだ》だぞ？」

「わかってるんだけどさあ……。エリート街道真《かいどうま》っ只中《ただなか》にいる人が、いきなり仕事辞めてくるとか予想できないじゃんか」

そうなのだ。クラウスの話によれば、ルーカスの役職はかなり重要なポストで、このまいけば国の要職は約束されていたそうだ。

辞めると言い出した時も、周囲から留意するよう説得されたらしい。そうだろうとも。

「より魅力的《みりょくてき》な環境を選んだまでです。皆にはそれがわからないのでしょう」

「その通りっ！　真に高尚《こうしょう》な価値観は得てして凡人《ぼんじん》には理解できないもの！　我《わ》が友《とも》ルーカスの判断に一点の曇《くも》りもないっ！」

勢いよく席を立つファビアンに、「迷惑《めいわく》なので黙《だま》って座ってください。っていうか、一言も発しないでください。永遠に」と、冷たくあしらうカミラ。いいぞ、もっと言ってやれ。

「子どもは未来への希望です。その教育に携《たずさ》われるのは、私としても僥倖《ぎょうこう》なこと。なにより、教師というのは崇高《すうこう》な職務ではありませんか」

そう言ってルーカスは瞳を爛々《らんらん》とさせている。確かにその通りなんだけどさあ……。

「いいじゃねえか。いずれにせよ教師は必要になるんだ。やりたいやつにやらせてやれよ」

ティーカップを口元まで運び、クラウスが呟いた。

「それに責任者も必要になる。ルーカスなら優秀《ゆうしゅう》だし、任せても問題ないんじゃね？」

直後にぼそっと付け加えられた「まあ……。性格はアレだけどよ……」という言葉に、一抹《いちまつ》の不安を覚えるんですけど。

とはいえ、クラウスの言うことにも一理ある。ほかに候補もいないし、教師集めは急務だ。

「……わかった。それでは当面の間、学校長兼《けん》教師として、その腕《うで》をふるってくれ」

「お任せください！　ご期待に添えるよう、精一杯《せいいっぱい》努めます！」

力強い宣言とともに、胸を張るルーカス。その表情は自信に満ち溢れたもので、子どもたちを正しく導いてくれると確信させた。

とはいえ、肝心《かんじん》なことをまだ聞いていないんだよな。

「ところで、子どもたちには何を教えるつもりなんだ？」

教師をやってもらうのはいい。授業内容をどうするかということが肝心なのだ。

その疑問にルーカスとファビアンは次々と声を上げた。

「もちろん、芸術です！」

「僕《ぼく》は言っただろう、タスク君！　芸術の教師を探してくるって！」

「芸術だけを教えるわけにもいかないだろ。教師なら、他のことも教えないとさ」

「芸術しか教えないつもりですが？」

キョトンとした表情を浮かべるルーカス。……は？　本気か？

「本気もなにも、もとより優《すぐ》れた芸術家を育むつもりでしたから！」

「我々、『シェーネ・オルガニザツィオーン』は美を追究する組織！　芸術以外何を教えるというのだね⁉」

あー……。これは……。ちょっと早まったかなあ……。

隣ではクラウスが、

「なんか……悪ぃな」

と、呟いていたんだけど。いやいやいや！　謝《あやま》るぐらいならなんとかしてくれ！　子どもたちの未来がピンチなんだぞ、おい！

とりあえず、授業内容については他の面々を加え、早急《さっきゅう》に取りまとめることに決定。バランスの良いカリキュラムを組むようにと念を押しておく。

子どもたちの笑顔を守るためにも、清く正しい授業を目指そう。いや、マジで。

そんなこんなで紆余曲折《うよきょくせつ》あったものの、ルーカスを校長に据えて学校運営が始まった。

猫人族《ねこじん》の子どもは二十人いて、六歳以上の十六人が生徒として通うことになる。

残り四人の子どもについても、託児所《たくじしょ》代わりに学校で面倒を見ようかと相談を持ちかけたんだけど、猫人族の親御《おやご》さんたちから、そこまでしていただくのは申し訳ないと辞退されてしまった。遠慮《えんりょ》しなくてもいいのになあ？

とはいえ、このまま子どもたちが増えていくようなら、保育所みたいな施設《しせつ》も検討しなければならない。

男女関係なく働いてもらっているし、せめてそのぐらいはサポートしなければ。

懸念《けねん》していた授業内容については、簡単な読み書きと足し算引き算ができることを目標に進めることとなった。

こっちの世界の初等教育がどのようなものかはわからないけど、文章を作成する能力や、四則演算ができるようになれば上等らしい。

それと、授業以前に深刻な問題が残っていたりする。

とある事情から、子どもたちには『学校へ通う』ことに慣れてもらう必要があるのだ。


学校が始まる前日のこと。

領主邸へ遊びに来ていた子どもたちに、「明日から学校が始まるぞー！　楽しみだろー？」なんてことを話していたのだが。

「がっこうってなに？」

「べんきょー？　おいしいの、それ？」

「ずっとおそとであそびたい！」

とまあ、見事なまでに子どもたちの反応が悪くてですね……。領主としてはガッカリするしかないわけですよ。お兄さんは君たちのことを思って学校を建てたんだけどなあ。

「……がっこうって、タスクおにいちゃんもくるの？」

ポッキリと折れてしまいそうな心を食い止めたのは、オレの膝《ひざ》に座る猫人族の女の子で、頭上の耳をぴょこぴょこと動かしてはこちらの様子を窺っている。

「お兄ちゃんは先生じゃないからなあ。皆《みな》と一緒に学校へいけないんだよ。ゴメンな？」

「そっか……」

見るからにしゅんと落ち込む女の子は、うつむきながら小声で、

「おにいちゃんがいっしょだったら、うれしいのに……」

……なんてことを言ってくれるわけだ。もうね、オレはこの時、決意を固めたワケですわ。

そうだ！　子どもたちと一緒に学校へ通おう！　……ってね。

……いや、違うんスよ、ロリコンとか、そういうんじゃないんスよ。マジで。マジでっ！

正直な話、聞いたこともない場所へ子どもたちをいきなり通わせるのは厳しいかなと、前々から思ってはいたのだ。

一緒《いっしょ》に遊んでいる大人たち、たとえばアイラやリアが一緒なら、子どもたちも安心して通えるようになるだろうし、教師経験のないルーカスだってサポートがいれば心強いはずだ。

そういうわけで、急遽《きゅうきょ》ではあるけど、しばらくの間は大人をひとり付き添《そ》わせることに決定。ローテーション制にすれば仕事にも支障をきたさないだろうしね。

給食はカミラたち戦闘《せんとう》メイドが担当してくれる。リアとクラーラが栄養バランスについて助言をし、それをもとにして献立《こんだて》を考えるそうだ。

ちなみに。

学校が始まる前、カミラは執務室へ姿を見せたかと思いきや、

「いくら子どもたちが可愛《かわい》いとはいえ、むやみやたらと、おやつをあげるのはお止めください。ご飯が食べられなくなってしまいます」

そんな具合に忠告しにきたもんだから、オレも言ってやったワケだ。

「当たり前だろう？　お菓子《かし》じゃなくて、食事でお腹《なか》をいっぱいにしないと。カミラたちが愛情を込めて用意してくれる給食を無駄にはできないからな！」

……と、こんな感じで応じながら、用意していたビスケットの入った袋《ふくろ》を、バレないよう執務机《しつむづくえ》の引き出しへ押し込んだりしてました。ハイ、駄目《だめ》な大人でゴメンナサイ……。

だってさ、いっつも美味しそうに食べてくれるんだよ、あの子たち。そんなの見たら、おやつあげたくなるじゃんか！

とはいえ、このまま続けていたらカミラになんて言われるか、わかったもんじゃないしな。

ファビアンを相手にしてる時みたく、毒を吐《は》かれたらと思うと恐ろしいし、ここはおとなしく止めておこう……。

授業は午前中のみ実施《じっし》されることになった。

子どもたちの集中力は長続きしないだろうという結論の下、給食が終われば下校となる。わずかな授業時間にもかかわらず、ルーカスの授業プランは見事なもので、短時間で色々なことを体験できる内容が整えられていた。

本人がこだわっていた芸術の授業についても、読み書きの授業と計算の授業の合間に行うことで、息抜《いきぬ》きを図っているらしい。

芸術の授業が息抜きになるのかと疑問に思えたものの、授業内容としてはお絵かきしかやっておらず、しかも子どもたちには好き勝手に描《か》いていいと伝えているそうだ。

「最初から堅苦《かたくる》しいテーマや絵を描く手法を叩き込んでもつまらないでしょう？　自由に

のびのびと、なにより楽しんでもらうことが重要なのですよ」

そう言ってルーカスは白い歯を覗《のぞ》かせる。てっきり、芸術家としての英才教育を施《ほどこ》すもんだと思っていたので、かなり意外だ。

それはそうと、子どもたちが絵を習い始めたと知った一部の同人作家が、将来有望なアシスタントにと青田買いの様相を呈《てい》し始めたので、それは全力で阻止《そし》する。

はい、そこ、ソフィアとグレイス！　自作のチョコレートで子どもたちを釣《つ》らない！

……ったく、油断も隙《すき》もないな。

クラウスはクラウスで。

「絵を習わせるんなら、将棋《しょうぎ》も習わせようぜ！　頭を使うし、勉強の役に立つからよ！」

と、猛《もう》プッシュしてくる始末。授業じゃなくて、普通《ふつう》に遊んでやればいいだけだろう？

あ、そうそう。クラウスといえば、試作のマンガが何冊か完成したということで、それは読み書きの教材として使わせてもらうことになった。

マンガなら手っ取り早く文字に触れられるし、授業にうってつけだ。子どもたちには楽しみながら読み書きを学んでもらいたいしね。

それと、これは余談になるんだけど、学校を終えた子どもたちは、探検がてら、大人たちが働いている職場を巡《めぐ》っているようで、オレがいる米畑にも姿を見せるようになった。

見様見真似《みようみまね》で収穫を手伝う様子は健気《けなげ》で可愛い。子どもたちの話によれば、職場巡りにも人気があるらしく。

一位はチョコレート工房、二位は菓子工房《かしこうぼう》、三位がオレのいる米畑だそうだ。

一位、二位に関しては「お菓子がもらえるから」というのが人気の秘密だそうで……。

くっそー、お菓子で人気取りとかさ、大人たち卑怯《ひきよう》じゃないか？　オレが子どもたちへおやつをあげるのをどれだけ我慢《がまん》しているのか、あいつらわかってんのかね？

とはいえ。逆説的に考えれば、おやつをあげていないにもかかわらず、三位に食《く》い込むオレってば、相当な人気者なんじゃなかろうかと。

いやあ、やっぱり子どもたちに慕《した》われる領主を目指しているわけでね。子どもたちの素《す》直《なお》な感性には、それがわかっちゃうんだろうなあ。

……ってね？　そういうことを考えていたんですよ。でもねえ、子どもたちの正直さっていうのは時に残酷《ざんこく》なものでして、ニコニコしながらこんなことを言うわけです。

「あのね！　ここにくると、しらたまとあんこにあえるから！」

「せなかにのって、いっぱいはしってくれるの！」

子どもたちの声に「みゅ！」という鳴き声を上げて応える二匹のミュコラン。ドヤ顔をするな、ドヤ顔を。

いや、わかってた、わかってたよ。ふわふわもこもこしてるもんな……。子どもたち、そういうの大好きだもんな……。

時折、子どもたちに交じって、ヴァイオレットがはしゃいでる姿を見ないこともないんだけど。仲良く遊んでるみたいだから、なにも言うまい。

第15章　夏祭り

学校が開かれてから、しばらく経《た》ったある日のこと。

夕食後のお茶を楽しみながら、オレはここ最近考えていたことをみんなに相談していた。

「……歓迎会《かんげいかい》？」

「そう、猫人族たちの歓迎会。開いてやりたいなって思ってさ。どうだろう？」

突然《とつぜん》の発言に反応したのは隣に座るクラウスで、ティーカップをテーブルへ戻《もど》しながらこちらを見やった。

「歓迎会をやることは賛成だけどよ、猫人族の性格上、きっと辞退すると思うぜ？」

それだ。それが今回、歓迎会を開こうと思い立った理由のひとつでもある。

ここで暮らし始めてしばらく経つというのに、移住してきた猫人族はいまだよそよそしく、要するになにをするにも遠慮気味なのだ。

他の領民に対しても敬語みたいだし……。今までの環境《かんきょう》が劣悪《れつあく》だった分、現状に戸惑《とまど》っているのかもしれないけど、それがいつまでも続くようでは困る。

領民の中には上も下もないし、領主であるオレですら、普段《ふだん》の会話がタメ口でも問題ないと思ってる――ハンスにはしめしを付けてくださいって怒《おこ》られるけど――からなあ。

もうひとつの理由は……。ま、これはあとで話すとして。

とにかく、一刻も早く領地に親しんでもらうため、他の皆との交流を図ってもらうためにも、手段を講じるべきだと考えたのだ。

「歓迎会を装《よそお》った、別の催《もよお》しを開くのはどうかなって。それなら領民みんなが参加できるし、猫人族も遠慮することがないだろう？」

「おっ。いいアイデアがあるのか？」

「もちろん！」

テーブルに座る面々の視線が集まるのを確認《かくにん》してから、オレは続けた。

「夏祭りを開くのさ！」

夏祭り、という言葉に慣れていないのか、みんなの反応はイマイチで、頭上に疑問符《ぎもんふ》を漂わせている。こちらの世界のお祭りといったら、年越《としこ》し兼新年を祝う祭りと収穫祭《しゅうかくさい》しかないって話だしなあ。夏になにを祝うんだって思われても当然か。

「地域ごとにローカルなお祭りがあるというのは、文献《ぶんけん》で読んだ記憶《きおく》がありますけど……。

夏祭りというのもそういうものなのですか？」

リアが小首を傾《かし》げつつも、学術的関心の眼差《まなざ》しを向けている。

『お盆《ぼん》』の概念《がいねん》は説明しにくいし、ざっくりと日本で開かれる祭りがどんな感じかだけを伝えればいいかな？

というわけで、

「夏祭りというのは様々な露店《ろてん》が設けられて、浴衣《ゆかた》っていう伝統衣装《いしょう》を羽織りながら、飲み食いや遊びを楽しんだり、歌ったり踊《おど》ったりしながら過ごすイベントなんだよ」

……と、割愛《かつあい》にも程《ほど》がある解説をすることに。『盆踊《ぼんおど》り』のことを歌ったり踊ったりって説明するのは我ながらどうかとは思ったけど。

こういうことは楽しい雰囲気《ふんいき》が伝わることが重要なのだ。細かいことは気にしない！

それに、こんな雑なレクチャーでも興味を引くことには成功したようで、アイラなんかはテーブルに身を乗り出しながら、頭上の猫耳をぴょこぴょこ動かしている。

「た、タスクよ。その、飲み食いというのは露天商が提供するのかえ？」

「ああ。いろんな店があってな。焼きとうもろこし、イカ焼き、あんず飴《あめ》。あと、こっちの世界にはないけどたこ焼きっていう料理とか」

「ふ、ふ〜ん……。実際に食べたことがないから、なんとも言えんが……。なかなかに良さそうな催しではないか」

これといって関心がなさそうな表情を見せつつも、アイラはこれ以上なくしっぽを激しく揺《ゆ》らすのだった。素直じゃないなあ、まったく。

続けて声を上げたのは褐色《かっしょく》の美しいダークエルフで、はいっはいっと勢いよく挙手をしながら、キラキラとした瞳を向けている。

「ねえねえ、タックン☆　その、ゆかた？　っていう服、カワイイの？」

「そうだな。シンプルなやつだけじゃなく、可愛らしいやつもあって、女の子の人気も抜《ばっ》群《ぐん》だよ。夏祭りデートコーデの鉄板だね」

「デートっ⁉　うきゅ〜♪　ウチ、そのゆかたっていうの、作ってみたいなっ★」

カワイイとデートというキーワードが響《ひび》いたらしく、想像の世界に翼《つばさ》を広げているのか、ベルは身悶《みもだ》えを始めた。

他の面々も夏祭りというものについておおよそのイメージができたらしく、場の雰囲気は強い興味に取って代わりつつある。

隣同士《となりどうし》で声を交《か》わし合っている様を眺めやりつつ、オレは声を上げた。

「露天商に関しては、グループをいくつか作って飲食物を用意してもらおうと考えている。店番も交代制にすれば、みんなで祭りを楽しめるだろうしね」

「同じ料理を用意する可能性もあるんじゃねえか？」

「事前に申告《しんこく》してもらうよ。被《かぶ》るようなら、グループ同士話し合いで調整だな」

「じゃ、俺《おれ》はから揚《あ》げ屋でもやるかな。一番乗りだから真似《まね》すんなよ？」

声高らかに宣言するクラウスに、驚《おどろ》きの眼差しを向けるアルフレッド。

「えっ!? ご自身で露天商を引き受けられるおつもりですか？」

「あったりまえだろぉ？ こういうのは楽しんだもん勝ちなんだよ。第一、他人事じゃねえんだぞ、アル。お前にも手伝ってもらうからな？」

「ぼ、僕も、ですか？」

「タスクが言ってただろうが、グループ作るって。お前も俺と一緒にやるんだよ」

そう言って、半ば強引《ごういん》に自らのグループを結成し始めるクラウス。話が早くて助かると言うか、気が早いと言うか……。

「はいはいはいっ！ それじゃあボクも！ ボクも露天商やりたいです！」

続いて手を上げたのはリアで、こちらはカレー屋をやりたいそうだ。

「リアちゃんがやるなら、私も参加するわ！ 当然よね、だってそこには愛があるも……」

胸を張るクラーラの言葉を遮《さえぎ》り、ジゼルが口を開く。

「お姉さまが参加されるなら私も！ だって、そこには愛がありますからっ！」

「アンタはいいのよっ、やらなくてもっ……！」

「ああん、いけずです、お姉さまっ！　お供させてくださいぃ！」

……と、こんな感じで夏祭りは開催《かいさい》する方向でまとまりつつあり、とにもかくにも一安心。

早々に準備を進めようと思いやっている最中、エリーゼが控《ひか》えめな口調で問い尋《たず》ねた。

「と、ところで、タスクさんはなにをやられるのですか？」

「オレ？」

「は、はい。タスクさんもお店を出されるのかなって思って……」

む、なかなかに鋭《するど》い。エリーゼの言う通り、夏祭りを開こうと考えた時、オレ自身も露店を開こうと思っていたのだ。

そしてこれが夏祭りを開く、もうひとつの理由でもあるのだが……。それはまた別の話に。

生来の宴会《えんかい》好きな性格が幸いしてか、領民たちの夏祭りに対する理解力は異常に早い。決行するぞと声をかけて間もなく、露天商をやりたいというグループが続出。飲食の提供は問題なく行われることとなった。

ちなみに結成されたグループはこんな感じ。

○クラウス・アルフレッド・ソフィア率いる同人作家組……提供料理「から揚げ」
○リア・クラーラ・ジゼル率いるハーフフット組……提供料理「カレー」
○エリーゼ・ベル率いるハイエルフ・ダークエルフ組……提供料理「惣菜《そうざい》パン」
○ヴァイオレット・フローラ率いる妖精《ようせい》組……提供料理「花と果物を使ったドリンク」
○ハンス・ガイア率いるワーウルフ組……提供料理「羊肉の香草焼き」
○ロルフ・グレイス率いる翼人族・魔道士《まどうし》組……提供料理「合作による新作デリート」

各グループからの申し出を記載《きさい》したメモに目を通す。提供時に必要となる設備等々は別《べつ》途《と》用意すればいい。構築《ビルド》できるものはオレが作るし。

あと、アルフレッドに関してはグレイスと一緒のグループになりたかったようで、どうにかできないかと最後まで粘《ねば》っていたけど、なんせ、クラウスに捕まっちゃったからなあ。今回は諦《あきら》めてもらおう。

それと、提供する飲食物に関してはすべて無料にした。初めての試みだし、予算はすべて領地の財政で負担する。

金銭面に関しては、次回以降協議をしていけばいい。猫人族の歓迎会も兼《か》ねているのだ。今回はみんなで楽しもうじゃないか。

……そう。せいぜい楽しませてもらうぞ？

「それで？　おぬしの計画とやらは問題ないのかえ？」

執務室のソファに横たわりながら、アイラが呟《つぶや》く。

「ああ。みんなの出方は把握《はあく》した。当初の計画に変更《へんこう》はない」

「しっかし、おぬしもまどろっこしいのう。わざわざこんなことをせんでもよいではないか」

「誰《だれ》が一番なのか。みんなが揃《そろ》った場所で、それを証明する必要があるんだよ」

「そういうもんかのう？　……まあよい。おぬしとは共犯の身じゃ。せいぜい付き合ってやるとするか」

そう言って寝返《ねがえ》りを打つアイラ。部屋の片隅《かたすみ》ではカミラが物静かに佇《たたず》んでいる。

「……カミラ。今回はメイドたちにも手伝ってもらうぞ？」

「かしこまりました。子爵《ししゃく》の仰《おお》せのままに……」

頭を垂れるカミラに満足感を覚えながら、オレはメモの一番下へグループをひとつ書き足した。

○タスク・アイラ・カミラwith戦闘メイド組……提供料理「当日までのお楽しみ」

迎《むか》えた夏祭り本番の夜。

領地の中央部では各グループが露店を構え、それぞれに腕をふるっている。

いたるところに設けられたたいまつが会場を照らす中、食欲を掻《か》き立てる香りがあちこちから漂い、領民たちは早くも盛り上がりを見せている。

酒を片手に語り合う人もいれば、肩《かた》を組んで歌う人たちもいて、日本の夏祭りとは少し違うけれど、これはこれで風情《ふぜい》があっていいものだ。

猫人族たちも楽しんでくれているようだし、子どもたちは目をキラキラさせながら会場内を所狭しと駆け回っている。

その姿を視界に捉《とら》えながら、オレは静かに闘志《とうし》を燃やしていた。

歓迎会を兼ねて祭りを開きたかった、もうひとつの理由。それを叶《かな》える日がついに……、ついにやってきたのだっ！

「……やる気を出しているところ、申し訳ないがの」

今朝、狩りで捕《つか》まえたばかりの十角鹿をさばきつつ、アイラは呆《あき》れがちにオレを見やる。

「子どもたちの一番人気を取り戻すため、祭りを開くというのは、やはり大げさな気がしてならんというか……」

「なにを言うんだ、アイラっ！　お前だってオレの悲しみがわかるだろう⁉」

学校が始まる前、毎日のように遊びに来ていた猫人族の子どもたち……。おにいちゃん、おにいちゃんと慕ってくれたあの愛《いと》しい子どもたちがだぞ？

学校が始まってからというもの、翼人族や魔道士《まどうし》たちが提供するお菓子に釣られ、オレの元を離《はな》れていくという屈辱《くつじょく》っ……！

畑にやってくる子どもたちもミュコランが目当てだし……。

ここらで誰が子どもたちに好かれているか、そして人気があるかを証明する必要があるんだよっ！

「この時のために用意したスペシャルメニュー『お好み焼き』と『超甘《ちょうあま》いちご飴』！　領地ではまだお披露目《ひろめ》していない、このふたつの料理があれば、子どもたちの笑顔《えがお》をこの手に取り戻せるのだ！」

「うむ。やはりおぬしは阿呆《あほう》ぅじゃな。それに付き合う私も私じゃが……」

「私がおやつを渡《わた》すことを禁じたばかりに、子爵がこのようなくだらないことをするとは」

アイラから肉を受け取ったカミラが残念そうに呟く。ふふ……、なんとでも言うがいい。すでに賽《さい》は投げられた。後戻《あともど》りは出来ないのだよ！

お好み焼きもこの日のために研究に研究を重ねてきたのだ。そしてなにより男の子はソース味が大好き！　鉄板の上でソースが焼ける匂《にお》いにつられて、わんぱくなキッズたちが集まること間違《まちが》いなしである。

女の子たちにはいちご飴でおもてなしだ。日本でも流行《はや》った映《ば》えるスイーツなら、キュートなガールのハートのキャッチもイージー！

「カミラよ。私はたまに自分の夫が不安になるんじゃが……」

「アイラ様。こういう時こそ、奥方《おくがた》として子爵を支えて差し上げねばなりません」

……なんか後ろでヒソヒソ話し合っている声が聞こえるけど……。まあ、いい。

子どもたちの人気を取り戻すふたつのメニューを用意してきたとはいえ、不安がないわけではない。子どもたちから支持を集めているロルフ・グレイス率いるグループが、どのような新作デザートを提供するのかわからなかったからだ。

とはいえ。とはいえ、ですよ？

子どもたちは普段から甘《あま》いものを食べ慣れているだろうし。よほどでない限り、斬新《ざんしん》なメニューを提供する我々の勝利は疑いようもないな！

……そう、まさにいましがたまで、そんなことを思っていたんだけど。

遠くから響き渡るロルフの声に、オレは衝撃《しょうげき》を受けてしまったのだ。

「さぁ、いらっしゃい！　チョコレート工房《こうぼう》と菓子工房の新作デザート！　『チョコレートクッキーアイス』はいかがですかぁ!?」

……ちょ、チョコレート、クッキー……アイス……だとっ……!?

迂闊《うかつ》だった！　少し考えれば、ふたりのノウハウを合わせた新作スイーツを提供することぐらい考えられたじゃないかっ！　チョコにクッキー、そしてアイス……！　魅惑的《みわくてき》な三重奏に、子どもたちは抗《あらが》えないっ！　なす術もない！

「のう、カミラ……。あやつ、さっきから何をブツブツ言っておるのだ？」

「そっとしておいてあげましょう」

ああ、子どもたちが一斉《いっせい》にアイス目掛《めが》けて駆《か》け出していくのが見える！　くそう！　オレはここでも負けるのか！　デザートに屈《くっ》してしまうのか!?

「そろそろ止めたほうがいいと思うんじゃが……？」

「我々は準備を進めるだけです。言われた通り、調理を進めましょう」

……いや、諦めるのはまだ早い。ソースの焼ける匂いが上がれば、いちご飴の映えっぷりがわかれば、そこに勝機を見いだせるはず！

その瞬間《しゅんかん》、今度はベルの朗《ほが》らかな声が会場中へ響き渡った。

「は〜い☆　タックンお手製の石窯《いしがま》で焼いた、アッツアツのピザできあがったよー♪」

ぴっ、ピッツァ……だってぇ⁉

ば、バカな……。エルフ合同チームは惣菜パンの提供じゃなかったのかっ……!?　だからこそ喜んで巨大《きょだい》な石窯を構築《ビルド》したというのに、恐《おそ》るべし、エリーゼとベルの知略っ！

「おい。おい、タスク。こっちの準備できたぞ。できたと言っておろうに」

「アイラ様……、ここは落ち着くまでそっとしておいてあげましょう」

こうしちゃいられない。みんなが本気を出してきた以上、オレも反撃《はんげき》に転じなければ！

きびすを返した先では、我が戦友アイラがオレの到着《とうちゃく》をいまや遅《おそ》しと待ち構えている。

「おっ。ようやく戻ってきたかタスク。準備はできておるぞ」

「任せろアイラ。オレは今から、鉄板の鬼《おに》と化す！」

「えっ？　あっ、ハイ……」

「では我々メイド一同は『超甘いちご飴』に取り掛《か》かりますので」

「頼《たの》んだぞ、カミラ。いや、いちご飴の女神《めがみ》っ！」

「そういう面倒《めんどう》くさいのはファビアン様だけで十分ですので」

待ってろよ、子どもたち！

オレたちの本当の戦いはこれからだ！

——自分を見失ってから、いったいどれ程の時間が経っていたのか……。

正気を取り戻したオレが目にしたのは片付けに勤《いそ》しむメイドたちと、グループを抜《ぬ》け出し、チョコレートクッキーアイスに舌鼓《したつづみ》を打っているアイラの姿である。

子どもたちのためにと用意した『お好み焼き』と『超甘いちご飴』だったものの、ソースの香りや映えるスイーツへ真っ先に反応したのは大人たちで。

「領主様が見たことのない新作料理を作ってる」とか、「美味《おい》しそうな匂いがする」なんて声がたちまち会場中を駆け巡り、あっという間に長蛇《ちょうだ》の行列ができてしまった。

それを見た子どもたちは「空いているところにいこう！」と、他の露店に行っちゃうし。

オレとしても、まさか「大人たちはダメだ！」なんて言えるはずもなく。

行列をさばくため、無我夢中《むがむちゅう》でお好み焼きを焼いていたものの、行列がなくなるより早く材料が尽《つ》きてしまい。

結果として、子どもたちにお好み焼きといちご飴を食べさせることができないまま、打ち止めを迎えることとなってしまった。

……フフ、子どもたちの人気を取り戻す完璧《かんぺき》なプランが、ここまで見事に崩《くず》れ去るとはな。

「何度も申し上げておりますが、子爵は誰よりも慕われております。ご安心くださいませ」

片付けの手を止めてカミラが口を開く。……そうは言うけどさあ。せっかくの機会だし、オレの作った料理で喜んでほしかったっていうか。

「ご心配は無用でしょう。子爵がこのような場を設けなければ、あのような笑顔は見られなかったのですから」

戦闘メイドが目をやった先では、いつの間にか浴衣に着替《きが》えたベルが、猫人族の子どもたちに浴衣を着付けている。

先日、「浴衣っていうのはこんな感じの服で……」と、ベルにイラストでイメージを伝えたのだが、ダークエルフのデザイナーの手によって完成したそれは、日本で見る浴衣となんら変わらず、見事なものに仕上がった。

同じく浴衣に着替えたエリーゼは、猫人族の女の子を相手に髪《かみ》を整えてあげている。お団子ヘアや編《あ》み込《こ》みなど、浴衣に似合うヘアスタイルに、女の子たちも猫耳《ねこみみ》をぴょこぴょこ動かして笑顔を浮かべていた。

男の子たちも、会場中を所狭《ところせま》しと駆け回り、負けじとはしゃいでいるようだ。

……そうだな。計画は失敗したとはいえ、子どもたちの元気な姿が見られただけでも満足しなきゃな。猫人族の大人たちも、だいぶ打ち解けてきているみたいだし。夏祭りの試みは成功だったと思うことにしよう。

「タスクさ〜んっ！」

陽気な声で登場したはリアとヴァイオレット、それにクラーラとジゼルで、揃って浴衣に着替えている。

リアは髪色《かみいろ》と同じ淡《あわ》い桜色をしたものを、ヴァイオレットは名前と同じ艶《あで》やかな紫色《むらさきいろ》をしたものをまとい、どことなく気恥《きは》ずかしそうだ。

「えへへへへー！　どうですか⁉　カワイイですかっ⁉」

「おお、カワイイぞ、リア！　ヴァイオレットもキレイだし、みんなよく似合ってる！」

「き、キレイだなんて……。そんな……」

頬《ほお》を染めて身体をもじもじとさせる女騎士《きし》を眺《なが》めやりつつ、オレはリアに問い尋ねた。

「ベルが用意したのか？」

「せっかくの機会だしって！　ボクたちみんなの分を用意してくれたんですけど」

「けど？」

「アイラさんだけは着るのは嫌《いや》だって言って、いつの間にかいなくなっちゃって」

なるほど。アイスを頬張《ほおば》る前にそんなことがあったのか。いまは場所を移動して、クラウスと談笑《だんしょう》しながら、から揚げを食べてるみたいだけど。

一緒にそれを眺めやっていたカミラは、深くため息をついて「アイラ様も子どもっぽいところがございますね」と呆れがちに呟いた。

「ベル様がせっかく用意してくださったのです。こういう機会でないと着られないのですし、お召《め》しになられるべきなのでは？」

「あっ、そうだっ。ベルさんから伝言なんだけど、カミラの分も用意してあるって」

「……は？　わっ、私の分です、か？」

「そうそう！　浴衣カワイイし、カミラも一緒に着ようよ！」

「い、いえ、そんな恐れ多い……。メイドとして仕事が残っておりますし……」

「なに、少しくらいなら構わないだろう。行こうではないか、カミラ殿《どの》」

「た、タスク様っ。どうかおふたりを止めて……」

「うん。いいんじゃないか。オレもカミラの浴衣姿《ゆかたすがた》見てみたいし」

「決まりだね！　それじゃあ行こっか、カミラ！」

「あっ、そんな！　リア様、手を引っ張ら……」

両腕《りょううで》をリアとヴァイオレットに掴《つか》まれたまま、カミラは強引に連れ去られていく。

片付けは残ったメイドたちと一緒に、オレがやればいいだけの話だしな。

三人を見送っている最中、残ったジゼルが呟いた。

「この浴衣っていう服、領主さんの故郷の伝統衣装なんですよね？」

「うん、そうだよ。気に入ったか？」

「ええ、とても！　私、この土地へ来てから色々な体験ができて、本当に嬉《うれ》しくて！」

クラーラの腕《うで》に掴まりながら、満面の笑顔を浮かべるダークエルフの少女。考えてみれば、ジゼルも国の中では厄介者扱《やっかいものあつか》いされていたんだっけ。

今回の夏祭りが、彼女《かのじょ》にとってもいい思い出になったならオレも嬉しい。

夏祭りも成功したし、皆も楽しんでくれている。ひとまずは良かったと思うべきだろう。

個人的に残念なのは、アイラの浴衣姿を拝められなかったことぐらいか。絶対似合うと思うのに、色気より食い気が優先するからな、あいつ。

そんなことを考えていると、エリーゼに連れられて、猫人族の子どもたちが浴衣姿を披《ひ》露《ろう》しに来てくれた。

抱《だ》きついてくる子どもたちの頭を次々に撫《な》でてやりながら、よく似合ってるよと声をかける。照れくさそうに笑う顔に頬を緩《ゆる》めつつ、祭りの夜はふけていった。

「さ、流石《さすが》に疲《つか》れたな……」

誰に言うまでもなく呟いて、寝室《しんしつ》のベッドへ倒《たお》れ込む。

あれからしばらく片付け作業をやっていたのだが、次から次に酒を勧《すす》める領民たちが現れては、そのたびに手を止めねばならず。

しまいには残った戦闘メイドたちから「あとは我々にお任せください。というよりも、領主様がいると作業が進みませんので……」と、追い出されてしまったのだ。

それからというもの、色々な人たちと酒を酌《く》み交わし、子どもたちの前でボディビルのポージング大会を始めようとするハンスとワーウルフたちを止め、クラウスにこき使われているアルフレッドを解放し、グレイスの元へ行かせてやったり……。

つまるところ、どこへ行ってもなんだかんだと忙《いそが》しく、隙を見て、逃《に》げ帰《かえ》るようにして領主邸《てい》へ戻ってきたというわけなのだ。

「でも、喜んでくれてたし。夏祭り、やってよかったな……」

寝返りを打って仰《あお》向《む》けになった、その時。寝室のドアをノックする音が聞こえたのだ。

「どうぞ、開いてるよ」

返事と共に現れたのはアイラで、言葉もなく、しずしずと部屋の中へ進み出る。

声が出なかったのはオレも同じで、赤面したアイラの浴衣姿に息を呑《の》み、ただただ見惚《みと》れることしかできない。

白地に藍色《あいいろ》と黄色の花が大きくデザインされた浴衣から、透《す》き通るような肌《はだ》が覗いて見える。栗色《くりいろ》の長くつややかな髪も、アイラにしては珍《めずら》しくワンサイドでまとめられ、美しく細い首元が強調されていた。

「べ、ベルがどうしても、どうしてもと言うからな？　着てやったのじゃ……」

「お、おう……」

「……ほ、他になにも言うことが無いのか、おぬしは」

「……あ。悪い、あまりに似合ってるから、ついまじまじと見ちゃって」

頭上の猫耳がピクッと動く。

「ふ、ふ～ん……。に、似合っておるか？　そ、そうか？」

「うん。とってもカワイイぞ」

「っ……！　そ、そうじゃろ……、そうじゃろ！　当然じゃ！　私が着たのだからな！」

褒《ほ》められたことで上機嫌《じようきげん》になると、アイラはそのままベッドに腰《こし》を下ろした。

「なかなかに楽しい催しじゃった。これだけ楽しいならば、季節ごとにやりたいものじゃな」

「そうだな。オレの計画はダメダメだったけどさ。子どもたちも喜んでくれたし、定期的に祭りを開くのもいいかもな」

身を起こし、アイラの隣《となり》に腰掛《こしか》ける。オレの腕にぽすんと頭を預け、アイラは口を開いた。

「じ、実を言うとな。私はおぬしの計画が上手《うま》くいかないことを願っておった……」

「いやいや、子どもたちには慕われたいだろ？　上手くいかないことを願うなって」

「し、仕方ないであろうっ！　子どもたちがおぬしにくっついて回るようでは、私として

もやりにくいというか、その……」

「……？」

「お、おぬしに、あ、甘えにくいというか……」

言い淀《よど》んだまま、アイラは押《お》し黙《だま》る。腕に押し付けられた顔からみるみるうちに熱が伝

わり、頭上からは蒸気が立ち上っているようにも思えた。

「なんだよ、甘えたいなら、いつでも甘えて貰《もら》って構わないんだぞ？」

「そ、そうは言うが……。こ、こっちとしても心の準備がっ……！」

たまらずアイラを抱きしめて、そのままベッドに押し倒す。

「にゃっ……！　にゃにを……」

「ご期待に応えるべく、甘えさせてあげようかなって」

「こ、このような状態で、あ、甘えるとか…」

「いやあ、そこは頑張《がんば》ってほしいなあ。ね？　アイラさんや」

「お、おぬしという男は本当に……」

「はいはい、文句は後で聞きますので。いまは……ね？」

潤《うる》んだ瞳《ひとみ》と共に阿呆ぅと囁《ささや》く声が耳元に届く。そして、しなやかな腕が背中に回された。

祭りの余韻《よいん》に浸《ひた》る歓声《かんせい》が窓の外から響き渡り、多少うるさくしたところで誰にも気付かれないだろう。……多分。

甘い夜は過ぎていき、こうしてはじめての夏祭りは無事に幕を下ろした。

第16章　商業都市フライハイト

天界族がやってきた。

ハンスがスカウトした『フットマン』と呼ばれる男性たち四十人である。

とにかく印象的だったのはその筋肉で、着ているシャツがはちきれそうなほどに、隆々《りゅうりゅう》とした肉体を誇《ほこ》っている。ガイアなんか、作業を放り出して見学にやって来たほどで、

「なかなか見事な筋肉！　我らと共に『マッチョ道』を極《きわ》めませんかな⁉」

……と、片《かた》っ端《ぱし》から勧誘《かんゆう》しまくってたし。何人かは興味津々《きょうみしんしん》で話を聞いていたみたいだけど、アレだな。同じマッチョとして、通じあえるなにかがあるんだろうな。

ともあれ、これでようやく市場建設に取り掛かることができる。

建築作業はオレも時折参加すると決めていたけど、現場の責任者はハンスへ任せることにした。天界族の中でも伝説の執事《しつじ》と謳《うた》われた人物なのだ。人望があるだけでなく、適切な作業指示や全体の工程管理も務めてくれるだろう。

唯一《ゆいいつ》、気になる点は、遠く離れた米畑にも工事現場の声が届くことで……。

「ナイスバルク！　筋肉が輝《かがや》いてるよ！」

「その筋肉を育てるには、眠《ねむ》れない夜もあっただろう！」

「お前の背中、満月熊乗せてんのかいっ！」

ここではすっかりお馴染《なじ》みとなったボディビルの掛け声も、慣れていない人たちには当然ながら奇妙《きみよう》に思えるらしく。

「タスクおにいちゃん……。あのこえ、なぁに？」

……なんて具合で、収穫《しゆうかく》の手伝いをしてくれている猫人族《ねこじん》の子どもたちが怯《おび》える始末。

大丈夫、怖《こわ》くないよ。あのお兄さんたち、ちょっと変わってるだけだからね？　あの声も「みんなで一緒《いつしよ》にがんばろう！」って、そういう意味だから、ね？

こんな調子で、子どもたちのケアをするハメに。なんでオレがマッチョたちのフォローをせにゃならんのだ。

とはいえ、このままでは子どもたちの前でも半裸《はんら》でポージング合戦しかねないからな。ハンスたちにはよくよく言い聞かせておこう。

……で、肝心《かんじん》のオレはなにをしているかといえば、最近はひたすら米作りに没頭《ぼつとう》している。

大陸中へ米食を普及《ふきゆう》させるためには稲作《いなさく》を拡張する必要があるし、味だってもっと向上できるはずだ。

米は子どもたちにも受けがよく、給食で提供される焼きおにぎりは人気の献立《こんだて》となった。自分たちが収穫を手伝っただけに、愛着もあるのかなと思っていたんだけど　純粋《じゅんすい》に美味しいと思ってもらえているらしい。普及する自信に繋《つな》がるね。

そういった理由で稲作にかかりっきりということもあり、他の仕事に関してはほぼノータッチである。それぞれの責任者に任せっきりで、確認事項《かくにんじこう》や報告、問題や相談があれば話を聞くといった日々なのだ。

ノウハウのない仕事へ口を挟《はさ》んだところで邪魔《じゃま》になるだけだしな。ここには各分野のプロフェッショナルが揃っているし、仕事には全幅《ぜんぷく》の信頼《しんらい》を寄せている。各々《おのおの》の裁量下で自由にやってもらいたい。

そんなある日のこと。執務室《しつむしつ》へ駆け込んできたのはクラウスで、「ついに完成したぞ！」と、マンガ本を片手に歓喜《かんき》の声をあげるのだった。

完成品は試作のものより装丁《そうてい》が美しく、上質な紙に印刷されていることがわかる。

「なっ、なっ？　すげえだろ⁉」

珍しく興奮しているハイエルフの前国王を制しつつ、ペラペラとページをめくっていく。

うん、落丁もなさそうだし、実に見事な出来だ。

「エリーゼとソフィアには見せたのか？」

「いや、これからだな。まずは領主であるお前さんに見せようと思ってよ！」

これだけのものが作れたのだ。作者であるエリーゼとソフィアも喜ぶに違《ちが》いない。できるだけ早く見せてやれよと応じつつ、オレはマンガ本を返した。

「猫人族もよくやってくれたよ。仕事を覚えるのは大変だっただろうが、いいものが作れた」

「それはよかった。あとは部数を増やしていくって感じか？」

「そうだな！　大陸中へ普及させるためにも、ガシガシ増産体制に入んねえとな！」

クラウスの言葉は情熱に満ちたもので、その熱意に圧されながらも、オレは前々から気になっていたことを尋ねることにした。

「そういやさ、聞こう聞こうと思っていて、聞いてなかったことがあったんだけど。これ、いくらで売るつもりなんだ？」

紙は高級品と聞いていたし、これだけ見事な代物《しろもの》なのだ。商品としては結構な値段になるんじゃないかと考えたのである。大人も読むとはいえ、メインターゲットは子どもたちだし、お小遣《こづか》い程度で買える金額でなければいけない。

「心配すんなよ。近所のガキどもが小遣いを出し合って買えるような値段にするからさ」

……それ、完全に元が取れてないだろ？　子どもたちがお金を出し合って買えるようなレベルじゃないぞ、これ。

その指摘《してき》に、クラウスは頭をボリボリとかきむしりながら、投げやり気味に応じてみせる。

「いいんだよ。赤字になったところで問題ねえんだ」

「赤字は大問題だろうが」

「だぁっ！　うっせえなぁ！　赤字になってる分は俺自身が負担するからいいんだって！」

「……なんだそれ？　どういうことだよ」

しまったと言わんばかりのクラウスを追求すると、私財をなげうって出版事業を行っていたことがもれなく判明。

以前、「事業資金に」と手渡《てわた》した妖精鉱石についても、まったく手を付けておらず、ひとつも売却《ばいきゃく》していなかったそうだ。……おいおい、マジかよ。

低価格で販売《はんばい》するマンガは、その損失分を自分で補填《ほてん》するつもりだったらしい。

「いいんだよ。どうせ使わず貯《た》め込んできた金だ。死んだところであの世には持っていけねえだろ？　だったら未来のために有効活用しないとな」

「……あのなあ。出版は領地の事業でもあるんだぞ？　金がかかるなら相談しろよ」

「アホ抜かせ。俺のワガママで取り掛かった事業なんだぜ？　オレが勝手にやりだしたようなもんだし、てめえのケツはてめえでぬぐうさ」

「そうは言うがな、オレも共同出資者なんだ。いわば共犯みたいなもんだから、遠慮《えんりょ》せず妖精鉱石を売って、資金の足しにしてくれって」

「領地の開拓《かいたく》にはまだまだ金がかかるだろうが。こんなくだらないことにお前さんの大事な金を使えるかよ」

「くだらないとか言うなよ。オレにしてみてもマンガは大事な事業なんだ。それに、大変なことを黙ったままにされていたのは寂《さび》しいぞ。オレたち、友達だろう？」

友達、という言葉が響いたようで、ハイエルフの前国王は気まずい表情を浮かべている。

いじけたように「だってよぅ……」と小声でブツブツ呟く様は、見た目相応の少年っぽさを思わせる。この人、一応、九六〇歳《さい》なんだけどなあ。

……はあ、まったく。

普段《ふだん》はめちゃくちゃ頼《たよ》りになるのに、不思議と頑《かたく》なな所があるよな、クラウスは。

とにもかくにも、アルフレッドを呼び寄せて緊急《きんきゅう》の対策会議を始めることに。

アルフレッドは現状の赤字額に驚いていたものの、すぐに財務改善の計画に取り掛かってくれた。

話し合いの結論としては、価格帯の異なるマンガを作り、販売と普及に努めるということで決着。

紙や印刷品質に優《すぐ》れた高価なマンガ本は貴族や上流階級向けに販路《はんろ》を確保。一般庶民《いっぱんしょみん》向けのマンガ本は、紙の品質を落とし、合間合間に宣伝広告を挟むことで低価格を実現させる。

この宣伝広告に関しては、「面白《おもしろ》い試みじゃないか！　ぜひ、僕《ぼく》の店を宣伝させてくれ！」と、ファビアンが快く引き受けてくれたこともあり、すんなりと出資者が決まった。

とはいえ、出版事業がギリギリなことには変わらず、軌道《きどう》に乗るまでにはまだ時間がかかりそうだ。先行投資に赤字はつき物っていうけどさ……。

「任せっきりだったオレも悪いけど、今後はもっと相談しろよな？」

「わかった！　わかったたって！」

言ったきり、クラウスはソファに倒れ込む。流石に少しは反省しているようだ。

「お話中のところ、失礼します」

ノックと共に姿を見せたのはカミラで、一礼した後、領地へジークフリートとゲオルクがやって来たことを知らせてくれた。

「そうか、ありがとう。来賓邸《らいひんてい》にいるんだろ？」

「いえ、それが……いつもとは違うようでして」

いつもと違うという一言に、オレとクラウスは顔を見合わせる。

「なにがどう違うんだ?」

「ええ。本日は文官の皆様《みなさま》を同行させておいでなのです。なにやら仰々《ぎょうぎょう》しい様子でして……」

外に出たオレたちを待っていたのは、十数人の文官を引き連れて歩くジークフリートとゲオルクで、完成したばかりの学校を興味深げに眺めやっている。

程《ほど》なくして、ふたりともこちらに気付いたらしい。龍人族《りゅうじんぞく》の王は上機嫌で手を振《ふ》り、周辺へ響《ひび》き渡るぐらいの大声でオレを呼び寄せた。

「おう! 久しぶりだな、我《わ》が息子《むすこ》よ! 邪魔しておるぞ!」

お久しぶりですと駆け寄るオレの肩に手を回し、ジークフリートはさらに続ける。

「聞いたぞ、タスクよ。つい先日祭りを開いたそうではないか? ん?」

「ええ、そうですけど……」

「なぜワシを呼ばんのだ? つれないではないか。そのような楽しい催《もよお》しがあるなら、執《しっ》務《む》など放っておいて」

「……ジーク」

ゲオルクが咳払《せきばら》いをしてサインを送る。文官たちの恨《うら》みがましい視線を一身に集めて、ジークフリートは口をつぐんだ。

「おい、ジークのオッサン。そんな話をするより前に、いきなり大挙して押しかけた理由を聞かせてもらおうか」

並び立つクラウスの言葉に、「おお、そうであったな」と応じる賢龍王《けんりゅうおう》。

「特にこれといってなにかしようというわけではないのだ。むしろタスクにいい知らせを持ってきたというべきかな」

「いい知らせだぁ？」

「うむ。とにかく、そなたたちは視察の続きを頼むぞ。終わった後に式典を執《と》り行うのでな」

文官たちは一礼し、領地のあちこちへと散っていく。

っていうか、式典ってなんだ？　いい知らせを持ってきたって言うけどさ、オレとしては嫌な予感しかしないワケで……。

「そんなに父親を疑わんでもよかろう。正真正銘《しょうしんしょうめい》いい知らせなのだからな」

「はあ……」

「ああ、そうそう。式典にはそなたの妻たちも参加させる故、声をかけておくのだぞ？」

「いえ、それは構わないのですが……。一体なんの式典なのですか？」

尋《たず》ねた瞬間、よく聞いてくれたと言わんばかりにジークフリートはニヤリと笑った。

「新たな爵位《しゃくい》を授《さず》けるための式典に決まっておろう。喜べ、今日からそなたは伯爵《はくしゃく》だ」


おかしいと思ったんだよなあ。爵位の授与《じゅよ》に文官が揃うなんて領主任命の時以来だし、子爵の時なんかお義父《とう》さんが勲章《くんしょう》放り投げて寄越《よこ》すぐらいだったからな。

ご丁寧《ていねい》に形式を整えてまで授与を行うっていうのは、なにか裏があるんじゃないか？

訝《いぶか》しみつつ臨《のぞ》んだ式典は領主邸の応接室で開かれることとなり、文官や奥《おく》さん方が揃う中、粛々《しゅくしゅく》と執り行われた。

ジークフリートから直接手渡された伯爵位《はくしゃくい》の勲章は、きめ細やかな銀細工が施《ほどこ》されており、重量感よりも優美さを感じさせる。

「――以上の儀《ぎ》をもって、貴殿《きでん》を龍人国伯爵に封《ほう》ずる。祖国へ忠誠を誓《ちか》い、祖国の繁栄《はんえい》により一層努めること……」

長ったらしい文面を荘厳《そうごん》に読み上げている文官には悪いけど、オレとしてはさっさと終わってくれないかなあとしか思えないわけだ。

ま、授与式《じゅよしき》が終わったところでお義父さんとの将棋《しょうぎ》に付き合わなきゃいけないだろうし、今日取《と》り掛かろうと思っていた仕事はできないだろうな。

……なんてことをね、真剣《しんけん》な顔つきのまま考えていたんですよ、ええ。そしたら、文官が予想だにしない言葉を続けましてね。

「――なお、本日をもってタスク領は廃止《はいし》とし」

……は？　えっ？　ちょっと待って。……いま廃止とか言わなかった？

思わずジークフリートの顔をまじまじと見やるが、賢龍王は笑顔を浮《う》かべたままだ。

いやいやいやいや、なに笑ってんですか、お義父さん！　いい知らせどころか、ものすごく悪い知らせじゃん！

なにか言ってやろうかと口を開きかけた次の瞬間、文官はこう付け加えたのだった。

「同時に黒の樹海一帯を『国王直轄《ちょっかつ》特別自治領』とあらため、タスク伯《はく》を領主に任ずる――」


来賓邸の応接室ではおじさんたち三人が、マンガ本を囲みながら談笑をしている。

「良い出来ではないか、クラウスよ。仕上がりがどうなるかなど杞憂《きゆう》であったな」

「苦労したんだぜ？　これからバシバシ作っていくから、オッサンたちも宣伝よろしく！」

「しかし、こうなってくるといよいよ将棋文化が根付いてくるな。ジークが建てた娯楽《ごらく》所も無駄《むだ》ではなくなるということか」

「だから言ったであろうが、クラウスよ。これが先見の明というものなのだ」

「まっ、将棋マンガが広まれば、将棋をやるガキ共も増えるだろうしな。ゲオルクのオッサンも普及に手を貸してもらうぜ」

「それは構わないが……。私はジークが執務を放ってまで普及に勤しむのではと思ってな」

……あのぉ、盛り上がってる最中に恐縮《きょうしゅく》なんですが。

「詳《くわ》しい話を聞かせてもらえませんかね？　なんです？『国王直轄特別自治領』って？」

マンガをテーブルへ戻《もど》し、ジークフリートはなにも問題ないだろうと言わんばかりの表情でこちらを見つめた。

「名前の通りだ。本日よりこの領地は国王直轄の土地となる。喜べ、ワシ直属の管轄《かんかつ》だぞ？」

「それがわからないって言ってるんです。いままでとどう違うんです？」

オレの問いかけに、ジークフリートは顎《あご》に手を当てて応じる。

「領主としては今までと変わらんが……。ほれ、以前、そなたに頼まれたことがあったであろう？　同性同士の婚姻《こんいん》の件とか。あれを解決するための手段がないものかと考えての」

重臣たちの多くは保守派。納得《なっとく》させるにしても特例を認めさせなければならない。

とはいえ、特例を成立させるためには国法を変える必要も生じる。そのような事態になれば、重臣たちの反発は必死である。

「妙案《みようあん》はないかと頭を悩《なや》ませている内に、あることを思い出してな。ハヤトのことだ」

「ハヤトさんですか？」

「うむ。二千年前、ワシが国王に就任したばかりの頃《ころ》だがな。ハヤトにとある領地を任せようと、強引《ごういん》に成立させた制度があったのだ」

「それが『国王直轄特別自治領』なんですか？」

「そうだ。自治領においては領主の権限が強化される。国王《ワシ》が認めさえすれば、独自の法や税を定めることも可能だ」

「なんと言いますか、反則技ですね……」

「うむ！　ハヤトのためにワシが作った制度だからな！　くだらないしきたりなんぞに囚《とら》われることなく、やつには存分に手腕《しゆわん》を奮って欲《ほ》しかったのだが……。奴《やつ》め、辞退するだけに飽《あ》き足らず、そのまま故郷へ帰りおってからに……」

ほんの一瞬《いつしゆん》だけ、感慨深《かんがいぶか》そうな眼差《まなざ》しを向け、賢龍王は表情をあらためる。

「よもや役立つ機会が来るとは思わなんだ。ともあれ、この制度下であれば、そなたも辣腕《らつわん》を振るえるであろう？　多少の無理難題も、ワシが首を縦に振ればまかり通るからな」

「非常に助かりますが……。伯爵になる必要はどこにあるんです？」

「単なる箔《はく》付けだ。爵位が形骸化《けいがいか》しているとはいえ、子爵《ししやく》を相手に特例措置《そち》を取るというのも外聞が悪いでな」

「そんな理由でいいんですか？」

「かまわん。分不相応だと思ったら勤勉に励《はげ》め。自然と伯爵としての自覚も出てくるだろう」

「そういうものですかねえ」

「ともあれ、自覚が出る前に一仕事してもらわなければならぬ」

首をかしげるオレを真剣な眼差しで見据《みす》え、ジークフリートは呟《つぶや》いた。

「領地の名称《めいしよう》を考えてもらう必要があるのだ。ここはもう『タスク領』ではなく、『国王直轄特別自治領』なのだからな」

だからといって、そのような長ったらしい名称を領地名にするわけにはいかない。領地のトップである伯爵の権限で領地名をつけてほしい。

なるほど、言われてみればその通りで、オレは考えを巡《めぐ》らせた。領地名かあ、もし『タスク領』という名前じゃなければ、こういう名前にしたいって候補はあったけど。

「お、なんだ。候補があるなら聞かせろよ」

急《せ》かすように肘《ひじ》でつついてくるクラウス。そんなたいそうな名称でもないんだけどさ。

「名は体を表すとも言います。初心を忘れないためにという意味も込めて考えたのですが」

傾聴《けいちょう》されるようなもんでもないんだけどなと思いながらも、オレはひっそりと考案していた領地名を口にした。

「……自由《フライハイト》。商業都市フライハイトです」


龍人族の言葉で『自由』という意味を持つ商業都市『フライハイト』が成立してから数日が経《た》った。地名が変わったこと、それにオレが伯爵になったことは、領民のみんなに少なからず影響《えいきょう》を与《あた》えていたようだ。

まずひとつ目に、メイドたちがオレのことを「閣下」と呼ぶようになった。

カミラがお茶を運んできてくれた際に「閣下」と呼ぶものだから、他に誰《だれ》かいるのかと辺りを見渡《みわた》したものの、執務室の中にはオレしかおらず。

なんでまたそんな風に呼ぶのか事情を聞いてみると、龍人族の国では伯爵以上公爵《こうしゃく》までを総じて「閣下」と呼ぶそうだ。落ち着かないので今後は名前で呼ぶか、もしくは伯爵と呼んでくれとお願いし、メイドたちにも共有するようにと伝えておく。

それに、三十歳そこそこで閣下と呼ばれるのは分不相応だ。自覚も資格もまだまだ足りない。もっと精進《しょうじん》しなければ。

ふたつ目。領民みんながやる気を出している。

それ自体は非常にいいことだと思っていたものの、そのきっかけはオレにあるらしい。

「自分たちが仕える主の功績が認められ、伯爵位を授けられたのです。であるからこそ、より一層、領主様のためになにかしたいと、張り切っておりましてな」

そう言って、柔《やわ》らかな微笑《ほほえ》みを浮かべる戦闘執事《せんとうしつじ》。

「皆《みな》より新たな事業計画が持ち込まれております。伯爵にお時間があるようでしたら、執務室へ連れてまいりますが」

「そうだな。……いや、現場に足を運んで直接話を聞こう。みんなの仕事も見たいしね」

考えてみれば稲作に夢中で、しばらく他の工房《こうぼう》などに顔を出していない。様子見がてら話を聞きに行こうじゃないか。

「承知しました。ではカミラを同行させましょう。予定等は彼女に一任しておりますので」

「うん。よろしく頼《たの》む」

カミラの案内による最初の視察先は、ロルフたち翼人族《よくじんぞく》の菓子《かし》工房《こうぼう》だった。

日持ちのする焼き菓子《がし》だけでなく、生菓子《なまがし》やアイスなどを卸《おろ》せないか相談する。

工房内は魔法石《まほう》などで冷蔵処理が可能だが、長距離《ちょうきょり》の輸送にはやはり氷が不可欠で、氷《ひ》室《むろ》を設けた方がいいだろうという結論に。

いずれにせよ、もう少し涼《すず》しくなってからの準備だなとか話し合っていると、なにやら外が賑《にぎ》やかになってきた。

「あっ！　タスクおにーちゃん！」

「にーちゃんだ！」

菓子工房に隣接《りんせつ》するチョコレート工房の前で、猫人族の子どもたちが遊んでいる。

「おっ。もう学校は終わったのか？」

「うん！　あのね、わたし、じがかけるようになったよ！」

「おれも、たしざんできるんだぜ！　すげえだろ！」

「みんな、頑張ってるな！　偉《えら》いぞ！」

駆《か》け寄ってくる子どもたちの頭を次々に撫でてやる。頭上の猫耳《ねこみみ》をぴょこぴょこ動かし、くすぐったそうに笑う様は純真そのものだ。

「ねえ、タスクおにいちゃん！　かたぐるまして！」

「あっ、おれもおれも！」

「よーし、いいぞ！　交代でな！」

そう言って猫人族の女の子を肩《かた》に乗せる。

「伯爵。次の工房へ向かうお時間が……」

「少しぐらいいいだろう？　頼むよ、カミラ」

仕方ありませんねと応じる戦闘《せんとう》メイドに悪いなと返し、子どもたちと遊ぶことにする。

なんでも伯爵になったこともあり、猫人族の大人は、子どもたちに「領主様とお呼びしなさい」と言い聞かせていたらしい。

ルーカスからそのことを聞かされたオレは、すぐにそれを止めさせたのだった。

子どもは大人が思う以上に賢《かしこ》い。わざわざそんなことを言われなくとも、自然とそう呼ばなければならない日がくることを知っている。

オレ自身、いまのうちぐらいは親しみを込《こ》めて呼んで欲しいこともあり、あえてお兄ちゃんと呼んでもらっているのだ。

おじさんではなく、お兄ちゃんと呼ばれることに快感を覚えているわけではないのである。それだけは断じて違うと言っておこうっ！

……ごほんっ。とにかく！　なんの不安を覚えることもなく、健《すこ》やかに育って欲しいと
それだけを願い、子どもたちと遊ぶ時は全力を心がけているわけである。

「なぁにぃ？　も～……。やけに騒《そう》々《ぞう》しいと思ったらたぁくんまでいるじゃなぁい」

チョコレート工房の中からけだるそうに顔をのぞかせたのは、このところメイクを施さなくなったソフィアで、オレンジ色をした髪《かみ》こそ整えているものの、そばかすの残るすっぴんをあらわにしながら近付いてくる。

「ソフィアおねーちゃんだー！」

「ねーちゃん！　チョコ！　チョコちょーだい！」

「ダメよぅ。アンタたちのお母さんから、チョコあげないでくれって言われてるんだからぁ」

「ケチー」

「けちんぼー！」

子どもたちのブーイングに耳を塞《ふさ》ぎながら、ソフィアは露骨《ろこつ》に面倒《めんどう》な表情を浮かべた。

「もぅ。聞いてよたぁくん。ちょくちょく遊びに来るもんだからぁ、少しだけチョコあげたらこんなになつかれちゃってさぁ」

「いいことじゃないか」

「よくないわよぅ。この子たちのお母さんからは『夕飯食べられなくなるから止めて』って文句言われるしぃ。あげなきゃこの子たちから文句言われるしぃ。いい迷惑《めいわく》だわぁ」

そう言って、ふぅと、大きなため息をひとつ。自業自得《じごうじとく》じゃないかと思いつつ、オレは肩車《かたぐるま》をしたままで言ってやった。

「食べ物で釣《つ》ろうとするのが悪い。オレを見ろ。こうやって全力で遊んでやればいいんだ」

「……お言葉ですが、伯爵。夏祭りの一件のことをお忘れでは？」

カミラの冷静なツッコミが背後から聞こえたけれど、あえて聞こえなかったことにしておく。あえてだよ？

「おや？　タスク様、ここまでお見えになるとは珍しい」

続けて工房の中から姿を表したのはグレイスで、片目が隠《かく》れるほどの長い前髪《まえがみ》が特徴的《とくちょうてき》な魔道士《まどうし》は、賑やかな光景を楽しげに眺《なが》めている。

「菓子工房へ視察に来ていてな。ついでだよ」

「そうでしたか。……みんなは学校終わったの？」

「おわったよー！」

「おわった！」

「そう、今日も偉かったわねえ」

えへへへへと笑う子どもたちを眩《まぶ》しく見やりつつ、グレイスは続ける。

「そういえば。子どもたちから聞いたのですが、学校は午前中だけなのですか？」

「うん？　ああ。小さいうちは集中力が続かないだろ？　短い時間でできる範囲《はんい》のことだけ教えようと思ってさ」

「いいわねぇ。アタシが魔道国《まどう》にいた頃なんて、朝から晩まで勉強漬《づ》けだったもの……」

苦々しく呟き、ソフィアは肩をすくめる。

「休みは休みで家庭教師……、ああ、グレイスのことだけどぉ。付きっきりで勉強でしょぉ？　遊ぶ暇《ひま》なんてなかったわぁ」

「その反動がいまに至ってるわけだな……。同人活動っていう……」

「なによぅ？　趣味《しゅみ》なんだからいいでしょぉ？」

「いやいや。悪いとは言ってないさ。こっちもマンガで世話になってるからな」

人の趣味に口を挟むほど了見《りょうけん》は狭《せま》くないつもりだし、むしろ読みたいとさえ思ってるからな。ガンガンやってほしい。ま、あえて注文をつけるとするなら、ナマモノだけは今後とも封印《ふういん》しておいてくれってことで……。

「やんないわよぉ。安心しなさい」

ニヤリと企《たくら》むように笑うソフィアの顔に、寒いものを感じながらも、それを信じようと思いこんでいた矢先、グレイスが口を開いた。

「タスク様。子どもたちの授業が午前中だけということであれば、午後は学校が空いているのですよね？」

その通りだと返事をすると、グレイスは思案顔を浮かべ、ややあってから切り出した。

「もしよろしければ、午後、空いている学校を使わせていただけないでしょうか？」

「それは構わないけど……。やりたいことがあるのか？」

「ええ。魔法教室を開きたいのです」

魔法の習得は比較的容易《ひかくてき》で、訓練さえ積めば誰でも扱《あつか》える代物らしい。

グレイスの話に耳を傾《かたむ》けながら、オレでも炎《ほのお》を出せたり風を操《あやつ》れたりするんだろうかと、期待に胸を膨《ふく》らませたのだが、それは瞬時《しゅんじ》にしぼんでしまった。

「なにを考えてるのか手に取るようにわかるけどぉ、たぁくんに魔法は使えないわよぉ？」

ソフィアの言葉にグレイスが頷《うなず》く。大前提として魔力《マナ》を感じ取れることが条件にあり、オレは見事に対象外だそうだ。

「なんだよ……。誰にでもって言ってたじゃん」

「言葉足らずで申し訳ありません。ですが、そもそも人間族自体、魔力との相性《あいしょう》が良くないようでして……」

「使えるとしてもぉ、ごく一部の限られた人だけってことなのぉ」

なるほどねえ。……それで？　魔法学校を開きたいっていう理由はなんだ？

「日々の暮らしに欠かせないからです。移住者も増えてきましたが、中には魔法を扱えない人もいますので、そういった方々に手ほどきできれば」

「そうなの？　てっきりみんな使えるもんだと」

「たとえばですが。この子たちは猫人族ですけれど、アイラさんのように猫の姿へ変わることができません。あれも魔法の一種ですので」

マジで？　オレはてっきり、猫人族なら全員猫の姿になれるもんだと思ってたんだけど。

「なれないよー」

「うん、おとうさんもおかあさんも、まほうつかえないよー」

子どもたちが次々と声を上げる。うわー、かなりショックだ……。みんなに猫の姿になってもらって、もふもふするのが夢だったのに……。

「アイラさんが特別とも言えます。変化の魔法は元々の素質が大きくかかわりますから」

「すると、龍人族はどうなんだ？　アルフレッドなんかはドラゴンになれるけど」

「あれも変化の魔法ですね。龍人族には使える人が多いと聞きますが、時代とともに減少傾向《けいこう》にあるようです」

そうなのか……。はあ～、まだまだ知らないことがあるもんだねえ。

「開拓が進みつつあるとはいえ、ここは野生動物や魔獣《まじゅう》がいる樹海の近くですし、簡単な魔法でも護身用に使えます。覚えておいて損はないと思うのですが」

「みんなの役に立つならオレも賛成だ。教わりたい人は大勢いるだろうし、ぜひやってくれ」

魔法の習得も技能や技術の継承《けいしょう》とも言えるし、後々大きな財産になってくれるだろう。それに魔法だけに限らず、簿記《ぼき》などの知識を教えるための時間を設けてもいい。交易の拠点《きょてん》となる商業都市を目指すなら、覚えておくに越《こ》したことはないしな。

アルフレッドが戻ってきたら相談をしてみようと思いつつ、まずは希望者を募《つの》って魔法学校を開くことにしようじゃないか。

魔法の授業は子どもたちのいない午後の学校を使って催されることとなった。

不慣れなうちは魔力の消耗《しょうもう》とともに心身にも影響が出るということで、三日に一度の頻《ひん》度《ど》で開催《かいさい》される。参加者は猫人族の大人が大半と、ハーフフット、翼人族、天界族の一部だ。

ハイエルフとダークエルフは精霊魔法《せいれいまほう》のエキスパートということで、先生側へ回ってもらうことにした。

「ワーウルフたちは参加しなくていいのか？」

視察の折にガイアへ尋ねてみたところ、その場にいた『黒い三連星』は思い思いにポー

ズを取り始め、

「タスク殿《どの》……。確かに魔法は便利ですが、我々はマッチョ道を追求する者。魔法の習得に割《さ》く時間があるならば、己《おのれ》の筋肉を鍛《きた》えたいですな！」

と、いった具合に力強く言い返されてしまい、人それぞれ考え方に違いがあるんだなあとしみじみ思ってみたり。

とにもかくにもグレイス主導の下、魔法学校は初日を迎《むか》えたわけなのだが。

授業が終わったその日の夕方、領主邸《てい》へ報告に現れたグレイスは、ひどく動揺《どうよう》しながらも感激に満ちた瞳《ひとみ》で切り出したのだった。

「大発見です！」

「……いきなりどうした？」

前置きもなく、オレを見るなり声を上げた魔道士は、我に返ったのか「失礼しました」と頭を下げたものの、更《さら》に声を弾《はず》ませる。

「本日、無事に魔法学校の初日を迎えたのですが、猫人族の皆さんがとても素晴《すば》らしく！」

「素晴らしいっていうのは、魔法のセンスがあるとかそういうこと？」

「はい！　以前お話した付与《ふよ》術師について、タスク様は覚えていらっしゃいますか？」

「ソフィアとグレイスが使える魔法だろ？　魔道士の中でも限られた人が使えるってやつ」

確か、魔法石を作る人たちをそう呼ぶんだよな？　一部のエリートしか魔法石を作れないって話だったような……？

「ええ、それです！　そのはずだったのですが！」

顔を上気させ、グレイスはさらに続ける。

「猫人族の皆さんに、付与術師の素質があったのです！」

グレイスによって語られた経緯《けいい》は次のようなことらしい。

魔法の授業を始めるにあたり、まずは全員の魔法適性を確認《かくにん》すべく、簡単な相性テストを行う運びとなった。

適性によって相性のいい魔法が異なり、指導する側にしても得意な魔法の方が教えやすいからだ。

ところが、猫人族《ねこじん》に関しては全員が全員、相性テストに反応しない。

いくらなんでもこれはおかしいと思ったグレイスが、ものは試《ため》しにと付与術師の適性試験を行ってみたところ、見事、全員に反応がみられたらしい。

「よくそれに気付いたな。魔法そのものが使えないとは考えなかったのか？」

「付与術師の素質は、通常の魔法のそれとは似て非なるものなのです。可能性がゼロでない以上、試した方が良いかと思いまして」

「はぁ～。なるほどねえ」

「猫人族の皆さんが忌《い》み子《ご》と呼ばれていたというのは知っております。先天的な背景からくる素質なのは定かではないのですが……」

しかしだ。興奮しているグレイスには申し訳ないんだけど、オレとしてはその凄《すご》さがイマイチわからないというか。

「様々な魔法の効果を魔法石に込めるのが付与術師なんだよな？」

「その通りです」

「付与の魔法が使えても、他の魔法が使えなければ、魔法石を作れないと思うんだけど」

「ご心配には及《およ》びません。本来、魔法石は二人一組で作るものですので」

グレイスいわく、魔道士の放った魔法を、付与術師を経由して魔法石へ閉《と》じ込めるというのが本来の作り方だそうで。

「ソフィア様のように、おひとりだけで魔法石を作れるというのは極《きわ》めて珍《めずら》しい存在かと」

「でも、グレイスだってひとりで魔法石を作れるんだろ？　優秀《ゆうしゅう》ってことなんだな」

「ああ、いえ、決してそのようなことを言いたいわけでは……」

慌《あわ》てて応じるグレイスにわかってるよと応じてみせる。

二人一組ねえ？　ソフィアとグレイスが有能な分、そんなこと疑問にも思わなかったな。

……ん？　ということは？

「猫人族と他の魔道士がペアになれば、魔法石が作れるってことか？」

「はい。まだまだ訓練は必要ですが、ひと月以内には低位魔法の付与ができると思われます」

「……もしかして、それって相当すごいことなんじゃ？」

「ですから、先程《さきほど》『大発見』だと申し上げたではないですか！」

「順を追って説明してくれないとわかんないって！」

「とにかく！　これで長らく問題となっていた魔法石の量産に光明が差し込みました！」

順調にいけば、近い将来、交易品の中核《ちゅうかく》を担《にな》ってくれるでしょうと続けるグレイスの言葉に頷きながらも、くれぐれも無理だけはさせないように念を押《お》しておく。

しかし、なんというか、才能というやつはどこに埋《う》もれているかわからないもんだなあ。

暗い過去を持つ猫人族だけに、明るい話題は非常に嬉《うれ》しい。獣人《じゅうじん》族を見返してやれとまでは思わないけど、自信と誇《ほこ》りを持って仕事に取り組んでもらえたらいいなと願うばかりだ。

第17章　開業準備

フライハイトに市場を作るという計画を立ててからというもの、イヴァンの訪問頻度は一ヶ月に一度のハイペースになっている。

そういったわけで、今日も今日とて定期訪問といわんばかりに、ダークエルフの国からイヴァンが訪ねてきたのだった。さすがに慌ただしすぎやしないかねと、オレはいたわるように義弟《ぎてい》の労をねぎらった。

「いえいえ、仕事があるというのはありがたい話ですよ。やりがいもありますしね」

執務室《しつむしつ》に現れたダークエルフはそう言って微笑んだ。疲労《ひろう》の色を微塵《みじん》も感じさせないのは、若さゆえなんだろうなあ。……若々しく見えても、オレよりかは年上なんだけどね。

イヴァンにソファを勧《すす》めながら、オレはここ最近、訪問のたびに協議を重ねている事案について切り出した。

「で、今回も市場の開業についての催促《さいそく》かい？」

「ええ、いつものことで申し訳ないのですが、フライハイトの市場の開業はいつになるのだと、連合王国の商人たちからせっつかれまして。長老会もいい加減に話をつけてこいと、こういう言い方は悪いのですが、とにかくしつこいのですよ」

「相変わらず人使いが荒《あら》いなあ」

「やむを得ません。義理の兄が領主なら、私を向かわせるのが一番でしょうしね」

困惑《こんわく》したような笑顔《えがお》を浮かべつつ、イヴァンは紅茶の入ったティーカップを手に取った。

「いっそのこと、お前も移住してくればいいんだ。ここのほうがいくらかマシだと思うぞ?」

「ありがたいお誘《さそ》いですが、移住早々、姉さんがファッションショーを開くとも限りませんからね。身内として、半裸《はんら》同然の衣装《いしょう》をまとうのはちょっと……」

「あれ、龍人族の国の首都では大ウケなんだってさ」

「そうなんですかっ⁉ はぁ~……、それはそれは……」

サンバのカーニバルを彷彿《ほうふつ》とさせるベル特製の衣装を思い出したのか、イヴァンはなんとも言えない表情を浮かべ、そして静かに紅茶をすすった。ベルがデザインした例の服は、ファビアン経由で上流階級や貴族の人たちから注文が殺到《さっとう》しているそうだ。

セクシーなマンドラゴラにも抵抗《ていこう》感を抱《いだ》き、常識的な理性を持つ義弟からすれば、なかなかに受け入れられないだろう。オレだって、にわかに信じられないからなあ。

「失礼。本題からずれ始めたようですが……」

イヴァンの訪問を受けて駆けつけたアルフレッドがメガネを直しながら指摘《してき》する。……おっと、いけないいけない。市場の開業についてだったな。

「ハンスさんに確認しましたが、市場も商人用の宿泊施設《しゅくはくしせつ》も、いつでも稼働《かどう》できるそうです」

報告書に目を通しながら、龍人族の商人は続けた。

各国に通じる街道《かいどう》は整い、移住者たちも商人向けの飲食店の開業準備を始めている。あとはタスクさん次第《しだい》ですとまとめ、アルフレッドはこちらを見やった。

「イヴァン。許可を出したとして、連合王国の商人は、どのぐらいでここに来られるんだ？」

「そうですねえ……。手続きに仕入れ諸々含《もろもろふく》め、一ヶ月はかかるかと思いますが」

「わかった。それじゃあこの秋に市場を開業するとしよう」

いまのうちから通達を出しておけば、遠方で暮らす人間族も冬前に取引ができるだろう。

物資と経済、文化の交流は、かねてから思《おも》い描《えが》いていた計画だったのだ。他方から要望がある以上、できるだけ早急《さっきゅう》に実現させたい。

同時に、龍人族の国・ハイエルフの国・獣人族の国と、それぞれの国の商人たちにも市場の開業日を伝えておく必要がある。警備などの対策も考えなければいけないし、忙《いそが》しくなってくるなと思考を巡らせていた矢先、イヴァンが遠慮《えんりょ》がちに口を開いた。

「義兄《にい》さん。実はもうひとつ、ご相談があるのですが……」


薬学研究所の玄関前《げんかんまえ》に大きな木箱が積まれていく。

白衣をまとったクラーラは、その中のひとつを下ろして中身を確認すると、研究所の中に向かって声を上げた。

「ちょっと、ジゼル。月夜草と満月熊の手が入ってないわよ？」

「はぁい！　お姉さま！　いまお持ちします！」

「あと、持っていくマンドラゴラは、おとなしめなものにしておきなさいな」

「え～……？　中に入れてたやつダメですかぁ？　私が育てた自信作ですよ？」

「誰もが、アンタと同じ感覚を持っていると思わないことね。いいから入れ替《か》えなさい」

屋内からひょっこりと姿を覗《のぞ》かせたダークエルフの少女は、モザイク処理を施さないと映せないような形のマンドラゴラを受け取って、渋々《しぶしぶ》と戻っていく。

「順調そうだな」

オレの呼び掛《か》けに、サキュバスの女医はわざとらしく大きなため息をついてみせる。

「依頼《いらい》が急過ぎるのよ。時間があれば、キチンと準備できたのだけど」

「悪いな、長老会のご要望らしくてね。今後を考えると断るわけにもいかなくてさ」

イヴァンから持ちかけられたもうひとつの相談。それはクラーラによる往診《おうしん》だった。

ダークエルフの国には医師が少なく、そのため健康不安を抱《かか》える人がかなり多いらしい。

それは長老会も同じだそうで、高齢《こうれい》になるにつれ、身体のあちこちに支障をきたしているそうだ。

「そういったわけで、健康診断《しんだん》がてら優秀な医師に診《み》てもらいたいんだと」

「ご指名いただけるのは光栄だけど、なんで私なの？」

「ついでに水道についてご教授いただきたいんだと。こっちは、あちらさんの技術者の要望」

「まったく、人使いが荒いわねえ……。リアちゃんが一緒《いっしょ》ならやる気も出るのだけれど」

ちらりと一瞥《いちべつ》をくれた先には、シワひとつない執事服《しつじ》に身を包んだハンスがいる。

「今回もこの爺《じじい》めがしっかりとお世話をさせていただきますゆえ、どうぞご安心ください」

「……ありがたいけど、やる気は出ないわねえ」

「ファビアンを同行させた方が良かったか？　ダークエルフの国に行きたがってたんだよ」

「断固として拒否《きょひ》するわっ！」

雑談の最中、再び姿を現したのはジゼルで、木箱の中身を入れ替えてから白衣をまとった。

「お待たせしました！　準備完了《かんりよう》です！」

敬礼するダークエルフの少女に、クラーラは頷いて応じる。

「それじゃ、行きましょうか。荷物はイヴァンが運んでくれるんでしょう？」

「ああ、ミュコランに乗ってきたからな。台車へ積んでくれるってさ」

「それでは僭越《せんえつ》ながら、この爺めが台車までお運びいたしましょう」

大きな木箱を積み上げたまま持ち上げ、ハンスはゆうゆうとした足取りで歩き始めた。

それと同時に口を開いたのはジゼルで、「あの……」と一言発したまま無言の少女を見ると、オレはハンスへ先に行くよう伝えたのだった。

「どうしたんだ、ジゼル？　何かあったのか？」

「その……。本当にいいんでしょうか？　私がお姉さまのお供をするなんて……」

いつになく暗い面持《おもも》ちでジゼルは呟き、白衣の裾《すそ》をきゅっと掴《つか》んだ。

「ご存知《ぞんじ》だと思いますが、私は故郷で厄介者扱《やっかいものあつか》いされてましたので……。お姉さまと一緒に戻れば、お姉さままでいわれのない中傷を受けてしまうのではと……」

権力者の身内ながら、同性愛者というただその一点だけで差別を受けてきたのだ。ジゼルの言い分も理解できる。

ただし、今回に限ってはジゼルを同行させるかどうか、すでにクラーラと話を済ませていて、その結論は明白だった。

「なに言ってるの。アンタが来なくちゃ、誰が私の助手を務めるの？」

クラーラの一言に、ジゼルが顔を上げる。

「そうだぞ、ジゼル。クラーラの弟子《でし》なんだから、胸を張って帰ればいいんだ」

「で、でも……」

「っていうかね。連れて行かなかったら連れて行かなかったで、アンタはいっつもウルサイんだから。黙《だま》って付いてきなさい」

少女の肩に優《やさ》しく手を置き、クラーラは微笑んだ。

「もしアンタのことを悪く言うヤツがいたら連れてきなさい。代わりに私が平手打ちをおみまいしてあげるんだから」

「お姉さま……」

「私の一番弟子を傷つけるなら、長老だって容赦《ようしゃ》しないんだからね」

たまらずクラーラに抱きついてジゼルは嗚咽《おえつ》を漏《も》らす。

「おっ、おねえざまあぁぁぁ！」

「ほら、さっさと泣き止《や》みなさい。ハンスたちが待ってるわよ」

「はっ、はいぃぃぃ～～～！」

それからジゼルが泣き止むまでしばらくの時間を要したものの、落ち着いた頃には屈託《くったく》の無い笑顔を浮《う》かべ、

「わぁい！　お姉さまと婚前《こんぜん》旅行ですっ！」

……と、大喜びではしゃぎまわる、いつもの姿が見られたので一安心。

婚前旅行じゃないっ！　と、付きまとわれるクラーラは大変みたいだけど。

どことなく満更《まんざら》でも無さそうに見えたのは、オレの気のせい……かな？


ひとまず、その話題は置いといて。ここではヴァイオレットを中心とした、とある計画についての話をしたい。

呼び出しを受けたオレは、領主邸三階にある作業部屋へと向かっていた。

中にはヴァイオレット以外にも、エリーゼ、ベル、フローラが待ち構えていて、テーブルを取り囲むように腰《こし》を下ろしている。

四人の真剣《しんけん》な眼差しの中心には、白色と黒色、二体のぬいぐるみがテーブル上に鎮座《ちんざ》しているのだが……。

「おお！　タスク殿、待っていたぞ！」

こちらに気付いた美貌《びぼう》の女騎士《きし》が歓迎《かんげい》の声を上げ、椅子《いす》へ座《すわ》るように薦《すす》めてくる。

「それはいいんだけど。なにしてんだ？」

「うむ、よくぞ聞いてくれた。土産物《みやげもの》の試作だ！」

「土産物？」

市場が開業すれば、大陸中から商人がここにやってくる。その際、商業都市フライハイトに行ってきたという証として、土産物を欲《ほっ》する者が出てくるに違《ちが》いない。

中には家庭を持つ者もいるだろうし、子どもを持つ者も少なくないはずだ。その折、魅《み》力的《りょくてき》な土産《みやげ》があれば、領地にとっても確かな収益に繋《つな》がる。

……ふんすと鼻息荒く力説し、ヴァイオレットは瞳を輝《かがや》かせ、

「以上の考察を経て、こういうものを作ったのだっ！」

と、テーブルの上を仰々《ぎょうぎょう》しく披露《ひろう》した。ババーンという効果音が聞こえたような気がしないでもないけど、さっきから見えてたんだよなあ、このぬいぐるみ。

……あれ？　でもこれ、見たことがあるデザインっていうか。

「ああ、このぬいぐるみ。しらたまとあんこがモデルなのか？」

「ご名答だ！　流石《さすが》はタスク殿だなっ！」

ウンウンと何度も頷く女騎士をよそに、オレは二体のぬいぐるみを手に取った。

なるほど、しらたまとあんこの毛並みとまではいかないけれど、ふわふわもふもふして いるし、それにとても愛らしい。子どもだけでなく、女性にプレゼントしても喜ばれると思う。

「フフン、そうだろうそうだろう？　私もタスク殿ならわかってくれると思ったのだ！」

「でもなんでまた、しらたまとあんこをモデルにしたんだ？」

「なっ……！　何を言うのだ、タスク殿！　この領地のアイドルといえば、あの二匹《ひき》のミユコラン！　しらたまとあんこを差し置いて他に存在しないだろうっ？　あの子たちをモデルにしないで、他の何をモデルにしろというのだっ⁉」

語気を強めるヴァイオレット。うん、わかったから、襟元《えりもと》を掴んでオレを激しく揺《ゆ》さぶるのを止めてもらえるかな？　このままだと気持ち悪くなっちゃうから。

これは失礼した……と、ヴァイオレットは軽く咳払《せきばら》いしてから着席する。

熱意はスゴイんだけどさ、対照的なまでに考《かんが》え込む他の三人が気になって仕方ないっていうか。……なにがあったの？

「実は、このぬいぐるみの試作はもう三十回目でして……」

うなだれるフローラがポツリと呟《つぶや》く。……は？　さんじゅっかい？

「ウチらはメッチャいい出来だと思うんだけどさー」

「そ、その……。ヴァイオレットさんが満足していないようでして……」

遠慮がちに言葉を続けるベルとエリーゼ。なんでさ？　むちゃくちゃ出来がいいじゃん。

しらたまとあんこの特徴《とくちょう》をよく捉《とら》えてるぞ？

「なっ……！　タスク殿っ！　タスク殿までそのようなことを！」

再び勢いよく立ち上がり、ヴァイオレットはまくしたてる。

「たしかに現状でも十分愛らしいとは言える。だが、だがしかしだ！　しらたまもあんこも実物はもっとつぶらな瞳と愛嬌《あいきょう》のあるくちばしを持っているし、毛並みなんて触《ふ》れた瞬《しゅん》間《かん》に夢の世界へ旅立てるようなそんな慈愛《じあい》が込められた柔らかさだし、足の付け根はチョコレートを思わせる香《こう》ばしさと甘《あま》い匂《にお》いが漂《ただよ》ってクセになってしまうというか、とにかく私は寸分の狂《くる》いもなくうりふたつなものを再現し寝室《しんしつ》のベッドを埋め尽《つ》くしたいというか四六時中しらたまとあんこに包まれて眠《ねむ》り」

「よーし、ストップだ、ヴァイオレット。そこまでにしておこう」

ぜえぜえと肩で息をする女騎士。あー……、これは付き合わされる方も大変だ。

とにかく、領主権限の下、現段階のぬいぐるみを製品化すると伝えることに。

これ以上時間がかかって、市場の開業に土産物が間に合わないというのも本末転倒《ほんまつてんとう》だ。

ヴァイオレットは落胆《らくたん》していたけど、ベルもエリーゼもフローラも、揃《そろ》って肩の荷が下りたようなので一安心。頑張《がんば》ってぬいぐるみを作ってくれい。

実のところ、土産物についてはオレもいろいろ考案している。

先日の夏祭りには間に合わなかったけれど、『今川焼き』を販売《はんばい》できないかなと考えたのだ。中に入れる具材もアレンジができるし、商人が移動する道中の軽食にでもなればいい。

そう考えたオレは設計図を描き終えると、ダークエルフの国に金型を発注しておいたのだが、先日、イヴァンがやってきた際に受け取った完成品は、当初の設計図とはまったく異なる代物《しろもの》で、オレは間違《まちが》いじゃないのかと何度も義弟に問いただしたのだった。

「オレがデザインしたものと全然違うぞ？　別の注文先と品物を間違えたんじゃないか？」

「とんでもない。出発直前、鍛冶《かじ》職人に確認を取りましたから」

「ええ？　じゃあなんだってこんな仕上がりになってるんだ……？」

「そういえば。義兄さんから設計図を受け取った後、クラウスさんに呼び止められましたね。なにやら設計図に書き加えていた様子でしたが……」

なるほど、犯人はあいつか。だったらこの金型になったのも理解できる。

あらためて手に取った金型は、今川焼きならではの円形状のものではなく、どこからどう見ても、マンドラゴラの形状の代物に変貌《へんぼう》を遂《と》げていたのだ。

大根を彷彿とさせるフォルムに、能面を思わせる表現し難《がた》い表情。イヴァンとの会話を切り上げると、特産品でもあるマンドラゴラの形状を忠実に再現した金型を手に、オレは製紙工房《こうぼう》へと足を向けた。

金型を変更《へんこう》するよう指示を出した、クラウスを問い詰《つ》めるためである。

そもそも、だ。丸い形をしているからこそ、『今川焼き』として成立し、手頃《てごろ》なおやつとして親しまれるのであってだな、奇妙《きみょう》な植物を模した焼き菓子《かし》なんぞ、気味悪がって誰《だれ》も手に取らないだろう。子どもが泣き出したとしてもおかしくない。

言いたいことは山ほどあるけど、とりあえず、「何を勝手な真似《まね》をしてくれたんだコラ」という文句だけは伝えなければ。

そんな思いで製紙工房に乗り込むと、ハイエルフの前国王は怪訝《けげん》な面持ちでオレを迎え入れるのだった。

「なんだ、タスクじゃねえか？　どうしたよ、そんなおっかない顔して……って、おっ！頼《たの》んでたやつできたんだな！」

持参した『マンドラゴラ焼き』の金型に視線を転じ、クラウスは満足げに頷いた。

「ウンウン。俺《おれ》の注文通り、いい出来に仕上がったじゃねえの。どうだよ、タスク。ウチのマンドラゴラが再現されて最高だろ⁉」

「最高だろ、じゃないって！　なんでこんな形にしたんだよっ！」

大きな声に、工房内で作業中の領民たちが振《ふ》り返る。……おっと悪い悪い、こっちの話だから、気にしないでくれ。

「いきなり怒鳴《どな》るなよ。びっくりするだろうが」

耳の穴をほじりながら、クラウスは顔をしかめる。

「お前が怒鳴られるような真似をするのがいけないんだろ？」

みんなの作業する手を止めないように、必要以上に気を遣《つか》ってしまった結果、今度はヒソヒソ声になってしまったけど。

ともあれ、金型の形が気に食わないという意図は伝わったようで、話はわかったと言わんばかりに、クラウスはオレの肩《かた》をぐっと引き寄せた。

「勝手に変更したのは悪かったよ。でもな、タスク。これも立派な戦略なんだって」

「戦略だぁ？」

「おうよ。市場が開いた後のことを色々考えた結果、この領地《フライハイト》には致命的《ちめいてき》に足りないものがあるって気付いたのさ。……何だと思う？」

「……さあ？」

「ったく、少しは考えてくれよ。お前さん、領主だろうが」

肩を放し、ハイエルフの前国王は仰々しく頭を振ってみせる。もったいぶらずに教えろよ。

「いいか、よく聞けよ。それはな、名物だよ、め・い・ぶ・つ！」

遠方からやって来る人々にとって、行く先々で味わえる料理は、長旅の楽しみといっても過言ではない。にもかかわらず、多種多様で豊富な食材の産地でもある商業都市フライハイトは、これといった名物料理がない。

長旅から帰った後、フライハイトで食べたあの名物が美味《おい》しかったなど、口コミで評判が広がれば、商人ばかりでなく、いずれは観光客の来訪も期待できるだろう。

人が多く集まれば、それだけ都市は発展する。その準備として、名物を打ち出しておく必要があるのだと力説するクラウス。考えとしては、ヴァイオレットのぬいぐるみに近いな。

とはいえ、だ。根本的かつ重大な疑問が残るわけで……。

「だからって、マンドラゴラを推《お》す理由はどこにもないだろ？　領地にはチョコレートもワインもあるんだし……」

「チョコレートの原材料はダークエルフの国から仕入れてるだろ？　品質は別として、ワインも大陸中で飲める。それに比べてマンドラゴラはいいぞ？　なにせこの土地で栽培《さいばい》している代物は、形も質も一味違う！　一度手に取れば、記憶《きおく》に残ること間違いなしよ」

マンドラゴラ愛好会の会長をも兼任《けんにん》しているハイエルフは、自信満々に言い放つ。

言ってることはなんとなく理解できるけど……。でもさ、この形だよ？　名物だとしても、食欲を減退させるフォルムだと思うんだよなあ？

オレが懸念《けねん》を口にすると、安心しろよと言わんばかりにクラウスは胸を張った。

「そのへんは抜《ぬ》かりねえよ。すでにロルフに話を通してあるからな。食欲を刺激《しげき》して、なおかつ滋養強壮《じようきようそう》にもいい代物を菓子工房《かしこうぼう》で開発中さ」

聞けば、マンドラゴラの粉末を混ぜた生地《きじ》で、冷めても美味しく、日持ちもするよう、翼人族《よくじんぞく》たちが鋭意《えいい》研究を進めているそうだ。仕事が早いな、おい。

「マンドラゴラ入りの菓子なんぞ、大陸中どこを探したってねえぞ？　一口食えば魔力《マナ》も漲るっ！　大ヒット間違いなしだな！」

「ホントかよ？　今川焼きみたいな丸い形が無難でいいと思うんだけどなあ」

「丸い形の焼き菓子なんざ、面白《おもしろ》くもなんともねえだろ？　名物ってのは見た目のインパクトで惹《ひ》きつけねえとダメなんだよ」

とにかく試しに売ってみようぜという言葉に押され、市場横に『マンドラゴラ焼き』の売店を建設し、しばらくの間、売れ行きを見守る方針に決めたんだけど……。

　後日、市場が開業してからというものの、ミュコランのぬいぐるみとともに『マンドラゴラ焼き』は大ヒット。評判が評判を呼び、『気軽に魔力を摂取《せっしゅ》できる焼き菓子』は、連日、長蛇《ちょうだ》の列ができるほどの盛況《せいきょう》ぶりだった。

　中に何も入っていないプレーンだけでなく、カスタード、チョコレート、チーズといった具材の他、タルタルソースとから揚《あ》げの入ったマンドラゴラ焼きも人気だ。

　これに気を良くしたクラウスが、「色んな形のマンドラゴラ焼きを作ろうぜ！」と、例の『セクシーマンドラゴラ』を寸分の狂いなく忠実に再現した金型を製作。これまたひと騒動《そうどう》を巻き起こすことになるのだが。……それはもう少しだけ、未来の話。


　各地へ出向いていた面々が領地に戻《もど》り、安堵《あんど》を覚えたのも束《つか》の間《ま》。

　今年の初秋は多忙《たぼう》を極めた。

　特に問題だったのは、執務《しつむ》を補佐する文官が不足しているという点で、これは致命的ともいえる。現状、財務担当のアルフレッドが執務の補佐も兼務《けんむ》しているけれど、いくらなんでも負担が大きい。

都市が発展すればおのずと人口も増え、戸籍《こせき》の管理が必須《ひっす》になる。市場ができたらできたで、今後は外交や交易の機会も増えるだろうし、ひとりやふたり文官が増えたところで仕事を回すのは無理というものだ。

そういった事情もあり、領民の中から十名近くを選出し、内政担当チームを結成しようと決意。アルフレッドとクラウスを含《ふく》めた三人で協議と人選を重ねたものの、真っ先に名前の挙がったファビアンは辞退してしまった。

「これから市場が開かれて、ますます面白くなるのだよ？ フリーハンドで商売を楽しまなければ損じゃないかっ！」

前髪《まえがみ》をかき上げ、白い歯を覗かせるファビアン。う～む、残念だけど、本人の気持ちは尊重したいし、仕方ないか。選んだところで、他の面々が苦労しそうだしなあ……。

他にもルーカスの名前が挙がったけれど、こちらは「学校長の職務に専念したい」という真っ当な理由で断られてしまった。なかなかに難しいね。

結局はアルフレッドとクラウスが推薦《すいせん》する数人を内政担当として任命。研修を兼《か》ねた勉強会をこなしつつ、本格的な稼働に備えてもらう。

「とりあえずは簿記を覚えてもらいましょう。親切かつ丁寧《ていねい》に、朝から晩までみっちりと鍛え上げます。どうかご安心を」

微笑《ほほえ》むアルフレッド。メガネの奥《おく》の瞳が笑ってないんだよなあ。本当に大丈夫か、おい？

念《ねん》の為《ため》、暴走を防ぐという意味で、クラウスとグレイスにも顔を覗かせるよう頼んでおいた。穏《おだ》やかな勉強会になるよう願うばかりだ。

それと並行《へいこう》して、龍人《りゆうじん》族の国から数名の戦闘《せんとう》メイドを呼び寄せることにした。

もともとはクラウス家だけ、というつもりだったけど、よくよく考えた結果、アルフレッド家とファビアン夫妻の家にもメイドを派遣《はけん》する。それぞれに重要な仕事を任せているし、家事を行う余裕《よゆう》もないだろう。

ファビアンの家にはハンスが執事として仕えているけれど、クラーラが出かける度に護衛を頼んでいるので、家を不在にする機会も多い。

我《わ》が家《や》もなんだかんだと仕事に追われるメイドが増えてきたし、いっそ、まとまった人数を雇《やと》ってしまおうと決めたのだ。

「素晴らしいっ！　流石は心友《しんゆう》のタスク君だっ！　ボクの家にも戦闘メイドを呼び寄せるなんて！　まさに慧眼《けいがん》といっていいだろうねっ！」

戦闘メイドを雇い入れると聞いて、誰よりも喜んだのはファビアンである。

龍人族のイケメンは執務室に現れたと思いきや、わざとらしい賛辞を口にすると、仰々しく両手を広げポーズを取ってみせた。

「お前がそんなに喜ぶとは意外だったな。なにか企《たくら》んでるのか？」

「そんな風に言われてしまうのは心外だよ！　ボクは妹の身を案じているだけさっ！」

「クラーラか。なにを案じてるんだ？」

「このところ、ダークエルフの国から呼び出される機会が多くなったろう？　文武両道の優秀な妹とはいえ、長旅の道中、危険がないとは言い切れないからね」

「だからこそハンスに護衛を頼んでいるんだけどな」

「それだよ、それっ！　ボクの家を放っておいて妹の護衛に就《つ》くというのは、ハンスも心苦しいものがあったと思わないかいっ⁉」

「はあ……」

「しかしだ！　ボクの家に新たなメイドが来れば、ハンスだって心置きなく家を空けられるだろう？　ボクとしてもハンスなら安心して最愛の妹を任せられる！　これを機にハンスにはボクの家を離れてもらって、クラーラの執事として仕えてもらうのがいい考えだと」

「この爺めはそうは思いませんな。ファビアン様」

話を遮《さえぎ》って姿を見せたのはハンスで、シワひとつ無い執事服を見た瞬間、ファビアンは全身で驚《おどろ》きを表した。

「げぇっ！　ハンス！　いっ、いつからここにっ⁉」

「ホッホッホ、ファビアン様が『心苦しい』だなんだと申し上げている最中でしたかな」

「は、ハハハ……、い、いやだなぁ。聞いているなら、話に加わってくれても良かったのに」

「いえいえ。ファビアン様のご高説、邪魔《じゃま》するのは悪いと直感が働きまして」

穏やかな表情で顎《あご》を撫《な》でるハンスに対し、引きつった笑顔のファビアン。

追い打ちをかけるようで申し訳ないけど、これ以上無いタイミングだし、ハンスと相談した件についても打ち明けておこう。

「あー……。この際だから言っておくけどさ、新たにメイドを雇っても、引き続きハンスにはお前専属の執事を担当してもらうからな？」

「……は？」

「今後、クラーラが出かける際には、新しい戦闘メイドに護衛を任せるってこと。ハンスからファビアンの世話をしたいって直談判《じかだんぱん》されてさ」

「……ちょ、ちょっと待ってくれたまえっ！　妹を護衛する任務ならハンスが適任じゃ」

「いやはや、この老骨ではクラーラ様の護衛などとてもとても……。後進を育てる意味でも、若者には仕事を与《あた》えねばなりませんので」

言葉もなく、ただひたすらに口をパクパクさせるファビアンへ優しい眼差《まなざ》しを向けながら、ハンスはさらに続けた。

「ホッホッホ。ともあれ、今後とも末永くお願いしますぞ。なぁに、ご心配召《め》されますな。老いたとはいえ、このハンス。ファビアン様程度であれば、教育的指導は万全《ばんぜん》に行なえます」

「全っ然っ！　全っ然、安心できないよそれっ！　腕力《わんりょく》でってことだよねぇ!?」

「おや？　足技《あし》がお好みでしたか？　では今度はそのように努めてま――」

「どっちも不許可だっ！」

その後、気の毒なまでにうなだれるイケメンと共に、上機嫌《じょうきげん》で帰っていくハンスを見送ったわけだけど。ちょっとだけファビアンのことを不憫《ふびん》だなと思ったのは言うまでもない。


話題に挙がっていたクラーラは、ダークエルフの国から帰ってきて以来、研究に明け暮れる日々を送っている。ハイエルフの国からも水道工事を要請《ようせい》され、リアと共に設備の改良に取り組んでいるのだ。

長老たちからは常備薬を依頼されたらしく、うーんという唸《うな》り声が薬学研究所から聞こえるのも珍しくない。

一方、同行していたジゼルはこれ以上無いほどに上機嫌で、クラーラの邪魔をしないようサポートに努めていた。

「実は国へ戻った際、長老《おじいさま》から『よくやっているな』と褒《ほ》められまして！」

笑顔の理由を尋《たず》ねたオレに、ダークエルフの少女は照れ交じりで答える。

「厄介者扱いされていた私ですけど……。お姉さまのおかげで、ようやく認めてもらえるようになったんだなって思ったら嬉しくて！」

「それは良かった」

「もちろん領主様にも感謝してますよ！　私、ここへ来られて、本当に幸せなんですから！」

「わかってるよ」

「これからも精進《しょうじん》して、お姉さまにふさわしいお嫁《よめ》さんになれるよう、私、頑張ります！」

ジゼルはそう言い残し、羽根を思わせる軽い足取りで薬学研究所へと駆《か》けていく。同性同士の挙式が開かれるのも、そう遠くない未来の話かもしれないな。

そしてそれがごく当たり前の、普遍的《ふへんてき》な事柄《ことがら》として受け入れられるよう願いつつ、オレは小さくなっていく少女の背中を眺《なが》めやった。

第18章 開拓生活

あっという間に迎《むか》えた秋本番。

樹海の木々が茜色《あかねいろ》に染まり、吹《ふ》き抜ける風は日々、涼《すず》しさを増している。ふたつの太陽から降り注ぐ陽光も、日を追うごとに柔《やわ》らかくなってきた。

うららかな陽気と共に開業を迎えた市場は、朝早くから多くの商人で賑《にぎ》わっている。

「さあ！　龍人族自慢《じまん》の絹織物だ！　一級品がこの値段だよ！」

「腕利《うでき》きの職人が仕上げたガラス製のワイングラス！　使って良し、飾《かざ》って良し！　じっくり手に取って見てくんな！」

「ダメダメぇ！　まけらんないよ！　まとめて銀貨三枚でいいっていいってんだ！　これ以上はこっちが破産しちまう！」

多種多様な種族が一堂に会し、あちこちで熱気と活気が湧《わ》き上がる。

市場を取り仕切るフットマンの報告では、前日から泊《と》まり込《こ》んでいる商人もいるようで、なるほど、併設《へいせつ》した倉庫から次々と商品を運び出す姿も見られたわけだ。

「盛況ですなあ」

並び歩くガイアの声に、オレは頷《うなず》いた。市場の見学へ向かおうとしていたところを捕《つか》まり、

「領主がおひとりで出歩くなど、危険きわまりませんぞ。我々がお供しましょう！」

と、『黒い三連星』がついてきてくれることになったまではよかったのだが、右にガイア、左にオルテガ、背後にマッシュという、オレにつかず離れずのフォーメーションは、かえって周囲の注目を集める結果となってしまった。

そりゃなあ、強面《こわもて》マッチョのワーウルフに取り囲まれる人間なんぞ、物珍《ものめずら》しい以外の何者でもないもんなあ……。

とはいえ、混雑した中でも安心して歩けるという事実に変わりはない。賑わいの光景を目にしながら、警備を担当するガイアにオレは問いかけた。

「見回りの状況《じょうきょう》はどうだ？　なにか問題などは起きてないか？」

「昨晩、宿で酒に酔《よ》った者同士の乱闘騒《らんとうさわ》ぎがあったそうですが、フットマンたちによって、もれなく制圧された模様です」

……制圧って。うーむ、流石はハンスが見込《みこ》んだ戦闘執事《せんとうしつじ》だな。物腰《ものごし》こそ柔らかいけど、武力は凄《すさ》まじい。

「市場の運営ですが、いまのところ、支障はありません」

「そいつは良かった。平穏無事《へいおんぶじ》が一番だよ」

「左様でございますな。しかしながら、我らとしてはいささか退屈《たいくつ》しているのも事実。なにせ、自慢の筋肉を持て余しているのですから」

そう言って、黒い三連星は歩きながら器用にポージングを取り始める。周囲のざわつきと眼差しが痛い。ある意味、あちこちへ配置された軍服姿の兵士より目立ってるもんな。見学に行くとか言い出さなきゃ良かったか。

あ、そうそう。軍服姿の兵士というのは、市場の開業にあたり、ジークフリートが手配してくれた監視役《かんしやく》だ。初日は特に混雑するだろうし、不測の事態が起きた際の抑止力《よくしりょく》を兼ねているらしい、……というか。

いま気付いたんだけど、オレが目立っていることで、かえって不測の事態が起きやすくなっていないだろうか？　いや、正確に言えば、目立っているのはワーウルフたちで、オレはそれに取り囲まれているだけなんだけど。

とにもかくにも、市場が繁盛《はんじょう》しているのはこの目で確認《かくにん》できた。監視《かんし》の任務を邪魔するのは本位ではないし、そろそろ戻るとしようか。

同行しているガイアたちにもそう伝え、オレは市場横に建てられた売店で『マンドラゴラ焼き』をいくつか買ってから、来賓邸《らいひんてい》へと足を向けた。

応接室ではすっかりと出来上がった龍人族の国王が、ワイングラスを片手に豪快《ごうかい》な笑い声を上げている。

「ガハハハハ！　おう、タスク！　ようやく戻ったか！　ま、ま、早う座れ！」

「……飲みすぎですよ、お義父《とう》さん。騒《さわ》ぎ声が家の外まで響《ひび》いてましたし」

怒号《どごう》にも似たジークフリートの声に、来賓邸を守る近衛兵《このえへい》もチラチラと中を気にする素《そ》振《ぶ》りを見せてたからな。

「なにを言うか！　ワシのカワイイ息子《むすこ》が！　一大事業を手掛《てが》けた記念すべき日だぞっ!?　いま飲まずして、いつ飲めばいいというのだっ！」

「さっきからずっとこの調子なんだよ、このオッサン。なんとか言ってやってくれ」

腰掛《こしか》けるオレに、ため息交じりでクラウスが呟く。

市場の開業を祝して記念のテープカットを執《と》り行ったのだが、立ち会った賢龍王《けんりゅう》の威厳《いげん》あふれる姿は見る影《かげ》もない。

いつもはブレーキ役でもあるゲオルクも、珍《めずら》しく酒が進んでいるようで、ジークフリートに負けず劣《おと》らず赤い液体をあおっている。

「たまにはこんな日があってもいいだろう。私も年甲斐《としがい》もなくはしゃぎたくなる時があるものだ。今日ぐらいは見逃《みのが》してくれ」

「ゲオルクのおっさんまでか……。ったく、明日まで酒が残ってても知らねえからな」

珍しく忠告する側に回ったハイエルフの前国王は、ティーカップを口まで運ぶと、わざとらしく音を立てて紅茶をすすってみせた。フライハイトの要職に就いていることもあって、記念すべき日に泥酔《でいすい》は避《さ》けたいのか、いまのところ、ワイングラスは見当たらない。

「た、タスクさんもお茶にしますか？」

エリーゼの問いかけに、頷いて応じる。ニコリと柔らかい微笑みを残し、パタパタとときびすを返すエプロン姿を見やっていると、ジークフリートはつまらなそうに口を開いた。

「む？　こんなにめでたい日だというのに、そなたは飲まぬのか？」

「昼間っから勘弁《かんべん》してくださいよ。一応、オレは領主なワケですから。なにかあった時は対応しないといけないですし」

「そんなつまらんことは、ほれ、そこのハイエルフの若造に任せておけばいいのだ」

「やれやれ……。歳《とし》はとりたくねえなあ。酔えばすぐに絡《から》み酒とか、みっともないったらありゃしねえ。な？　タスク？」

「おっ、なんだと……？　もう一度言ってみろ、ハイエルフの小童《こわっぱ》が」

「おう、何遍《なんべん》でも言ってやらあ、龍人族のクソジジイがよぉ？」

「はいはーい、ふたりともそこまでー。お菓子買ってきたので、これでも食べて気分を落ち着けてくださいなー」

買ってきたマンドラゴラ焼きをそれぞれに手渡《てわた》し、場の収拾を図《はか》る。やれやれ、今日はめでたい日じゃなかったのか？

「タスクよ！　私の分はどれじゃ⁉」

「ウチも！　ウチも！」

「ボクも！　タスクさん、ボクも！」

はいはい、奥さんたちの分も買ってあるから、みんなで仲良く食べなさいな。

「……なかなかイケるな」

「うん。美味《うま》い。妻たちへお土産として持って帰るとしよう」

片手にワイン、片手にマンドラゴラ焼きを持ちながら、ジークフリートとゲオルクは満足そうに声を上げた。

「あったりまえだっての。開発にめちゃくちゃ時間をかけたんだからな！」

胸を張るクラウス。マンドラゴラ焼きについてはノータッチだったので、少し悔《くや》しい。

いずれこれに負けないお菓子を作らねばと闘志《とうし》を燃やしている矢先、エリーゼが紅茶を差し出した。

「わ、ワインもありますので、いつでも仰《おつしや》ってください」

「ありがとう。でもいまは、エリーゼの淹《い》れてくれたお茶が飲みたいんだ」

むしろオレとしては、いつも以上に酒が進んでいるジークフリートとゲオルクが気になってしまうというか。なんというか、ふたりともテンション高くないですか？

「……ん？　ああ、そうだな。そうだろうな」

嬉《うれ》しそうに微笑むジークフリートに続き、ゲオルクが呟く。

「我々としても感慨深《かんがいぶか》い一日だからね。きっと、いつも以上に浮かれているのだろうな」

……感慨深い？　なんで？

「タスク君。きみの活躍《かつやく》は、かつての異《い》邦人《ほうじん》を彷彿《ほうふつ》とさせるのだよ」

「我が親友ハヤトも、そなたと同じく偉業《いぎよう》を成《な》し遂げた。今日という節目にそれを思い返してな。つい懐《なつ》かしくなってしまったのだ」

「いやいやいやいやいや。ちょっと待ってくださいよ」

偉業って、あなた。オレ、大した事してないって。

ハヤトさんみたいに破滅龍《はめつりゆう》と災厄王《さいやくおう》を倒《たお》したわけでも、世界を救ったわけでもない。単に樹海を切り開いて市場を開いただけだぞ、おい。

「十分過ぎる偉業ではないか」

「どこがですか⁉」

「多種族が集まり、共存して平和に暮らせる領地など、大陸中どこを探しても存在せぬ。それらが集う市場もな。これを偉業と言わずしてなんと言うのだ？」

「付け加えれば、この樹海は今までに何度も開拓団《かいたくだん》が訪《おとず》れては、その都度、災害に見舞《みま》われ撤退《てったい》を余儀《よぎ》なくされた未開の地なのだよ。それはきみも知っているだろう？」

いつの間にか真剣な眼差しに変わり、ゲオルクは続けた。

「ハヤトは間違いなく救世主だよ。が、そのハヤトですら、種族の壁《かべ》、偏見《へんけん》の壁を完全に取り除くことはできなかった」

「それをわずか二年で解決しようとしておるのだ。そなたは認めぬかもしれぬがな、そなたの周りにいる人々がその偉大《いだい》さを証明しておるよ」

「いいこと言うじゃねえか、オッサン。俺もその通りだと思うぜ？」

クラウスはいたずらっぽく笑い、それからこちらを見やった。

気がつけば、アイラ、ベル、エリーゼ、リアも真《ま》っ直《す》ぐな眼差しでこちらに向けている。

……まいったな。褒められることに慣れてないせいか、どう反応していいか困ってしまう。

「でもほら。オレひとりだけではなにもできなかったというか、みんながいてくれたおかげでここまでこられたというか……」

「それで良いではないか」

「は……？」

「武を誇《ほこ》ることなく、知を驕《おご》ることなく、周りと手を取り合う尊さを知るからこそ、今日《こんにち》のそなたがいるのだ」

「………………」

「ひとりではなにもできない、大いに結構！　逆に言えばな、非力な身でここまでやってこられたのも偉業と言えるのではないか？　のう、タスク？」

う～ん、こうなってしまうと、どう否定しても聞く耳を持ってくれそうにないな。

戸惑《とまど》いと困惑《こんわく》が頭の中で広がっていき、どういう顔をすればいいのかわからないオレに、なおもジークフリートは続けた。

「なに、そんな難しく考える必要はないのだ。そなたの特殊《とくしゅ》能力。なんと言ったか？」

「『構築《ビルド》』と『再構築《リビルド》』ですか？」

「そう、それだ。そなたが樹海の開拓を通して、領地を『構築』し、大陸の既《き》成概念《せいがいねん》を『再構築』した。そのように考えれば、いささか気持ちも楽になろう？」

上手《うま》いことを言ったとばかりに、ジークフリートは得意顔をみせる。いや、まあ、確かにね。オレの能力になぞらえたつもりの発言なんでしょうけれど……。

「……なんつーかよ。上手く話をまとめやったたぞみたいな、してやったり顔がムカつくな？」

オレの気持ちを代弁するかのようにクラウスが口を開く。

「だな。ジークよ、そういうところは直したほうがいいぞ」

「なっ……！　クラウス、ゲオルク！　おぬしらっ……！」

ショックを受ける賢龍王に、追い打ちをかけたのは奥さんたちだ。

「途中《とちゅう》まで真面目《まじめ》でいい話だったんじゃがなあ……」

「ウチもガッカリだよ、おじーちゃん……」

「じ、実際、あんまり上手くもないですし……」

「そういうの、お母様から嫌《いや》がられると思います」

そしてアイラを筆頭に沸《わ》き起こる奥さんたちの〝総口撃〟が始まると、たまらずジークフリートは自己弁護の言葉を口にするのだった。やれやれ、こうなってしまうと賢龍王も形無しだね。どこにでもいそうな普通《ふつう》の父親そのものって感じだ。

ま、そのほうがオレとしてはかえって気楽というか。おだてに近い賞賛の数々も、国王からの言葉ではなく、父親からの言葉としてなら受け止められる。偉業なんて柄《がら》じゃないしね。

それに、開拓自体が終わったわけじゃない。お褒めの言葉はありがたく胸の中へとしまっておいて、明日からの活力に繋《つな》げよう。

——時は流れゆく。

異世界に来てから二度目の秋はあっという間に終わりを迎えようとしていた。

市場は相変わらず盛況で、毎日のように商人が訪れては、珍しい品々を店頭に並べている。その相乗効果なのだろうか、ここ最近、領地自体も活気を増しているのだ。

領民のみんなが懸命《けんめい》に仕事へ取り組んでくれるおかげで、作物や交易品が途《と》切《ぎ》れることもない。さらに言えば、大陸各地から続々と移住者がやって来るようになった。

そんなわけなので、『おっ、タスク君。二年目も終わりに近づくと、領主として執務に忙《いそが》しい毎日を送っているんじゃないの？』と、賢明《けんめい》な皆様《みなさま》はそうお考えでしょう？

甘いっ！　実に甘いですなあ……。

ワタクシぐらいのレベルになりますと、執務《しつむ》室《しつ》での仕事が窮屈《きゅうくつ》に感じるっていいますかね？　むしろ、開放的な外で仕事をしたいっていいますか。

具体的に言えば、領地にほど近い森林を切り開き、『再構築』の能力《スキル》で資材に変えてる真っ最中なワケですわ。

……ええ、異世界転移した当初とまったく同じ作業内容だけど、なにか問題でも？

いやいや、これにも深い事情があるんだって。とにかく、説明をさせてくれい。

市場が開業してから、数日後。

「市場ができれば人も物も出入りが激しくなります。新天地を求めて、移住を希望する者がやってくるでしょうね」

アルフレッドはそう切り出して、新たな住宅街の整備の必要性を訴《うった》えた。

「そうだな。オレの『構築』の能力を使えば、住居建設は短期間で終わるし、暇《ひま》な時間を見繕《みつくろ》って作業に取り掛《か》かるよ」

書類仕事よりかは、物を作る作業が好みなので、なかば浮かれ気分で応じ返したのだが、アルフレッドは首を左右に振ってみせた。

「ダメです。タスクさんは手出ししないでください」

「なんでさ？　オレがやったほうが早く終わるだろ？」

「効率や時間の問題ではないのです。領民のための家であれば、領民が作らねばなりません」

いわゆる体裁《ていさい》といった類の問題だそうで、領地のトップ自ら作業に加わるのはけしからんと、つまりはそういう話である。

「これまではオレが作ってきただろ。いまさらなんで？」

「人の往来が激しい商業都市ですよ？　情報だって行き交《か》うのです。領主自ら肉体労働に汗《あせ》を流すなど、他の土地の人々が知れば仰天《ぎょうてん》します」

仰天させておけばいいいと思ったけど、龍人族の商人は頑《かたく》なまでに首を縦には振らない。

結局、新たな住宅街の建設は天界族と翼人族が担当することになったのだった。

……と、ここまでは良かったのだ。

問題は、アルフレッドが想定していた以上に移住者が押《お》し寄せたという点である。それも急激なまでに。

天界族と翼人族は懸命に住宅街を整備してくれていたが、移住者が押し寄せるペースには間に合わない。

さらに人口が一気に増えたことで食料の備蓄《びちく》が底をつきかけ、領民総出で農業や家畜《かちく》の世話をしなければ追いつかないという状態になってしまった。

移住者の中には流民や棄民《きみん》も混じっており、追い返すわけにもいかないため、アルフレッドは苦渋《くじゅう》の決断を下したようだ。

「大変申し訳ないのですが、その、移住者の住宅作りをお手伝いしていただけないかと……」

頭を下げるアルフレッドに、オレはあえて軽く了承《りょうしょう》し、そしてこう付け加えた。

「気にするな、アルフレッド。身体もなまってたしな、ちょうどいい」

「しかし、先日あのようなことを言った手前……」

「いいんだよ。そうそう、いい機会だし、オレの故郷に伝わる格言を教えておくよ」

「なんでしょう？」

「『立っている者は親でも使え』」


……と、経緯《けいい》はこんな感じだ。最後の最後までアルフレッドは申し訳なさそうにしていたけど、もの作りが大好きな自分としては、むしろ望むところである。

『再構築』した資材を台車に載《の》せて、あんことしらたま、二匹《ひき》のミュコランと共に建設予定地まで運び終えると、オレは早速《さっそく》作業に取り掛かった。

この世界にやって来た当初は、真四角の『豆腐《とうふ》ハウス』を作ることしかできなかったが、いまでは設計図なしで二階建て住宅ぐらいは余裕で作れる。

それもこれも『構築』と『再構築』という万能《ばんのう》な能力のおかげなのだが、それでもやはり手助けが必要になる時もあってだね。

「具体的に言えば、昼寝《ひるね》をしてないでお前も手伝えよって話なんだがな」

木陰《こかげ》で休む二匹のミュコランに背中を預け、アイラは眠《ねむ》たそうな表情を浮かべている。

「ふあぁ……。んぅ？　なにを言い出すかと思ったら……。私が手伝いに加わったら、誰《だれ》がおぬしの護衛を務めるのじゃ？」

「いま間違《まちが》いなく寝《ね》てたよな？　護衛とかしてなかったよなっ!?」

「阿呆《あほ》ぅ。私ほどの実力者なら、瞬時《しゅんじ》に目覚めて身体を動かせるに決まっておろう？　抜かり無《な》いから安心せい」

そう言うとアイラは目をこすり、頭上の猫耳《ねこみみ》をぴょこぴょこと動かした。ホントかよ？

「……しかし。なんじゃなぁ。こうしていると、昔を思い出すの」

「うん？」

「出会った頃《ころ》の話じゃ。おぬしが作業をしているのを、よくこうやって眺めておったなと、ふと、そんなことを思い出してな」

そしてアイラは愉快《ゆかい》そうに笑い声を上げる。

「そういえば。おぬし、パンツ一丁のまま、汗だくで水汲《みずく》みしていたことがあったのう」

「嫌なことを覚えてるな、お前……」

「当然じゃ。おぬしとは酸《す》いも甘《あま》いも知り尽《つ》くした仲じゃからの」

「そういうアイラも、出会った当初は全裸《ぜんら》でベッドに忍《しの》び込んできてたよな」

「にゃっ⁉　にゃにをっ……！」

「最近は服を着たまま寝室《しんしつ》に来てるじゃん。なにか心境の変化でもあったのか？」

「それは……、そのう、なんじゃ。つ、妻として、は、恥《は》ずかしくなった、というか……」

頭から蒸気が立ち上っているんじゃないかという勢いで、アイラは顔を真っ赤にさせた。

妙《みょう》に素直《すなお》でカワイイところは、いつまでも変わんないよなあ。いつもそうならいいのに。

「……なんか言ったか？」

「べっつにぃ？」

そして相変わらず耳がいい。まったく、下手なことは言えないな。

思わず肩《かた》をすくめそうになるのを堪《こら》え、再び建築作業へと戻る。木材をつなぎ合わせ、外壁《がいへき》を隙間《すきま》なく埋《う》めていると、再び背後から声が届いた。

「……安心するの」

振《ふ》り返った先ではアイラが穏やかな表情を浮かべている。

「ここがどんなに発展しようが、どんなに偉《えら》い爵位《しゃくい》をもらおうが、おぬしは以前とちっとも変わらん。それが心地《ここち》よい」

「そういうもんか？」

「そういうものじゃ」

進歩がないみたいな感じにも受け取れるけど、優《やさ》しい口調も相まってか、アイラの言葉は胸に響く。

「どうか、いつまでもそのままの、私の大好きなタスクでいておくれ……」

「アイラ……」

「そして、美味《おい》しいものと、睡眠《すいみん》時間を捧《ささ》げてくれれば、私は他になにもいらん……」

「結局はそれかよっ！　ったく、真面目に聞いて損したわ……」

「ぬふふふふ、相変わらずウブな奴《やつ》め。この程度のことで狼狽《うろた》えおって」

そう言うアイラの顔はどことなく気恥《きは》ずかしいといった感じで、もしかすると照れ隠《かく》しをしていたんじゃないかと勘《かん》ぐってしまうのだが、問い詰《つ》めたところで認めないだろうからなあ。

……ま、いいか。

「睡眠時間はさておき、美味しいものなら用意してくれたみたいだぞ？」

視線をやった先にはエリーゼとベル、そしてリアの姿が見えた。どうやら昼食の準備が

出来たらしい。口々にオレたちの名前を呼んで、大きく手を振っている。

「帰ろうか？」

「そうじゃな」

様々なものが目まぐるしく変化していく中で、変わらずそばにいてくれる最愛の人たちを大切に思う。

そんなかけがえのない日々を絶やさないために。

これからも、仲間たちとの素敵《すてき》な開拓生活を続けていこう。

あとがき

こんにちは、タライ和治です。皆様のおかげで、今作もついに五巻目となりました。本当にありがとうございます！　感謝感謝です！

タスクの盟友となるクラウスをはじめ、賑やかな登場人物たちによる開拓生活も、大きな節目を迎えることになりました。次々に降りかかる問題を、タスクたちがどう考え、乗り切っていくか、注目していただけると幸いです。

そして今回も、イシバシヨウスケ先生が美しく楽しいイラストを描いてくださいました。いつもながら素晴らしいイラスト、お見事でございます！　ありがたい限りです！

それと、コミックファイアにて、しょうじひでまさ先生作画によるコミカライズ版も絶賛連載中ですので、こちらもあわせて楽しんでいただければと思います。おそらく原作者が誰よりも連載を楽しみにしていると思うのですが、それはここだけの秘密ということで！

最後に、ここまで物語にお付き合いしていただいた皆様に、心より感謝申し上げます。

またどこかでお目にかかれることを願いつつ、今回はこのあたりで失礼いたします。それでは！

HJ NOVELS
HJN61-05

異世界のんびり開拓記 5 –平凡サラリーマン、万能自在のビルド&クラフトスキルで、気ままなスローライフ開拓始めます！–

2023年9月19日　初版発行

著者――タライ和治

発行者―松下大介
発行所―株式会社ホビージャパン
〒151-0053
東京都渋谷区代々木2-15-8
電話　03(5304)7604（編集）
03(5304)9112（営業）

印刷所――大日本印刷株式会社

装丁――木村デザイン・ラボ／株式会社エストール

ISBN978-4-7986-3276-6　C0076

ファンレター、作品のご感想お待ちしております
〒151－0053　東京都渋谷区代々木2－15－8
(株)ホビージャパン HJノベルス編集部 気付
タライ和治 先生／イシバシヨウスケ 先生